마탄의 사수

마탄의 사수 51

ⓒ 이수백, 2017

발행일 2021년 8월 9일 초판 1쇄 2021년 8월 16일 | **발행인** 김명국 | **책임 편집** 황수민 | **제작** 최은선 | **발행처** 주식회사 인타임 출판 등록 107-88-06434(2013년 11월 11일) **주소** 서울시 구로구 디지털로 1길 38-21 이앤씨벤처드림타워 3차 405호 전화 070-7732-6293 팩스 02-855-4572 **이메일** in-time@nate.com | ISBN 979-11-03-31835-2 (04810) 979-11-03-31704-1 (세트) | 이 책은 주식회사 인타임이 저작권자와의 계약에 따라 발행한 것이므로 내용의 전부 또는 일부를 사용하려면 반드시 양측의 동의를 받으셔야 합니다. 잘못된 책은 구매처에서 바꿔 드립니다.

마탄의 사수 51

이수백 게임판타지 장편소설

INTIME GAME FANTASY STORY

Der Freischütz Musketeer

INTIME

차 례

Geschoss 1. 7

Geschoss 2. 41

Geschoss 3. 69

Geschoss 4. 105

Geschoss 5. 143

Geschoss 6. 175

Geschoss 7. 207

Geschoss 8. 241

Geschoss 9. 279

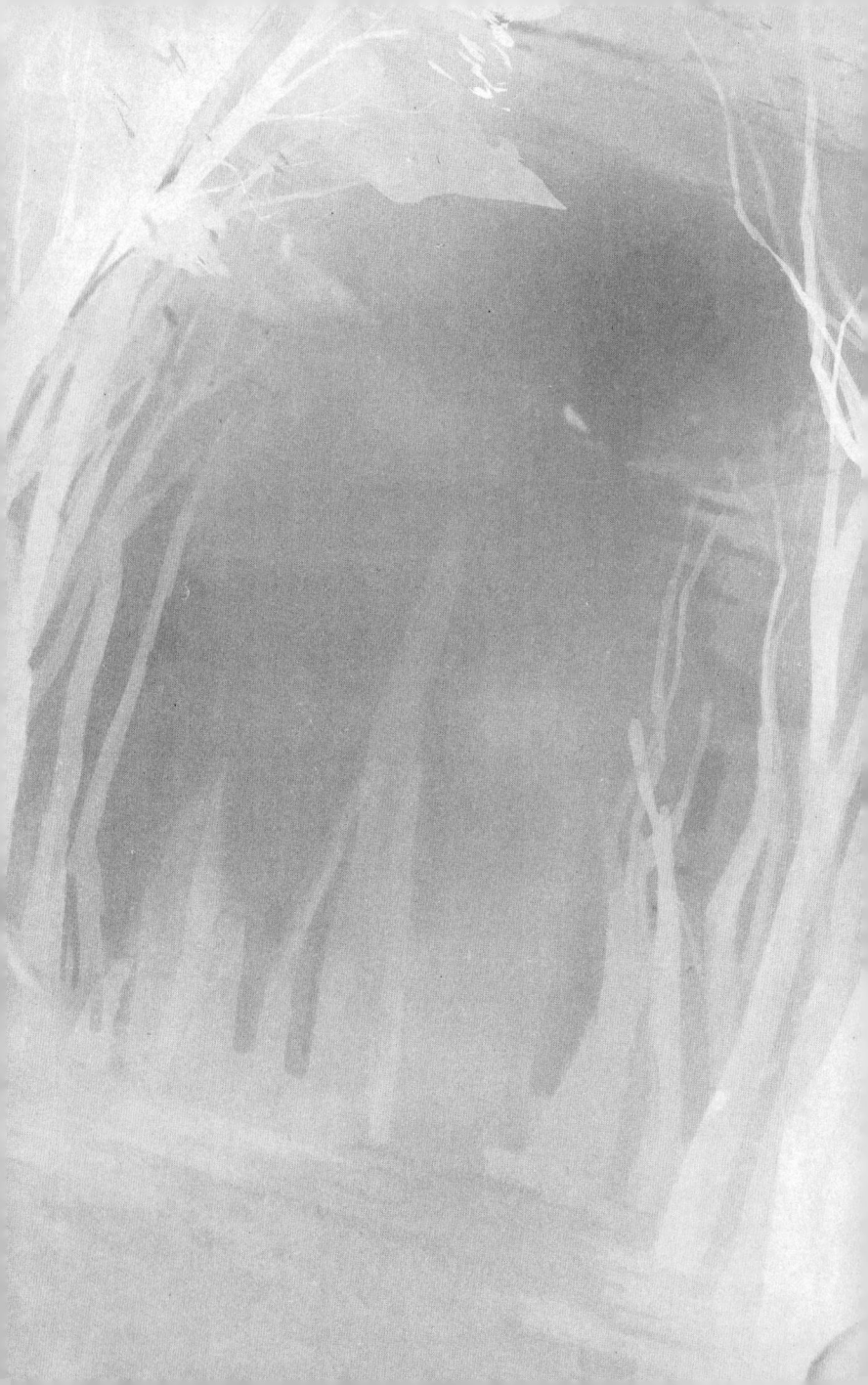

[퀘스트 성공 관련 기여율을 계산합니다.]
[기여율 산정 이후, 〈신성 연합〉의 이름으로 보상이 주어집니다.]

"진짜 끝났어?"
"살아남은 거야? 진짜로?"

승리의 기쁨과 흥분을 즐기는 유저들도 있었지만 진이 빠져 주저앉는 유저도 많았다.

오전부터 시작된 전투가 저녁이 되도록 한 번의 휴식도 없이 유지했던 긴장감이 일거에 풀려 버린 결과였다.

그리고 그런 유저들 사이에 있던 NPC도 같은 반응을 보였다.

"끝……인가. 기브리드가…… 정말 죽은 건가."

그랜빌은 휘청거렸다.

자칫 쓰러질 뻔했던 그를 붙잡아 준 것은 기정이었다.

"그랜빌 장군님."

"별초의 마스터케이."

아무리 AI지만, 미들 어스의 시스템 안에 있는 이상 나이의 영향을 받기 마련이다.

기정도 지금까지 미들 어스를 플레이하며 숱하게 경험해 보았다.

그러나 그랜빌은 다르다.

퓌비엘의 대장군임에도 그 어떤 탱커보다 앞서 키메라의 진격을 몸으로 막아 낸 그를, 기정은 가장 가까이에서 지켜보았다.

"노장은—어, 음…… 하핫! 뭔가 멋진 말로 인사를 드리고 싶은데 도저히 나오질 않네요. 머리가 나빠서."

마음속에서부터 끓어오르는 이 감정을 어떤 말로 전할 수 있을까.

기정이 어색하게 웃자 그랜빌은 푸근한 미소를 지어 보였다.

"그게 별초라는 길드를 이끌어 가는 매력이겠군."

"네?"

미소도 없이 언제나 냉철한 표정을 유지하던 퓌비엘의 대장군은 기정의 어깨를 다독였다.

그 순간 솟구쳐 오르는 건 오직 존경심뿐이었다.

그랜빌이 뒤를 돌아 다른 유저들에게 격려의 말을 전하러 이동할 때, 존경심을 가진 유저가 또 한 명 있었다.

다만 그는 그랜빌을 향해 존경심을 가진 게 아니었다.

"루거……."

인정하기 싫지만 인정할 수밖에 없는 확실한 활약.

가장 거칠게 말하지만 언제나 눈에 띠는 성과를 손에 거머쥐는 라이벌.

삼총사의 '머리'라 불릴 정도로 똑 부러지는 키드였으나, 그조차도 지금은 요동치는 감정을 제어하지 못했다.

떨리는 손으로 〈크림슨 게코즈〉를 홀스터에 넣는 키드를 보며, 루거는 웃고 있었다.

"형님으로 모시고 싶다면 언제든 말해라. 크하하핫!"

입가가 귀까지 벌어질 정도로 흐뭇하고 큰 미소를 짓고 있었으나 정작 루거의 몸도 미세하게 떠는 중이었다.

미들 어스 최초로 마왕의 조각이 죽었다.

제2차 인마대전 당시에도 그저 봉인하는 것에 지나지 않았던, 아인류 공통의 난적 중 하나를 죽였다.

자신의 손으로, 자신의 무기로.

비록 시스템 알림 창에는 루거 한 사람의 이름이 나온 건 아니었으나, 〈신성 연합〉에 참가한 모든 유저들은 '최후의 일격'을 누가 가했는지 이미 다 알고 있지 않은가.

'내가—내가 1등이겠지. 흐흐흐, 그리고 이 업적들은……
아니, 지금은 보지 않겠어. 아껴야 한다.'

업적 창이 생성된 것만 몇 개였던가.

루거는 맛있는 음식을 나중에 먹겠다는 기분으로 당장은 시스템 창을 전부 꺼 버리고 그저 흥분과 감동을 즐기고 있는 셈이었다.

당장 이 자리에서만 즐길 수 있는 요소가 있는데 업적까지 확인하는 '사치'를 부리기는 싫은 루거였다.

그는 시스템 창을 전부 정리하곤 키드와 이하를 보며 콧대를 높였다.

"하이하 네 녀석도 마찬가지다. 내 밑으로 들어오겠다면 언제든 받아 주지. 뭐, 키드랑 네놈 중 누가 둘째인지는 알아서 정하고 일단 내가 첫째—음? 어딜 보는 거지?"

떨리는 미소를 짓고 있던 루거는 이하를 바라보았다.

모두가 축제의 분위기이거나, 탈진하여 주저앉아 쉬고 있는 그 순간에도 이하의 상태는 변함이 없었다.

기브리드가 죽기 전, 후에도 같은 긴장감을 유지할 수 있는 이유는 하나뿐이었다.

"후우우우……."

전방을 향해 블랙 베스를 겨누고 있던 이하는 총구를 내리며 한숨을 내쉬었다. 그러곤 루거를 보며 웃었다.

"나한테 하나 빚겼어."

"뭐?"

"지금, 나 아니었으면 카일이 당신 머리통을 날렸을 거라고."

'깔때기'의 지형 공사를 시작했을 때, 치요에게 그 사실이 전달되지 않았을 리 없다.

루거의 스킬에 대한 것은 〈신성 연합〉의 모든 유저가 알고 있던 게 아니다.

그러나 주요 유저뿐만이 아니라 키메라 1천 기에 맞서야 하는 탱커 등, 어느 정도의 희생이 필요한 포지션에 위치하는 유저들에게는 그 사실을 털어놓아야만 했다.

루거에게 기브리드를 죽일 방법이 있다고 한다. 10분간 시간을 끌어라.

누군가는 의심했겠으나 적어도 치요는 이 사실을 들었을 때 의심하지 않았으리라.

〈신성 연합〉이 기브리드를 죽일 방법을 갖고 있고, 또 그 방법을 실행한다면 치요는 무엇을 노릴까.

이하는 이미 눈치채고 있었다.

기브리드가 죽는 순간, 카일을 보내 〈신성 연합〉의 세력을 약화시킬 그녀의 술수를.

"카일이 여기에—."

"치요가 온 겁니까."

Geschoss 1. 13

"치요까지 온 건지는 모르겠어. 하지만…… 카일은 여기를 보고 있었어."

"대화도 할 수 있다고 하지 않았습니까. 그럼 지금 하이하 당신은 카일과―."

"응. 이야기도 좀 했지."

이하는 탄창을 새롭게 갈아 끼우곤 노리쇠를 당겼다.

키드와 루거는 잠시 고개를 갸웃거렸다.

이하가 블랙 베스를 내렸다는 건 카일이 사라졌다는 의미다.

'보이지 않는 위협'까지 사라진 지금, 굳이 새롭게 탄창을 끼우는 이유가 무엇일까.

"무슨 이야기를 했습―."

"너…… 카일이 돌아간 게 너 때문이 아니군."

키드는 이하가 카일과 어떤 이야기를 했기 때문이라 생각하고 물어보려 했으나 루거가 먼저 냄새를 맡았다.

이하는 고개를 끄덕였다.

=크큭큭…… 블랙 베스의 각인자여. 하이하여, 지금 너와의 대결을 결착 짓는 것은 너무나 쉬운 일이지만…… 그보다 더 좋은 구경거리가 있겠군.

=개소리하지 마. 쫄았지? 아무리 당신이라도 몇 발이나 탄환을 쳐 내는 건 불가능하다는 걸 알고 있어.

=피로트-코크리가 인상을 찌푸리고 돌아온 것을 보면, 분

명 그 기술은 거기서 사용했을 텐데.

=아니, 쏠 수 있어.

=그렇다면 쏴 보시지.

=……네 공격으로부터 우리 사람들을 지키려는 것뿐이야.

실제로 〈의지의 탄환〉은 쿨타임이므로 이하는 배짱을 부린 것뿐이었다.

그러나 카일의 공격에 대비하여, 그 탄환에 〈의지의 탄환〉을 사용해 상쇄시키겠다는 주장 자체는 이치에 맞는 것.

카일은 더 이상 이하의 말에 토를 달지 않았다.

=그렇다면 다음에 또 보도록 하지. 너는 반드시 나에게로 오게 되어 있다.

=갈 거야, 언젠가. 하지만 그때가 너를 만나는 마지막 순간이 될 거다.

=그렇겠지. 너는 내가 될 테니까.

=아니. 내가 널 없애 버릴 거니까.

카일은 그대로 사라졌다. 그러나 이하는 그가 남긴 말을 어느 정도는 해석해 낼 수 있었다.

그가 당장 이하와 싸우지 않는 것은 '더 좋은 구경거리'를 보기 위해서였다.

현 상황에서 카일=자미엘의 입장의 '더 좋은 구경거리'는 무엇일까.

"아마 올 거야."

"온다고? 뭐가—."

키메라들이 모조리 사라진 '깔때기' 저 너머에서, 연보랏빛이 번쩍였다.

"더 말할 필요도 없겠군. 왔다."

키드와 루거의 고개가 돌아갔다.

이미 알고 있던 이하를 제외하고, 지금 막 고개를 돌린 키드와 루거까지 제외한다면 그것을 가장 먼저 발견한 건 루비니였다.

"설마……!?"

그녀의 홀로그램 지도는 여전히 초대형으로 유지되고 있었다.

키메라들이 사라지며 원래의 색을 찾았던 지도에 갑작스레 생성된 거대한 붉은 점은, 주변 유저들의 시선을 주목시키기에 아주 좋은 포인트였다.

"어? 루비니 님! 지도에 붉은 점은—."

"뭐야, 저거? 어디야? 아무것도 안 보이는데?"

"거리가 꽤 먼 것 같은데—이 정도 크기라면…….''

붉은 점은 빠르게 거리를 좁혔다.

침묵이 감돌던 〈신성 연합〉 유저들에게 휘파람 소리가 들려왔다.

다소 빠른 템포에 경쾌한 소리였으나 듣는 자에게는 한없는 불안감만을 안겨 주는 음악이었다.

멀리 보이는 실루엣에서, 실크로 만들어진 탑 햇Top hat을 빙글빙글 돌리며 누군가가 걸어오고 있었다.

거리가 가까워지며 그의 모습이 또렷하게 보이기 시작했다.

검은 턱시도 차림에서도 눈에 띄는 파란 수염을 기른 인물이었다. 그는 곧 공중으로 날아올랐다.

"잘들 있었나! 〈신성 연합〉 제군들."

푸른 수염은 춤을 신청하는 신사의 동작으로 〈신성 연합〉에게 인사를 건넸다.

그의 익살이 가져오는 것은 절망이었다.

우르르릉…….

때마침 대지술사들이 만들어 낸 토벽이 흙으로 변해 사라지기 시작했다.

스킬을 사용해 지형을 억지로 바꾼 게 영원히 지속될 리는 없었으므로 당연한 일이었다.

프레아가 만든 구덩이는 여전히 드넓었으나 푸른 수염은 이미 공중에 자리를 잡고 있지 않은가.

지형의 불리함은 그에게 아무런 의미도 없다.

'제기랄, 하필 이럴 때……'

'토온도, 바토리도 없지만 아직 그 녀석들이 이끌던 부하들은 남았을 텐데. 중간 지휘관급 몬스터라면 셀 수조차 없이 많을 거야.'

'만약 그것들이 멀리서부터 다가오고 있다면 끝이다.'

마왕의 조각에 대한 정보 수집이 철저했던 두뇌파 유저들의 사고가 빠르게 흘러갔다.

그러나 당장 생각나는 그들의 결말은 하나뿐이었다.

푸른 수염 휘하의 몬스터? 지금은 그런 게 중요한 게 아니다.

주요 스킬도 없고 전투 플레이 자체에 진이 빠져 버린 유저들밖에 없는 지금, 하물며 바하무트도 없는 상황이다.

푸른 수염을 막을 수 있을까?

살아남은 〈신성 연합〉의 유저 수는 여전히 5만을 넘는다. NPC까지 다 더하면 7만 군세 가까이 된다.

그러나 7만 군세 중 누구도 푸른 수염을 자신 있게 막는다는 생각을 할 수 없었다.

평소의 허세나 허풍 또는 만용 따위는 이미 겪었던 마왕의 조각, '기브리드'에 의해서 갈기갈기 찢겨졌기 때문이다.

유저들 중 실전에 가까운 긴장감을 유지한 자는 몇 되지 않았다.

푸른 수염은 바로 그런 유저들만을 바라보았다.

"참고로 말하자면, 나는 싸우러 온 게 아니야. 호전적이고 싸우길 좋아하는 너희 인간 녀석들이 시비를 걸어온다면…… 상대해 주는 건 쉬운 일이지만 말이지."

푸른 수염은 모자를 들어 올리곤 눈썹을 찡긋거렸다.

능글맞은 태도로 푸른 수염이 눈을 맞춘 대표적인 유저는 바로 이하였다.

"그럼 뭐 하러 왔지? 기브리드를 죽여 줘서 고맙다는 인사라도 하려고?"

"쯧…… 아쉬운 일이지. 그 친구, 아직 할 일이 많았는데."

푸른 수염은 혀를 차며 아쉬워했으나 그뿐이었다.

그에겐 어떠한 분노조차 보이지 않았다.

이하는 물론이고 거의 모든 유저들과 NPC마저도 당황스럽게 만드는 태도였다.

"너의 동료가 아닌가, 레."

"오! 에윈! 아직도 안 죽었나? 제법 명이 끈질기지 않나! 그래, 그래, 자네는 죽으면 꼭 수하로 넣어 달라고 내 부탁해 봄세. 자네와 그랜빌이라면 죽은 기브리드를 대체하고도 남겠지."

"시답잖은 농담이나 하려고 이곳에 왔을 리는 없을 거고, 용무는 무엇인가, 레."

"그랜빌, 그랜빌. 끌끌, 나도 즐거운 기분에 취할 때가 있지 않겠나. 나의 생生은 이제부터인데, 조금쯤 호들갑을 떤다고 너무 눈꼴사납게 보지 않았으면 좋겠군. 뭐, 이런 걸 보면 코크리 녀석의 악동 짓에 고마운 마음이 들 정도니까."

푸른 수염의 태도는 확실히 평소와 달랐다.

허공에서 마치 춤을 추듯 몸을 들썩거리는 태도라니?

장난스러운 모습은 간혹 보일 때도 있었지만, 지금은 그럴 때가 아니지 않은가.

에윈과 그랜빌의 말처럼 고작 셋뿐인 마왕의 조각 중 하나가 죽었다.

그런데 남은 둘 중 하나인 마왕의 조각이 저렇게 기뻐할 일이 있을까?

"……생각하긴 싫지만—가능한 경우라면 하나뿐이군."

"아마 맞을 겁니다."

"빌어먹을. 또 죽 쒀서 개 준 꼴인가."

삼총사는 그것을 명확하게 잡아냈다.

람화연과 라르크도 마찬가지였다.

"푸른 수염은 이곳에 있어선 안 돼요. 그는 애초에 '다른 할 일'이 있었을 테니까."

"피로트-코크리가 부표에서부터 돌아갔다지만 정상적인 상태가 아니겠죠. 하이하 씨한테 '즉사 포인트'를 맞았으니 어쨌든 원래의 컨디션은 아닐 텐데. 그럼에도 푸른 수염이 왔다는 건—."

"더 이상 푸른 수염이 '그곳'에서 할 일이 없다는 것. 바꿔 말하자면……."

푸른 수염은 유저들을 보고 웃었다.

"어떤 인간들 덕분에 내 할 일이 줄어들었지. 고맙네, 하이하 그리고 루거! 그러게, 왜 주무시는 분을 건드리고 그러나? 너희 인간들도 아침에 깨우는 걸 싫어하면서 말이지."

〈신성 연합〉의 일반 유저들 중에서, 푸른 수염의 말을 이해하지 못할 만한 자는 없었다.

"에얼쾨니히 님을 소개하겠네."

저녁노을을 빠르게 집어삼키며 동쪽에서 다가오는 어둠이 있기 때문이리라.

"마, 말도 안 돼! 마왕!? 여기서 갑자기 마왕이 나온다고?"

"푸른 수염도 막기 어려운 판에…… 도대체 뭐가 어떻게 돌아가는 거야?"

"우리 퀘 끝난 거 아니었어!? 갑자기 마왕?"

유저들은 곧장 패닉에 빠졌다.

어둠은 먼 하늘을 잡아먹으며 천천히 다가오고 있었지만 그건 결코 느린 속도가 아니었다.

시야 끝에 보이는 하늘이 물들어 간다.

그것도 눈에 보이는 모든 하늘이…….

그곳에서 달아날 수 있을 리가 없다. 대다수의 유저들이 패닉에 빠져 우왕좌왕했으나 역시 모두가 그런 건 아니었다.

라파엘라와 베르나르는 즉각 이하의 곁으로 달려왔다.

"하이하 씨, 지난번 눈물 가지고 계시죠?"

이하는 라파엘라의 물음에 고개를 끄덕였다.

그녀의 곁에 있던 베르나르도 곧장 거대 십자가를 대지에 박아 넣으며 말했다.

"사용하실 때를 말씀해 주신다면—바로 보조하겠습니다."

"으음, 하지만 사용해야 할는지는…….."

"네? 무슨 말씀이세요?"

이하는 라파엘라의 물음에 답하지 않았다.

제77대 교황의 선물은 분명 초월적 존재를 보고도 정신적인 타격을 받지 않기 위해 만들어진 아이템.

게임 속 시스템으로 말하자면 '상태 이상'에 저항하게끔 만들어 주는 셈이다.

그러나 지금도 과연 쓸모가 있을까?

'이렇게 패닉에 빠져 버린 상태로는…… '상태 이상'에 저항한다 해도 효과가 없을 거야.'

이들이 제대로 된 전투를 할 수 있을까?

만약 '눈물'이 일회성 아이템일 경우는?

이번 기회에 아이템이 소멸되어 버린다면 두 번째 기회는 없을 가능성이 높다.

이하는 그런 도박을 하고 싶지는 않았다.

오히려 이하의 생각이 집중된 개체는 다가오는 마왕, 에얼쾨니히가 아니었다.

'푸른 수염은 왜 여기에 온 거지?'

공중에 떠 있는 그는 유저와 NPC들을 보며 웃고 있다.

이런 모습을 보기 위해 왔을까?

마왕이 깨어났다는 말을 미리 전달하여, 〈신성 연합〉의 전의를 상실하게끔 만들기 위해서?

'그럴 리 없어.'

피로트-코크리라면 그럴지도 모른다. 그러나 푸른 수염은 아니다.

이미 마왕의 조각들의 개체별 AI 성향에 대해서도 어느 정도 겪어 본 이하였기에 느낄 수 있는 사실이었다.

푸른 수염은 지략형이다.

확실하고 철저하고 냉철하다.

〈신성 연합〉을 패닉에 빠뜨리는 건, 멀리서부터 다가오는 어둠이 존재만 하는 것으로도 충분하다.

오히려 평소의 푸른 수염이라면 마왕과 함께 와서 〈신성 연합〉을 일거에 절멸시키려 했을 가능성이 높다.

그렇다면 그가 먼저 온 이유는?

슈욱―슈욱―!

주변에선 벌써 로페 대륙으로 도망가기 시작했다.

이하는 굳이 뒤를 돌아보지 않았지만, 등 뒤에서부터 번쩍이는 연보랏빛을 보았다.

그리고 연보랏빛이 번쩍이는 장소를 보며, 웃고 있는 푸른 수염의 시선을 보았다.

그 순간 이하는 눈치챘다.

"에원 총사령관님!"

이하는 곧장 에원에게로 달려갔다.

큰소리로 에원의 이름을 외치며 달려가는 이하의 모습을 보며, 주변에 있던 〈신성 연합〉의 수뇌부도 곧장 모여들었다.

"작전은?"

에원은 간단하게 물었다. 이하는 마침내 깨닫게 된 푸른 수염의 의도를 말했다.

"퇴각입니다."

"그것밖에 없는가."

"네. 하지만…… 그냥 퇴각이 아니죠."

"음?"

푸른 수염이 마왕의 접근 소식을 최대한 빠르게 퍼뜨리고, 자신이 직접 모습을 드러내는 것으로 〈신성 연합〉의 유저들이 허겁지겁 퇴각하게 만들기 위함이라면, 그가 노리는 것은 하나다.

기브리드가 미처 이루지 못한 것을 이루기 위해서.

"〈마나 중계탑〉을 파괴하고 퇴각해야 합니다."

이하의 제안은 라르크와 람화연 등은 물론, 에원과 그랜빌마저도 인상을 찌푸릴 수밖에 없는 제안이었다.

〈신성 연합〉의 거의 모든 자원을 쏟아부었다.

기브리드를 소멸시킬 정도로 큰 전쟁을 벌여 가까스로 지켜 낸 것이 바로 〈마나 중계탑〉이다.

그렇게 지켜 낸 설비를 제 손으로 파괴해야 한다는 말에 당황하지 않을 사람은 없을 것이다.

잠시 말을 잃은 유저들 사이에서 먼저 입을 연 것은 어느새 이하의 곁으로 다가온 키드와 루거였다.

"적의 손에 넘어가서 마왕군 몬스터가 로페 대륙으로 손쉽게 넘어 오게 하는 것보다는…… 훨씬 나은 선택입니다. 적어도 지금 이 시점에선 마왕을 상대할 수 없으니까 말입니다."

"퉤, 그리고 기왕 그럴 거면 부표에 있는 것도 부숴야겠지. 아니, 부표뿐만이 아니라 로페 대륙에 있는 것까지 싹 다 부숴야 해. 하지만 그러려면……."

좋은 방법임에는 틀림없다. 그러나 할 수 있는가.

키드와 루거의 눈이 자연스레 돌아간 것은 혜인이었다.

다른 유저들의 시선에 개의치 않은 채, 그는 자신의 스태프로 바닥에 무언가를 그리고 있었다.

A로페—B부표—C에리카

"간단하게 생각하자면 B만 부숴도 상관은 없겠죠. 부표가 역할을 하지 못한다면, A에서 B도, C에서 B도 갈 수 없어요. A와 C가 상호 통하지 않는 건 물론이고요. 하지만—만약 마왕군이 마나 중계탑 유사한 것을 만들 수 있다고 생각한다면…… 역시 루거 씨의 말처럼 A와 C까지 부숴야 하죠. 부수려면 모두 부숴야 하는 게 맞습니다. 다만—."

혜인은 지팡이를 움직여 C를 지웠다.

C에서 B와 A로 연결되는 모든 선까지도. 그게 어떤 의미인가.

"이것을 부수는 자는……. 에리카 대륙에 남아 있어야 한다는 겁니다. 설령 무작위 텔레포트로 여명의 바다까지 간 후, 어떻게 조치를 취할 수 있다면 다행이죠. 그러나—."

혜인은 굳이 시선을 돌리지 않았다. 말을 잇지도 않았다.

하지만 이곳에 있는 모든 유저는 알고 있었다.

"끌끌, 더 대화를 나눠 보게. 내 생각에 특별한 답은 없을 것 같지만 말이야."

푸른 수염이 가만히 있을까?

공간 결계를 써 버리는 순간, 〈마나 중계탑〉을 파괴하기 위해 남은 자는 돌아갈 수 없다.

이곳에서 죽어야 한다는 의미다.

그렇다고 모두가 남아서 푸른 수염을 상대하는 것도 어불성설.

그를 막고 〈마나 중계탑〉을 파괴하기 위해 시간을 더 소모한다면…….

몇몇 유저들의 눈이 먼 하늘로 향했다. 저녁노을을 좀먹으며 다가오는 어둠은 훨씬 더 가까워진 상태였다.

'에얼쾨니히와 맞붙어야 할지도—.'

'그렇다면 〈신성 연합〉 자체의 괴멸이다.'

결국 〈신성 연합〉 자체는 퇴각하고, 소수의 인원만이 남아 〈마나 중계탑〉을 파괴해야 한다는 작전으로 귀결된다.

그것도 푸른 수염을 상대해 가면서.

현시점에서 푸른 수염을 상대하며 마나 중계탑을 파괴할 수 있는 인원 중, 자신의 죽음을 받아들이고 또 자신을 희생해서 할 사람이 있을까.

그것은 말하자면 '고양이 목에 방울 달기'와 마찬가지였다.

해야 함은 알지만, 섣불리 나서기 힘든 그런 것.

"후우우우우…….”

"혀, 형?"

굳어 버린 주변의 분위기를 살피며 이하는 호흡을 가다듬었다.

기정은 이하의 단순한 동작으로도 벌써 그가 어떤 말을 내뱉을지 눈치챘다.

"제가 하겠습니다. 알아볼 것도 있고요."

이하가 처음부터 이 생각을 떠올리고 에윈에게 다가온 이유는, 그 모든 각오를 마쳤기 때문이었으니까.

"그럼 나도—."

"아니, 루거, 키드, 당신들이 '부표'에 있는 걸 맡아 줘야 해. 삼총사의 텔레포트를 사용해서 징검다리처럼—뭐, 무슨 개념인지는 알지?"

이하가 C의 마나 중계탑을 부수고 나면 그다음은 B를 부숴야 한다.

부표에 있는 마나 중계탑, B를 부술 경우 부표에서 로페 대륙까지 '한 번에' 텔레포트할 수 없다.

그러나 그 중간에 누군가가 있다면?

삼총사의 텔레포트를 사용할 수 있는 자가 로페 대륙과 부표의 중간 어디쯤에서 대기한다면 가능하다.

그리고 이 경우 부표를 날릴 정도의 화력을 지닌 루거가 부표에, 그 징검다리 역할로써 키드가 여명의 바다 어딘가에 대기하고 있으면 될 일이다.

"블라우그룬 씨, 키드와 함께 가서 부표 쪽 마무리해 주세요."

이하는 바로 그 일을 블라우그룬에게 부탁할 작정이었다.

그러나 블라우그룬은 울상이 되었다.

이하가 이곳에 남는다면 푸른 수염과 싸워야 한다는 의미이지 않은가.

그 와중에 자신까지 이곳에서 떠나 버리면 문자 그대로 이하는 홀로 맞서야만 한다.

"하, 하이하 님, 그럼 레는—제가 하이하 님의 곁에서—."

"그리고 혜인 씨는 즈마 시티에 일반 상점가 NPC들 전부 데리고 매스 텔레포트로 이동해 주시고요. 화연이 너는 팔레오들 설득해서 이동시켜. 당분간 전부 로페 대륙에 있어야 한다고. 알렉산더 씨! 베일리푸스 님! 메탈 드래곤들이 팔레오들의 대규모 이동을 맡아 주세요!"

블라우그룬이 그러한 제안을 하기도 전, 이하는 벌써 유저들에게 각종 지시를 내리고 있었다.

이하 자신이 홀로 이곳에 남는다고 다짐했을 때부터 생각해 왔던 적재적소의 인사.

비록 〈신성 연합〉에서 그 어떤 권한도 없는, 일개 소속 유저일 뿐이었으나 그랜빌은 물론 총사령관 에윈조차도 그런 이하의 말에 토를 달지 않았다.

줄곧 이하의 말을 듣던 〈신성 연합〉의 총사령관은 간단히 지시를 내릴 뿐이었다.

"서 라르크, 데임 신나라, 람화연. 〈신성 연합〉의 총퇴각을 즉시 실행할 수 있도록. 그리고 성녀님은 곧장 성하께 보고를 부탁드립니다."

"네, 넵! 저는 지금 바로 에즈웬으로 가 볼게요!"

라파엘라의 수정구 사용이 그 시작이었다.

지금까지 간헐적으로 움직이던 〈신성 연합〉의 유저와 NPC들의 대규모 퇴각이 벌어졌다.

"전원 퇴각합니다! 〈신성 연합〉의 전원, 본국으로 후퇴하여 다음 명령을 기다리십시오! 전원, 퇴각! 총사령관님께서도…… 가시죠."

"으음, 그럼. 하이하."

라르크는 〈베르튜르 기사단〉을 통해 순식간에 명령을 전파하면서도 에윈을 챙기는 걸 잊지 않았다.

라르크에게 안내를 받으면서도 에윈의 시선은 이하에게 고정되어 있었다. 이하 또한 자신을 부르는 〈신성 연합〉의 총사령관을 보았다.

그 목소리에 담긴 의미가 어떠한 것인지도 금세 알 수 있었다.

"부탁하네."

"네. 맡겨 두세요."

에윈과 그랜빌의 눈, 단순한 NPC가 아닌 그들의 눈이 하고자 하는 말이 무엇인가.

자신이 남았어야 한다.

내가 죽었어야 한다, 라고 말하는 노장들의 눈빛을 이하는 이해했다.

그러나 그들을 이곳에서 희생시킬 순 없다.

루거와 키드 그리고 블라우그룬도 떠나고 대부분의 유저와 기사단이 즈마 시티로 복귀하며 퇴각을 준비하기 시작했음에도 한 사람은 이하의 곁을 떠나지 않았다.

"형, 괜찮겠어?"

푸른 수염을 노려보며 이하의 옆에서 방패를 치켜들고 있는 홀리 나이트 기정이 물었다.

블랙 베스의 총구는 이미 푸른 수염에게 고정되어 있었다.

이하는 기정을 바라보지도 않았다. 기정의 말에 답하지도 않았다.

기정은 더 이상 이하에게 묻지 않았다.

"죽지 마, 형."

자신을 생각하는 기정의 마음을 알았기에 이하는 아무런 말도 할 수 없었다.

매몰차게 떼어 내지 않는다면, 그는 목숨을 바쳐서라도 자신의 곁에 있으려 했을 테니까.

기정이 혜인을 비롯하여 즈마 시티의 NPC들을 관리하는 별초의 길드원들에게 떠나자, 즈마 시티의 전방에는 이하와 푸른 수염 오직 두 존재밖에 남지 않게 되었다.

"혼자서, 나를?"

〈신성 연합〉이 이러한 대화를 나누며 곧장 퇴각을 실시하고 있음에도 웃고 있던 푸른 수염이 말했다.

이하는 고개를 끄덕였다.

푸른 수염의 표정은 그리 변하지 않았다. 여전히 공중에 떠 있던 그는 조심스레 두 팔을 모았다.

그의 오른손이 왼팔의 턱시도 소매 아래로 들어갔다.

그리고 마치 마술처럼 지팡이를 꺼냈다.

새카만 몸체에 은장 손잡이가 붙은 지팡이를 공중에서 두 바퀴 휘두른 후, 그는 이하에게 자랑하듯 내밀었다.

"에얼쾨니히 님께서 새로 만들어 주셨네. 이번이 첫 사용이지."

"안타깝네, 꺼내자마자 잃게 생겼으니."

이하는 곧장 그의 말을 받아쳤다. 줄곧 여유롭던 푸른 수염의 미간이 조금 찌푸려졌다.

〈단 하나의 파괴〉에 의해 지팡이를 잃었던 기억을 이하가 건드렸기 때문이다.

그러나 그는 다시금 여유를 찾았다.

푸른 수염은 자신의 모자를 꾹, 꾹 눌러썼다.

모자에 반쯤 가려진 그의 안면은 제대로 보이지 않았으나, 파란 수염이 감싸고 있는 입만큼은 확실히 보였다.

반쯤 올라간 입꼬리가 열렸다.

"그럼 가겠네, 하이하 군."

그의 모습이 사라졌다고 느낀 순간, 이하는 반사적으로 방아쇠를 당겼다.

챠즈즈즈━━━━━━━━━━……!

"큿!?"

방아쇠를 당겼다고 생각한 순간, 이하는 전혀 다른 시점으로 지상을 바라보고 있었다.

'조금 전'까지 자신이 서 있던, 바로 그 자리였다.

자칫 황당하게만 느껴졌으나 이제 와 크게 이상한 일도 아니었다.

푸른 수염은 자신이 서 있던 자리의 뒤에서부터 지팡이를 휘두른 상태였고, 그곳에서 검은 번개와 같은 기운이 흩뿌려지고 있었다.

"호오, 고 녀석이 그렇게 빨랐던가."

레는 탑 햇을 슬쩍 들어 올리며 이하를 보았다.

이하는 웃고 있었다.

푸른 수염을 상대로 홀로 남아 싸우면서도 이하가 어느 정도 자신감을 보였던 첫 번째 이유가 바로 이것이었으니까.

"나이스, 젤라퐁!"

[묘오오옹, 묘오옹━!]

젤레자와의 대련을 통해 진화한 젤라퐁의 반응 속도는 푸른 수염에게도 분명히 대응할 수 있을 거라는 점!
　투콰아아아————……!
　이하는 푸른 수염을 향해 곧장 탄환을 날렸다.
　푸른 수염은 가볍게 몸을 옆으로 돌리며 피했다.
　쩌어어어엉…….
　"크앗!?"
　그러나 푸른 수염은 완벽히 피할 수 없었다.
　검처럼 치켜들고 있던 그의 지팡이 끝은 어느새 땅을 향해 내려간 상태였다.
　어느새 지면에 도달한 이하는 그것이 어떤 의미인지 알 수 있었다.
　"생각보다 피하기 까다롭지? 나도 예전의 내가 아니라니까."
　히트 박스 보정이 적용되었다는 뜻이었기 때문이다.
　다만 보정된 히트 박스에서 가장 가까웠던 게 푸른 수염의 '지팡이'인 게 안타까운 점이었다.
　"……재미있는 장난을 배워 왔나 보군."
　푸른 수염은 지팡이를 쥐고 있던 자신의 손목을 문질렀다.
　비록 무기를 놓치는 추태는 보이지 않았지만, 이하는 자신의 공격이 푸른 수염에게 충분히 위협적이라는 건 느낄 수 있었다.
　그렇다면? 더 이상 생각할 건 없다.

"글쎄, 〈다탄두탄〉!"

푸른 수염은 곧장 도약했다.

7m 이상의 높이로 뛰어오른 푸른 수염을 보며 이하는 총구를 치켜들었다.

공중에 있다면 피하는 것은 쉽지 않다.

'하지만 그렇기 때문에—.'

이하가 방아쇠를 당기기 무섭게 푸른 수염은 지팡이를 휘둘렀다.

탄두가 그의 몸에 닿지 않았음은 당연한 일이다. 아마도 그는 탄환 자체를 쪼개 버렸을 테니까.

[묘오오오오—!]

젤라퐁은 엄청난 속도로 이동하며 이하의 신체를 푸른 수염의 위협에게서 벗어나게 만들었다.

"〈커브 샷〉!"

투콰아아아————————……!

정면에서부터의 공격이 통하지 않는다면 측면에서는?!

푸른 수염은 지팡이를 들지 않은 왼손을 그대로 뻗었다.

손끝에서부터 형성된 반투명의 회색 배리어는 이하의 탄환을 막아 내며 소멸되었다.

"과연! 확실히 실력이 늘었어! 하지만—자네가 어느 방향으로 이동하는지, 그 생명체 아닌 생명체가 이해를 잘 못하고 있나 본데!"

푸른 수염은 급정거하며 외쳤다.

푸른 수염의 첫 번째 공격과 이하의 첫 번째 회피가 만들어 낸 결과가 무엇이었던가.

그는 이하의 뒤를 잡으려 했고, 젤라퐁은 이하의 몸을 앞으로 튕겨 나가게 만들었다.

"이, 이런—젤라퐁!"

[뭉, 뭉뭉!]

즉, 즈마 시티의 〈마나 중계탑〉과 그의 거리가 더 가깝다는 뜻!

"끌끌, 목적을 잃으면 안 되는 거지, 하이하!"

슈우우우우욱—!

가볍게 손을 휘둘러 '공간 결계'를 형성한 그는 곧장 마나 중계탑을 향해 달리기 시작했다.

젤라퐁이 황급히 그의 뒤를 쫓아 보았으나 거의 비슷한 속도에서 따라잡기는 버거울 수밖에 없다.

텔레포트로 마나 중계탑 인근까지 갈 수도 없다.

자신을 대신해서 막아 줄 사람도 없다.

불과 1분 30초 남짓한 전투가 벌어지는 사이, 유저와 기사단 등은 대부분이 떠난 상태였기 때문이다.

푸른 수염은 뒤를 흘끗 바라보며 웃었다.

이하와 젤라퐁이 아무리 빠르게 움직여도 자신을 쫓아올 수 없음을 알고 있기에 나올 수 있는 웃음이었다.

"이것부터 오염시키면 우리의 군세가—."

그러나 그의 표정은 곧장 굳었다.

이하도 웃고 있었으니까.

이하의 미소를 본 순간, 그는 전방을 바라보지도 않은 채 지팡이를 휘둘렀다.

촤아아아아악······!

[캬르륵—캉!]

[캬아아아악!]

시각보다 청각이 먼저 눈치챌 수 있었던 것은 무언가가 찢어지는 소리와, 짐승의 비명 소리였다.

잠시 후 전방을 바라보게 된 푸른 수염은 인상을 찌푸릴 수밖에 없었다.

"이런, 무슨?!"

푸른 수염은 달리는 것을 멈췄다. 그는 주춤거리는 자세로 사방을 경계했다.

"역시. 마왕의 조각이라도 곧장 파악이 가능한 건 아니었군."

젤라퐁도 푸른 수염과는 어느 정도 거리를 벌리며 속도를 늦췄다.

푸른 수염은 이하를 노려보았다.

그러나 함부로 다가오지 못했다.

"······네 녀석······."

그의 곁을 둘러싸고 있는 존재들과, 이하의 전방에서 이빨을 드러내고 으르렁거리는 존재들이 있었기 때문이다.

"영령 늑대라니. 영령 늑대 군왕의 힘을 사용할 수 있는 건가? 네깟 놈이?"

푸른 수염의 모습이 사라지기 무섭게, 이하가 반사적으로 당겼던 방아쇠.

그것은 일반 탄환이 아니었다.

"이름까지는 모르시나 봐? 로보라고, 나랑은 제법 친하거든."

이하가 시험해 보고자 했던 두 번째는 바로 영령 늑대 로보의 특성 중 하나였다.

당시 이하가 확인했던 로보의 특성은 총 두 개.

로보를 저격 연습물로 삼아서 처음으로 승리했을 때 이하가 선택했던 스킬이며, 앞으로도 몇 번은 더 쓸 수 있는 스킬이 바로 이것이었다.

[방출: 영령 늑대 군왕(2)]

설명: 영계와 현계를 자유로이 드나들 수 있는 로보의 특징 중 하나. 군왕의 부름이 있으니, 현계에서 영계로 인도하는 늑대들은 모두 군왕의 부름에 답하리라.

효과: 영령 늑대 소환

      (사용자의 스탯 포인트를 기준으로 소환 개체가 정해집니다.)

    (소환 가능 영령 늑대 수: 12 기)

마나: 700

지속 시간: 15분

'혹시나 놈들이 눈치챌까 봐 지금까지 한 번도 쓴 적이 없어. 하지만—로보의 말로는 영령 늑대 한 마리가 로페 대륙의 그 어떤 일반적인 생명체보다 강할 거라고 했었지.'

이하는 그때 눈치챘다.

로보는 분명 드래곤도 알고 있지 않은가.

테스트해 보고픈 마음이 솟구칠 때도, 생명의 위기에 처했을 때에도 이하는 가급적 이 스킬을 사용하지 않았었다.

그리고 마침내 아껴 왔던 히든카드 한 장이 빛을 발하고 있었다.

비단 미들 어스뿐만이 아니다. 본 적 없는 무기와 스킬을 사용할 때 적은 당황할 수밖에 없다.

하물며 영령 늑대 열두 마리의 힘은 어떤가.

푸른 수염의 표정은 다소 진지해졌다. 아직까지 미소는 잃지 않고 있었지만 여유가 어느 정도 없어진 것은 확실하다.

그 얼굴을 보며 이하가 물었다.

"에얼쾨니히는 어떻게 죽일 수 있지, 레?"

자신 혼자 이곳에 남으려 했던 세 번째 이유이기도 했다.

치요와 거래를 할 수는 없다.

마왕과 관련된 정보를 얻기 위한 마지막 창구는 바로, 마왕의 조각 그 자체가 되어야만 한다.

Geschoss 2.

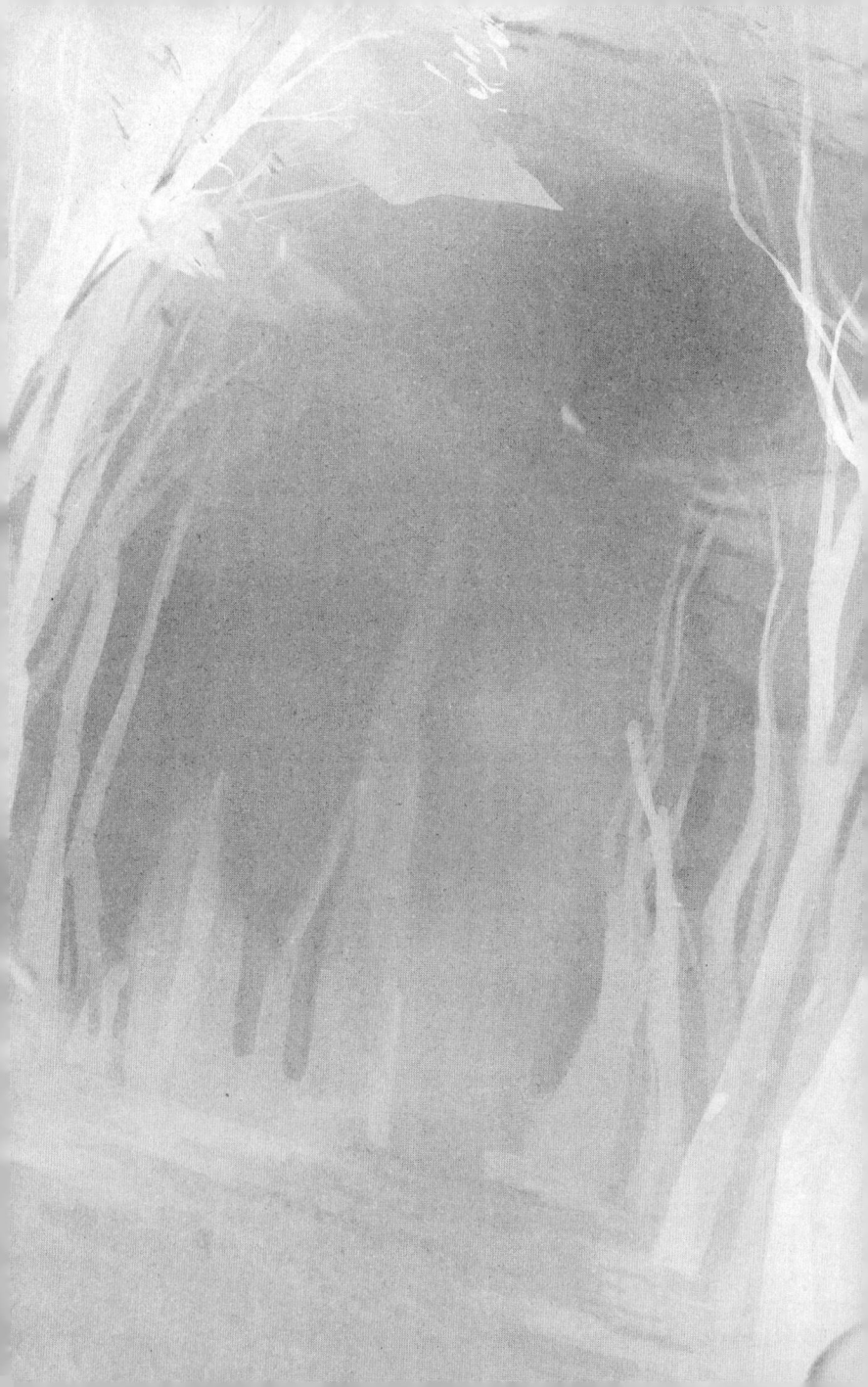

주변의 영령 늑대들을 살피던 레의 눈빛이 번뜩였다.

푸른 수염은 지팡이를 땅에 탁, 짚고는 자신의 수염을 슬쩍 매만졌다.

"진담이라면 한없이 멍청하고, 농담이라면 하나도 웃기지 않은데."

영령 늑대를 경계하고 있지만 레는 바보가 아니다.

영령 늑대 소환에 어느 정도 지속 시간이 있음을 분명히 인지하고 있는 NPC이며, 호각을 다퉈야 하는 전투가 벌어지게끔 만드느니 차라리 영령 늑대가 사라진 후의 빈틈을 노릴 게 뻔하다.

"어째서 멍청하다는 거지?"

이하가 계산한 것도 바로 그런 점이었다.

그런 AI의 NPC라면, 싸움을 택하느니 자신이 하는 말에 어느 정도 반응이라도 보일 수밖에 없을 테니까.

레는 이하의 물음을 들으면서 모자를 벗었다.

가벼운 동작으로 머리를 정리하는 푸른 수염은 웃고 있었다.

"너는 세상을 너무 우습게 아는군. 너희들이 신이라 하는 그놈은, 내가 이름을 담기도 거북하지만—어쨌든 존재하고 있다. 너는 신을 제거할 수 있다고 생각하나?"

"아니, 분명히 다르잖아. 에얼쾨니히는 마가 아니라 마의 파편 중 하나일 뿐이니까. 에얼쾨니히가 또 다른 마의 파편 하나를 흡수했다지만—어쨌든 흡수되지 않은 마의 파편 하나는 소멸되었음을 알고 있어."

주신 아홀로는 신이다. 그러나 에얼쾨히니는 신이 상대했던 마의 잔해 중 하나일 뿐이지 않은가.

그 둘을 동격으로 놓는다는 건 이해할 수 없는 일이었다.

"어차피 얼굴도 못 내미는 놈에게 굳이 힘의 차이를 인정하고 싶진 않지만, 네 녀석은 힘의 차이가 있다고 말하고 싶은 거겠지?"

"아니라고 말하려고?"

"에얼쾨니히 님은 '가장 아래'에 계신 분이다. 그보다 '더 아래'가 없는 이상…… 그분이 가장 아래지."

"……마가 없으니까—에얼쾨니히와 동격의 마의 파편들도 없으니까 결국 에얼쾨니히가 마, 그 자체라는 말이야? 말도 안 돼. 그런 말장난 같은 소리를 한다고?"

1인자가 죽으면 2인자가 자동으로 1인자가 되므로, 각 1인자끼리는 동등하다는 주장일까.

이하는 잠시 고개를 저으며 반박했으나 레는 고개만 끄덕였다.

다시 자신의 머리 위에 모자를 폭 얹은 후, 그는 어깨를 으쓱였다.

"아닐 것 같나?"

이하는 쉽사리 답하지 못했다.

피로트-코크리였다면 반드시 함정이었을 것이다.

치요 또한 거짓 정보를 흘릴 가능성이 높다.

그러나 부표에서 피로트-코크리에게 이런 질문을 하지 않았고, 치요와 정보의 거래를 하지 않은 채 푸른 수염을 택한 이유가 무엇인가!

'……말을 안 했으면 안 했지—의외로 정직한 NPC라서 그런 거였는데!'

마왕의 조각에 걸맞지 않게, 정보전으로 속이는 짓을 거의 보이지 않았기 때문이건만.

이하는 잠시 생각을 가다듬었다.

진위 여부는 어차피 이 자리에서 생각해 내거나 가릴 게 아니다.

중요한 건 정보를 조금이라도 더 뜯어내는 것. 이하는 부표에서의 일을 생각하며 그에게 물었다.

"그, 그러면! 마탄은? 자미엘과 당신들은 어떻게 된 거지?"

"끌끌, 무슨 뜻인지 모르겠군."

"피로트-코크리가 있잖아. 에얼쾨니히가—피로트-코크리의 힘마저 쓸 수 있다면! 설령 당신들이 마탄에 당했다 해도 언데드로 되살리거나 할 수 있지 않아? 왜 자미엘을 두려워하는 거지?"

"되살려?"

푸른 수염은 고개를 갸웃거렸다.

이하는 목소리에 힘을 주며 말했다.

"피로트-코크리가 마탄에 당했던 브로우리스 소장님을 되살린 걸 너도 알고 있을 텐데."

푸른 수염은 이하를 바라보았다.

그가 갑자기 폭소하는 바람에 이하는 순간 방아쇠를 당길 뻔했다.

"그렇군. 아하하핫! 이히히히힉, 그런 거였어. 네 녀석, 그딴 생각을 하고 있기 때문에—굳이 나를 상대하겠다고, 푸흐흐흡……!"

"뭐, 뭐가 그렇게 웃기지?"

"코크리에게—으히히히, 코크리에게 그렇게 들었나?"

당황해서 묻는 이하를 보면서도 푸른 수염은 웃음을 멈추지 못했다.

유저도, NPC도 없는 황량한 즈마 시티의 앞에서, 영령 늑대들의 낮은 울음이 묻힐 정도로 호쾌하게 퍼지는 푸른 수염의 웃음소리.

비정상적이고 비현실적인 그 모습에 이하는 묘한 기분이 들었다.

그는 어째서 웃고 있는가.

푸른 수염은 한참을 더 웃다가 겨우 목소리를 가다듬었다.

이하는 자신을 바라보고 있는 마왕의 조각의 눈빛을 읽을 수 있었다.

그것은 무시였다.

"네크로맨서가 그 빌어먹을 아흘로 놈이라도 되는 줄 아는 거야? 우하하하핫!"

놀림감이 되어 버린 자신을 비웃는 눈빛.

그러나 이하는 기분 나빠하지 않았다.

푸른 수염에게 반항하지도 않았다.

"……역시 그런 거였나."

"우ㅎㅎㅎ, 으응? 뭐가 또 웃겨 줄 게 남아 있나 보지?"

"피로트-코크리가 완전 거짓말을 한 건 아니었다는 뜻이지."

푸른 수염의 반응으로 인해 이하는 확신을 얻을 수 있었다.

피로트-코크리는 부표에서 분명히 말했다.

자신은 브로우리스를 되살린 게 아니라, '만든 것'이라고.

그때는 피로트-코크리가 자신을 혼란스럽기 위해 지껄인

것이라 생각했다. 실제로 그러한 개념으로는 접근해 본 적이 없었으므로, 이하는 굉장한 혼란에 빠졌었다.

"그래서 확인을 해 봐야 한다고 생각했어……. 그리고, 이제 전부 확인한 거지."

이하는 조용히 읊조렸다.

푸른 수염의 웃음은 이제 완전히 잦아들 정도가 되었다.

이하는 확신했다.

"마탄으로 죽은 자는 되살릴 수 없어."

마탄으로 인한 죽음은 일반적인 죽음과는 다르다.

'잘못 생각하고 있었어. 무엇이든 맞춰 죽인다의 개념 정도가 아니었던 거야.'

타 개체에게 사용하는 여섯 발의 마탄, 그것은 그저 죽음을 가져올 뿐이며 오직 자기 자신에게 적용되는 일곱 발째 마탄만이 사용자를 소멸시킨다고 생각했다.

'그게 아니라는 의미지. 마탄은…… 일곱 발 모두—그 상대방을 소멸시키는 것. 단, 차이점이라면 마탄을 사용한 자에게 추가적인 벌, 사용자의 모든 기억과 기록 자체를 그 어디에도 남지 못하도록 없애 버린다는 것뿐이라는 뜻인가.'

역대 마탄의 사수에 관한 모든 기록과 기억이 사라진다는 특징이 있었으므로 이하는 앞선 여섯 발과 일곱 발째를 구분했었다.

그러나 그러한 특징이 '추가로' 있는 것일 뿐, 앞선 여섯 발 또한 대상을 소멸시켜 버린다는 점에서는 일곱 발째와 크게 다를 바가 없다는 셈이지 않은가.

'그래서 언데드가 되었든, 뭐가 되었든…….'

마탄에 의해 소멸된 대상은 '되살린다'는 개념이 적용될 수 없다는 의미다.

이하는 이제야 알 것 같았다.

만약 그런 일이 전부 가능했다면, 전대의 바하무트가 마탄에 의해 사망했을 때 그것을 그대로 두었을 리가 없지 않은가.

'처음부터 힌트는 나와 있었다는 뜻인가……. 제길.'

그렇다면 브로우리스에 관한 것도 충분히 추측해 낼 수 있는 일이었다.

마탄에 의해 소멸한 자는 되살릴 수 없건만 어째서 브로우리스는 피로트-코크리의 언데드가 되었을까.

피로트-코크리와 푸른 수염이 말한 것처럼 브로우리스의 사체를 활용하여 '언데드'를 만든 게 아니라, 그의 기억과 물품을 사용하여 피로트-코크리와 기브리드가 '새로운 생명체'를 만들어 낸 개념이라고 봐야 한다는 뜻이다.

"쩝, 키드에게는 비밀로 해야겠군."

키드는 언데드 브로우리스가 생전의 모든 기억을 지니고

있었고, 자신과의 대화에서 특정 키워드가 발동되어 그가 자살했다고 여겼다.

그게 아니라 그저 '만들어진 생명체'가 완전하지 못해서, 피로트-코크리의 말처럼 '실패작'이 되어 버려 그런 일을 저질렀다는 말을 듣는다면 그는 적잖이 실망하리라.

이하는 푸른 수염에게서 얻은 정보들을 빠르게 종합했다.

1. 에얼쾨니히를 어떻게 죽일 수 있는지는 아직 알 수 없다. 그러나 현존하는 가장 큰 마가 에얼쾨니히인 이상, 그는 더 이상 마의 파편이 아니라, 마魔 그 자체라고 인정해 줘야 한다.
2. 마탄으로 마왕의 조각들을 죽일 수 있으며 마왕의 조각들은 그것을 두려워한다. 왜냐하면 마탄으로 죽은 자는 되살리는 게 불가능하기 때문에.

그 시점에서 이하는 새로운 의문이 들었다.

'그럼 카일은 어떻게 된 거지? 아직도 에얼쾨니히와 함께…… 아니, 잠깐. 그렇다면―.'

에얼쾨니히>카일=자미엘>마왕의 조각 이라는 도식이 성립해 버린다면, 치요와 카일이 더 이상 그곳에 남아 있을 이유가 있을까?

"크흐흐…… 고맙다, 푸른 수염."

그가 말해 주지 않아도 충분히 추측 가능한 사실이었다.

치요와 카일. 즉, 뱀파이어 측은 현재 에얼쾨니히 측에 붙어 있지 않을 것이다.

마왕이 움직이고, 피로트-코크리가 중상을 입었음에도 푸른 수염이 이곳에 있다는 사실이 그러한 추론에 근거를 더해 주고 있었다.

"네 목숨값치고는 너무 많이 알려 준 것 같군. 이거야 원, 오랜만에 에얼쾨니히 님 앞이라 흥분을 좀 했어. 쯔쯔, 나잇값도 못 하게 된 꼴이라니."

푸른 수염의 목소리는 한없이 가라앉아 있었다.

반성하고 자책하는 그의 목소리가 진심이라는 걸 이하도 알 수 있었다. 그리고 진심이라면, 그는 더 이상 참지 않을 것이다.

이하는 푸른 수염과 눈을 마주쳤다.

이번엔 이하가 빨랐다.

[캬아아아아악—!]

[캬르르르르……!]

"칫."

푸른 수염을 포위하고 있던 영령 늑대들이 먼저 도약했다.

이하에게 달려오려던 푸른 수염이었으나 그는 열두 마리의 영령 늑대를 상대하기도 벅찼다.

그 시점에서 이미 젤라퐁은 이하의 몸을 튀어 오르게 만든 상태였다.

[묘오오오옹—!]

검은 번개가 뻗어 나가는 지팡이로 영령 늑대를 견제하는 푸른 수염의 머리 위에서, 이하는 곧장 탄환을 쏘아 냈다.

"〈마나 증발탄〉!"

투콰아아아————————……!

"빌어먹을 놈이—."

챠츠츠츠츠츳—!

푸른 수염의 얼굴에 더 이상의 여유는 없었다.

그럼에도 그의 지팡이에선 여전히 검은 번개가 뻗어 나가고 있었다.

그것이 마나와 관계된 게 아니라 무기에 붙은 옵션인 이상, 그것까지 막아 낼 수는 없으리라.

'하지만 괜찮아. 먹힌다! 먹히고 있어!'

영령 늑대는 강하다.

이하가 지금까지 본 일반 생명체 중 가장 강하다고 볼 수 있는 로보의 특성은 확실히 아끼고 아낄 만한 것이었다.

'거기에 더해—지금의 푸른 수염은 정상이 아니니까!'

기브리드와 마찬가지일 것이다.

이하와 루거 때문에 에얼쾨니히가 막 깨어났다지만, 마왕의 조각들이 마기를 완벽하게 되찾지는 못했을 터!

물론 그럼에도 푸른 수염은 만만한 존재가 아니었다.

[깨애애앵—!]

[케헥—깨갱!]

영령 늑대들은 이하가 굳이 명령하지 않아도 영계와 현계를 마음대로 드나들며 푸른 수염의 약점만을 노리고 있었건만, 푸른 수염은 그중 두 마리를 일거에 베어 버린 것이다.

"영령 늑대 군왕이 직접 데려왔다면 모를까, 네 녀석의 힘으로 만들어 낸 이것들 정도는 내가 충분히—."

"〈단 허나의 파괴〉!"

이하가 소리치며 방아쇠를 당겼다.

영령 늑대를 향해 지팡이를 휘두르던 푸른 수염은 화들짝 놀라 무기를 회수했다.

[캬아아아앙—!]

방해를 받지 않게 된 영령 늑대 한 마리가 푸른 수염의 가슴팍을 물어뜯었으나, 역시 마왕의 조각에게 바로 통하는 공격은 아니었다.

턱시도 앞섶이 일부 뜯겨 나간 푸른 수염은 일그러진 얼굴로 이하를 노려보았다.

"크읏—이 자식이—."

"나이 드시더니 귀가 잘 안 들리나 봅니다? '허나'의 파괴라고 했는데 말이지! 〈번 아웃〉!"

AI가 높을수록 말장난 같은 기술이 통할 확률이 높다는 점!

다시 한 번 방아쇠를 당겼으나 푸른 수염의 모습은 순식간에 사라졌다. 탄환은 허무하게 지면에 박혔다.

"어디—."

이하는 잠시 당황했으나, 곧 눈치챌 수 있었다. 이하의 눈은 속여도 영령 늑대의 '코'는 속일 수 없었으니까.

[캬르르르륵—!]

늑대들이 달려오는 것은 이하 자신을 향한 방향, 그렇다면 당연히 푸른 수염은…….

[묘오오오옹—!]

파츠츠츠츠츳————————!

이하의 등 뒤에서 맞부딪친 젤라퐁의 촉수와 푸른 수염의 지팡이!

젤라퐁은 푸른 수염의 지팡이를 그대로 받아 낸 게 아니라, 흘리듯 부드럽게 움직이기까지 했으나 전격계 데미지는 이하에게까지 흐를 수밖에 없었다.

"크으으……."

짜릿한 느낌이 느껴지기 무섭게 이하는 등골이 서늘해졌다.

지금 젤라퐁의 안쪽에는 방탄조끼와 같은 아이템을 입고 있지 않은가.

웬만한 물리 데미지는 상당 부분 튕겨 내는 방어구를 입고 있음에도 이러한 충격이라니!

'오히려 고마워해야지. 푸른 수염의 공격에 즉사하지 않은 것만 해도 다행이야.'

애당초 저격수가 이 정도의 근접전을 벌인다는 게 잘못이었으나, 원거리 공격을 전부 피해 버리던 푸른 수염의 특성을 생각한다면 어쩔 수 없는 일이기도 했다.

'그래도 해볼만 하다고 생각했는데―약해진 푸른 수염을 상대로도 결국은 밀리는구나.'

예전에 비하면 1:1의 상황에서도 훨씬 수월한 건 맞다.

하지만 푸른 수염 또한 '예전의 상황'이 아니지 않은가.

'〈의지의 탄환〉은 어차피 큰 타격을 못 준다. 가능성이 있다면 역시 〈번 아웃〉을 맞춘 후, 〈하얀 죽음〉 또는 〈단 하나의 파괴〉……. 그리고…….'

아직도 숨겨 놓은 한 수.

이하는 입술을 물었다.

자신이 혹시 잘못 판단한 것은 아니었을까.

오히려 지금이야말로 푸른 수염을 죽이기에 가장 좋은 찬스가 아니었을까.

몇 명을 더 남겨서라도 지금 승부를 봤어야 하지 않을까.

이하의 마음속에 조바심이 일었으나 그것은 곧 지워졌다.

'아니, 아니다. 어차피 내 탄환은…… 아무리 히트 박스 보정이라도 푸른 수염이 마음먹고 피하려 들면 얼마든 피할 수 있어.'

강력한 스킬이 있다고? 그게 무슨 상관인가.

맞지 않으면 아무짝에도 쓸모없다.

그런 면에서 회피가 다른 마왕의 조각보다 훨씬 뛰어난 푸른 수염은 이하에게 최악의 상성이기도 하다.

'푸른 수염의 발을 묶을 누군가가 없는 이상 어차피 승부는 불가능했겠지.'

이하는 방아쇠를 당기며 생각했다.

푸른 수염은 등 뒤에도 눈이 달린 것처럼 이하의 탄환을 피하곤 영령 늑대 한 기를 또 베어 넘겼다.

여유가 하나도 없는 얼굴로 온 힘을 다하여 싸우고 있지만 어쨌든 그는 한 마리씩 영령 늑대를 줄이고 있다. 몇 사람 더 있었다 하더라도 그를 처리하긴 어려웠을 것이다.

'지금은 때가 아니야.'

저격수의 가장 중요한 재능은 바로 인내다.

이하는 푸른 수염에게 〈단 하나의 파괴〉를 쏴 버리고 싶은 것을 가까스로 참았다.

때마침, 이하의 머릿속에서도 연락이 왔다.

—즈마 시티, 전부 비었습니다. 부표에서 루거 씨 준비 완료.

라르크의 목소리를 들으며 이하는 푸른 수염에게 스킬을 사용했다.

"〈다탄두탄〉!"

"크으—이 녀석이—."

알알이 쪼개지는 탄환을 피해 도약하며 푸른 수염은 인상을 찌푸렸다. 하지만 이하는 푸른 수염을 바라보지 않고 있었다.

푸른 수염의 시선은 자연스레 이하의 총구 끝을 따라갔다.

"네놈, 그 자리에서 〈마나 중계탑을〉—."

둘이 싸우고 있는 장소는 즈마 시티의 전방, 〈마나 중계탑〉까지는 1km 이상의 거리가 떨어져 있었다.

푸른 수염의 말을 들으며 이하는 웃었다.

1km, 이하의 솜씨가 가장 잘 발휘되는 거리이자, 미들 어스 내의 적중률로 따지면 사실상 100%에 가까운 곳.

"〈단 하나의 파괴〉."

투콰아아아—————……!

"어딜—감히—."

푸른 수염은 공중에서 사라지려 했다. 날아간 탄환을 막으려는 움직임에 잠시 이하가 움찔거렸다.

그러나 이하는 혼자 있는 게 아니다.

[크아아아아악—!]

[캬르르르릉—!]

푸른 수염의 뒤를 물고 늘어지는 영령 늑대들 때문에 푸른 수염은 지팡이를 뒤로 휘둘러야 했다.

그 잠깐의 시간차, 그것으로 충분했다.

"젤라퐁, 가자!"

[묘오오오옹—!]

푸른 수염이 착지할 때쯤, 젤라퐁은 이하의 몸을 공중으로 최대한 높이 띄웠다.

이미 즈마 시티에 남아 있는 생명체는 없다.

마나 중계탑에서 가장 주요한 중계용 마나 구슬은 〈단 하나의 파괴〉에 의해 사라졌다.

이하는 최고점에 도달할 때쯤, 뒤를 돌아보았다.

"음……!?"

벌써 '깔때기' 인근의 하늘까지 다가온 어둠.

5분 안에 이하 자신이 있는 곳까지 퍼질 어둠 속에서 이하는 무언가를 보았다.

"사람?"

새카만 어둠 속에서 미세하게 붉은빛을 발하고 있는 실루엣은 분명 인간의 것과 닮아 있었다.

이하는 즉시 스크린 샷을 찍은 후, 그대로 다시 고개를 돌렸다.

지체할 시간 따위는 없었다.

"하이하! 그대로 살려 보낼—."

"〈고스트 인 더 쉘〉!"

─────────────── …….

이하와 젤라퐁이 사라졌다.

푸른 수염은 즈마 시티의 서쪽을 바라보며 당장이라도 이하에게 달려가려 했으나, 이미 이하와의 거리는 8km 이상 벌어진 상태였다.

이제 에리카 대륙에는 더 이상 〈신성 연합〉도, 〈신성 연합〉에 우호적인 팔레오도 남아 있지 않았다.

[레.]

멀리서부터 들려온 음성에 푸른 수염이 화들짝 놀라 뒤를 돌았다.

그는 곧장 모자를 벗고 허리를 숙였다.

"……바다를 건너면 되니, 너무 걱정 마시길, 에얼쾨니히 님. 코크리 녀석이라면 저희 모두가 건너기에 충분한 선박을 건조할 수 있을 겁니다."

레의 말에 특별한 답은 돌아오지 않았다.

푸른 수염은 모자를 쓰곤 여명의 바다 쪽을 바라보았다.

8km 바깥 바다에 떨어진 이하도 가만히 있을 리는 없었다.

"푸하아아, 〈인어화〉! 즉시 용궁으로 가자, 젤라퐁! 해신 님과 드레이크 님께도 알려 드려야 하니까!"

[묘오오옹—!]

바다에서 곧장 인어화 스킬을 사용한 채, 그대로 이하는 용궁을 향해 나아갔다.

용궁의 인어들에게 모든 소식을 전달한 후, 이하 또한 삼총사의 텔레포트와 블라우그룬의 〈파트너: 출두〉 등을 통해 빠른 속도로 로페 대륙에 복귀할 계획이었다.

물론 인어화를 써서 가장 빠른 속도로 용궁을 향한다 해도, 여명의 바다 중앙부의 깊숙한 곳까지는 며칠 이상의 시간이

걸릴 수밖에 없다.

 그렇게 용궁을 향해 헤엄친 지 미들 어스 시간으로 사흘째 되던 날, 이하는 기정에게 연락을 받았다.

 —진짜?
 —응. 진짜지. 미들 어스 공식 홈페이지에 있었어.
 —그럼 아마…….
 —마왕이 깨어나고 에리카 대륙이 먹혔던 그 시점에 나왔겠지.

 기정의 목소리를 들으며 이하의 입에서 기포가 부그르륵 솟아났다.
 "페이즈…… 5……."
 마침내 페이즈 4가 끝나고 페이즈 5가 시작되었다.

페이즈 4.
[판도라의 상자는 열어야만 합니다. 그 안에 무엇이 있다 하더라도.]

 판도라의 상자는 열렸다.

그 안에서 나온 건 마魔라고 볼 수 있다.

마왕의 조각들이 마의 파편으로 합할 명분과 기회를 만들어 주었고, 실제로 중간에 방해를 받긴 했지만 마왕=마의 파편이 만들어졌으니까.

그러나 그것은 제대로 활동할 수 없는 상태였다.

힘의 부족이 원인인지, 그저 잠든 것이 원인인지 알 수 없었으나 어쨌든 활동하지 못하는 상태였다.

그때까지도 미들 어스 공식 홈페이지의 문구는 변하지 않았다.

"하지만 이제 와서 바뀌었다면……. 역시 기정이 말처럼 생각하는 게 맞아."

지금은 아니다.

마왕이 완전히 모습을 드러내 힘을 한 번 사용했을 때에도 변하지 않았던 페이즈 4가 이제 페이즈 5로 업데이트 되었다는 것은, 이전과는 상황이 완전히 바뀌었다는 뜻!

이하가 나오기 직전 들었던 교황의 말과도 같을 것이다.

"에얼쾨니히는 깨어났습니다. 이제 미들 어스의 모든 생명체는……. 설령 바하무트 님이라 해도 겪어 보지 못한 일들을 경험하게 될 겁니다."

에얼쾨니히의 완전 부활 선언이 바로 페이즈 4를 끝내는 열쇠였으리라.

"으음, 거기까지는 알겠는데…… 정작 무슨 뜻인지 모르겠단 말이지."

벌써 람화연과 라르크, 신나라와 혜인, 비예미 등 발 빠른 유저들에게도 페이즈 5의 소식이 알려진 상태였다.

〈신성 연합〉의 총퇴각을 수습하고, 각국의 국왕들에게 전후 처리에 대한 상세 보고를 준비하는 등, 눈코 뜰 새 없이 바쁜 상황에서도 그들은 페이즈 5를 해석하기 위해 노력하고 있었던 것이다.

페이즈 5.
[진흙 속에서 꽃을 피우기 위해, 누군가는 씨앗을 들고 진흙 속으로 들어가야만 합니다. 꽃이 피어날, 그날을 기다리며……]

그럼에도 큰 진전은 없었다.

그것은 용궁에서 모든 일을 마치고 로페 대륙까지 돌아온 이하도 마찬가지였다.

기정에게 처음 이야기를 듣고 미들 어스 내부에서 정보를 찾아보려 했으나 여의치 않아 로그아웃까지 한 상태로 보고 있건만, 딱히 떠오르는 아이디어는 없었다.

"진흙과 꽃이라. 무슨 불교 용어 같은 것만 잔뜩 나오는데…… 하긴, 검색으로 찾을 수 있는 게 아니려나."

미들 어스의 커뮤니티도 마찬가지였다.

페이즈 5로 바뀐 이유가 마왕 때문이라는 것 정도는 거의 모든 유저들이 확정적으로 생각하고 있는 점이었으나, 정작 페이즈 5의 문구 해석에 대해서는 의견이 분분하기만 했다.

모니터 화면을 물끄러미 바라보던 이하는 피식 웃었다.

"애초에 그럴 분위기가 아니겠지. 페이즈 문구도 문구지만……."

⟨제목: 머스킷티어 전직 끝냈다. 루거처럼 되려면 이제 뭐 해야 함?⟩

⟨제목: ㄴre: 그렇게 물어봐서 될 수 있겠냐 ㅄ⟩

⟨제목: 융단 폭격이라고 진짜 융단 떨어지는 건 에바다 ㅋㅋ⟩

⟨제목: 하이하는 도대체 뭔데 키메라를 만드냐?⟩

⟨제목: ㄴre: ㄹㅇ 이해가 안 됨 ㅋㅋ 크로울리도 하이하 찾던데⟩

⟨제목: 아 나도 얼른 렙업해서 ⟨신성 연합⟩ 랭커들이랑 같이 서 보고 싶다⟩

⟨제목: 근데 에리카 대륙 다 먹혔으니 이제 렙 230때 어디서 업하지?⟩

⟨제목: 람화정이 천사처럼 보였다는 건 미모 보고 하는 말? 아니면 뭔가 있나?⟩

유저들은 아직도 ⟨마나 중계탑⟩을 두고 싸웠던, [하이브 제거 전투]의 감동에서 빠져나오지 못하고 있었기 때문이다.

무엇보다 마왕의 조각 셋 중 하나가 완벽하게 소멸되었다는 건, 그동안 있었던 〈백룡 전투〉를 비롯한 온갖 전투보다 더 큰 공훈이나 다름없었으니 어떤 의미로는 당연한 일이었다.

 '다른 유저들의 이야기도 있긴 하지만 역시 루거한테 이목이 쏠릴 수밖에 없겠지.'

 루거 혼자서는 결코 할 수 없는 일이다.

 〈신성 연합〉 모두의 힘이 보태어진 것을 부정하는 유저는 없었으나, 역시 마지막을 장식한 루거가 가장 돋보이는 건 당연했다.

 실제로 퀘스트 클리어의 기여율 또한 루거 혼자 15%를 차지했다.

 약 9% 기여율을 부여받은 이하가 루거의 바로 뒤였으니까.

 칼라미티 레기온의 상당수를 희생시켰음에도 루거의 절반을 겨우 넘는 정도의 기여율밖에 받지 못한 것이다.

 '뭐, 루거 놈은 그걸로도 만족 못 하고 길길이 날뛰긴 했다만······.'

 이하도 그런 루거의 불평을 이해할 수 있었다.

 [관통]이 지닌 모든 과제를 통과하고 얻은 스킬이다.

 그야말로 대對기브리드 전에 특화되었다고 볼 수 있을 정도로, 모든 것을 집어삼키는 그의 스킬은 화려함과 강력함을 동시에 가지고 있었다.

 "실제로 와이튜브 주간 영상 아직도 1위이기도 한데다, 이건 뭐…… 다시 봐도 황당할 정도이긴 하니까."

영상을 올린 자가 누구인지는 알 수 없지만, 각도상으로 보자면 대지술사들의 토벽 뒤에서 원거리 공격으로 키메라를 견제하던 유저 중 하나로 추정되었다.

그는 '깔때기' 속에 키메라들이 들어간 직후 곧장 〈플라이〉 스킬을 사용하여 하늘로 올라갔고, 높은 곳에서 광각 촬영으로 기브리드의 키메라들이 일거에 녹아 증발해 버리는 장면을 전부 녹화했던 것이다.

〈백룡 전투〉 당시 이하의 〈하얀 죽음〉이 관심을 끌었던 것 이상으로, 루거의 영상에 대한 관심이 폭발적일 수밖에 없었다.

머스킷 아카데미 또한 루거의 영상에 힘입어 다시금 유저들로 북적거리기 시작했다.

"킥, 아카데미에서 초보들 상대로 목에 힘주면서 잘난 척이라는 잘난 척은 다 하고 있었는데…… 지금쯤 더 심해졌겠어."

이미 [관통]의 극의에 도달한 루거였으므로 이하는 할 말이 없었다.

이하가 돌아왔을 즈음, 〈신성 연합〉에서 모습을 감춘 건 키드였다.

이하가 홀로 푸른 수염을 상대하며 즈마 시티의 〈마나 중계탑〉을 없앴고, 루거가 기브리드를 죽이고 부표의 〈마나 중계탑〉을 없앴다.

나는 무엇을 하고 있는가.

키드가 그런 생각을 하지 않았을 리 없었고, 그는 로페 대륙으로 돌아오자마자 곧장 탄환을 챙겨 떠났던 것이다.

'마왕군이 로페 대륙에 도달하기 전에 과제를 클리어해야 할 텐데.'

루거의 키워드가 '공간'이며 [관통]이었다면 키드의 키워드는 '인간'이자 [속사]다.

루거의 힘으로 기브리드를 죽였다면 키드의 힘도 그에 못지않게 강하지 않겠는가.

키드를 걱정하던 이하는 곧 고개를 저어야만 했다.

"누가 누구를 걱정하냐. 내 할 일이나 잘 해야지."

키드는 걱정할 필요가 없다.

'시간'과 [명중]에 관한 과제를 풀지 못한 자신이 더 걱정이다.

이하는 헛웃음을 내뱉으며 다시금 미들 어스 접속기로 향했다.

푸른 수염이 〈마나 중계탑〉을 차지하려고 했다면 그 이유는 하나.

에얼쾨니히와 모든 마왕군의 로페 대륙 진격이다.

굳이 교황의 추가 설명이 없어도 그들은 올 것이다.

다만 〈마나 중계탑〉이 없으므로 곧장 오는 게 아니라, 에리카 대륙에서 충분한 병력을 만든 후에 온다고 봐야 한다.

'그때까지⋯⋯.'

준비를 마쳐야 한다.

기브리드라는 마왕의 조각을 막을 때보다 훨씬 더 위험하고 무서운 적이 올 테니까.

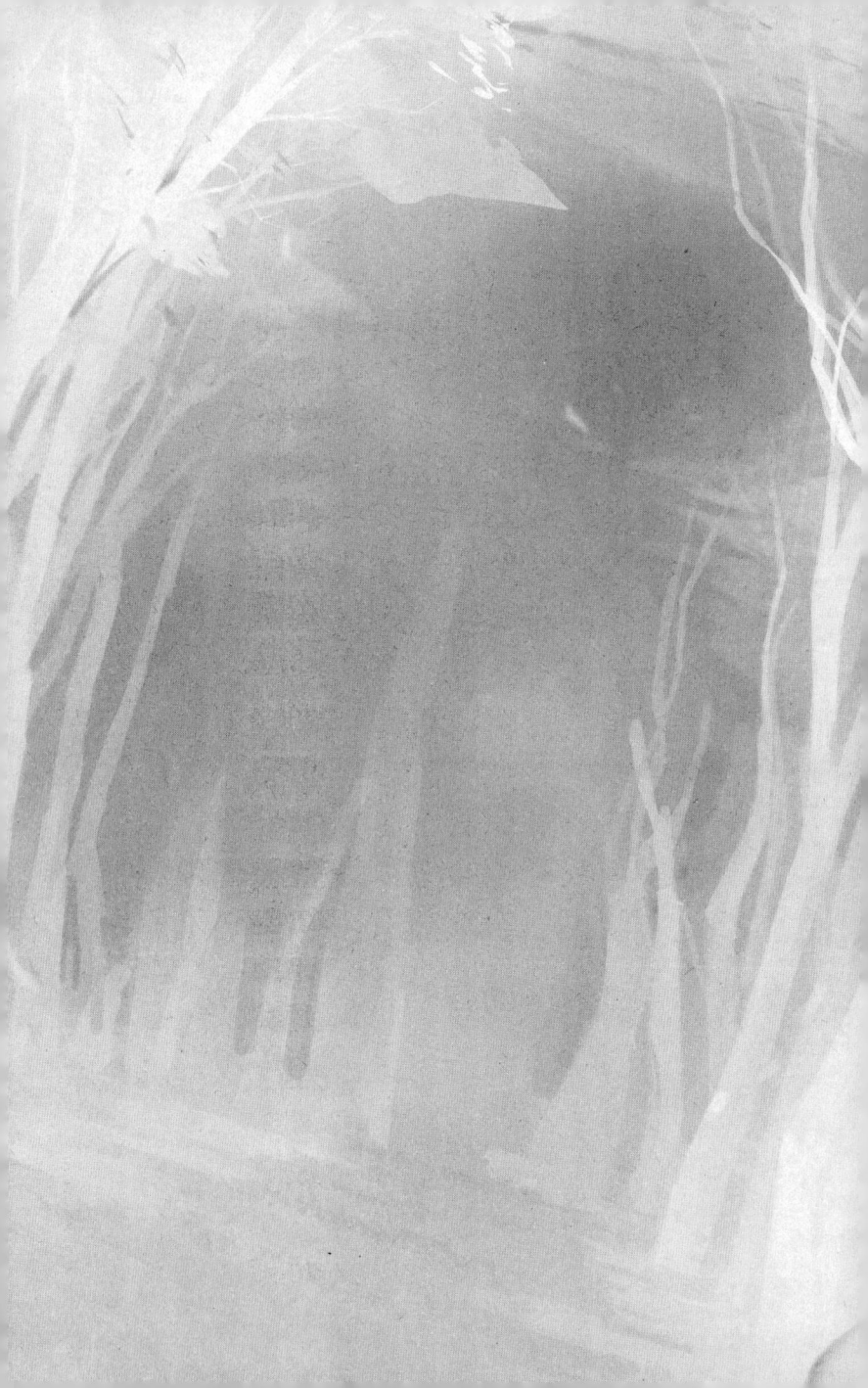

 이하가 미들 어스에 들어가 가장 먼저 한 일은 역시 스탯 포인트와 업적 등의 정리였다.

[마왕의 조각이 지닌 역린 업적을 획득하였습니다.]
[키메라가 만들어지는 원리 습득 업적을 획득하였습니다.]
[기브리드의 원혼을 사라지게 만든 자 업적을 획득하였습니다.]

[목숨을 건 〈키메라 둥지Hive〉 제거 작업 퀘스트 기여율 산정 결과]
[대상: 하이하 / 기여율: 9.375%]
[보상은 〈신성 연합〉의 이름으로 에즈웬 교국 또는 해당국 왕궁에서 수령할 수 있습니다.]

"결국 얻은 업적은 세 개. 등급은 다 기가 막히긴 하지만······."

〈업적: 마왕의 조각이 지닌 역린(R)〉

굉장하군요!

당신은 마왕의 조각이 울부짖을 정도의 치명적인 약점을 발견했습니다. 비록 이번 공격으로 그들을 죽이지는 못했으나, 약점을 찾아냈다는 것만으로도 미들 어스의 모든 생명체에게는 크나큰 희망이 될 것입니다. 자, 이제 남은 것은 하나뿐입니다. 당신이 찾은 약점에 가장 날카롭고 치명적인 공격을 꽂아 넣어 주세요. 마의 힘에 미들 어스가 뒤덮이기 전에. 그리고 마왕의 조각이 약점을 알고 있는 당신을 죽이기 전에······. 당신은 할 수 있습니다.

보상: 스탯 포인트 75개

　　　마왕의 조각 공격 시 치명타 확률 +20%

　　　마왕의 조각에게 피격 시 치명타 확률 +25%

〈마왕의 조각이 지닌 역린〉 업적의 첫 번째 등록자입니다.

업적의 세 번째 등록자까지 명예의 전당에 기록이 되며, 기존 효과의 200%가 추가로 적용됩니다.

효과: 스탯 포인트 150개

　　　마왕의 조각 공격 시 치명타 확률 +40%

　　　마왕의 조각에게 피격 시 치명타 확률 +50%

'여전히 거지 같은 거래 조건이야.'

업적이 아니라 페널티라고 봐도 과언이 아니지 않을까.

유저가 마왕의 조각을 때릴 때 치명타는 총합 60% 증가이면서, 마왕의 조각에게 맞을 때는 75% 확률로 '크리티컬' 공격이 적용된다?

"뭐, 새삼 불평할 것도 없지. 낄낄, 이 업적에 울부짖은 건 마왕의 조각이 아니라 루거가 더 심했으니."

이하는 업적 설명 창을 보며 피식 웃었다.

비단 이번 업적만이 아니었다. 이하와 루거는 같은 업적을 얻었던 것!

〈업적: 기브리드의 원혼을 사라지게 만든 자(R)〉

굉장하군요!

당신은 마왕의 조각 중 하나, 기브리드를 소멸시키는 데 성공했습니다! 모든 키메라를 낳고 모든 키메라와 연결되어, 〈키메라 둥지〉라 불리는 그를 소멸시키기 위해서는 수많은 키메라를 상대해야만 하죠. 그 누구도 가능할 리 없다고 생각했던 바로 그 일을 해내는 데에 당신의 힘이 크게 작용된 셈입니다. 이 세상에 존재해서는 안 되는 인공 생명체가 다시금 미들 어스의 대륙을 거니는 일이 없도록 만들어 준 것에 대해, 미들 어스의 모든 생명체를 대신해 당신에게 경의를 표합니다.

또한 기브리드를 사라지게끔 만든 당신의 공격은, 다른 마왕의 조각들을 긴장시킬 것입니다.

 보상: 스탯 포인트 75개

　　　　마왕의 조각에 대한 공격력 상승 +10%

　　　　산성酸性 속성 저항력 증가 +30%

　　　　독 속성 저항력 증가 +25%

⟨기브리드의 원혼을 사라지게 만든 자⟩ 업적의 두 번째 등록자입니다.

 업적의 세 번째 등록자까지 명예의 전당에 기록이 되며, 기존 효과의 200%가 추가로 적용됩니다.

 효과: 스탯 포인트 150개

　　　　마왕의 조각에 대한 공격력 상승 +20%

　　　　산성酸性 속성 저항력 증가 +60%

　　　　독 속성 저항력 증가 +50%

"역린은 내가 1번, 루거가 2번……. 원혼은 루거가 1번, 내가 2번이라니."

 이하에게 잘난 척을 하려 했지만 루거가 쉽게 입을 열지 못한 이유가 바로 이것이었다.

 오히려 그는 이하에게 온갖 욕지거리를 내뱉을 정도였다.

 당연히 그것은 이하에 대한 분노라기보단 미들 어스 시스템에 대한 불평이었으므로, 이하는 그런 루거를 보고 놀려 주기에 바빴다.

"왜 자신한테 R+급이 아니냐고, 왜 네 녀석이랑 같은 거냐고 아주 난리를, 난리를…… 낄낄."

실제로 기브리드를 죽이는 일은 R+급 업적에 부족함이 없을 정도다.

다만 안타깝게도 〈신성 연합〉이 상대했던 모든 키메라가 전부 기브리드였다는 것이다.

물론 대지와 에너지를 주고받는 네크로맨서의 특성이 뒤섞인 탓에 상대하기 더욱 어렵고, 과거의 마왕의 조각보다 강하다 말할 수 있었지만 미들 어스의 시스템은 인정하지 않았다.

"한 사람에게 R+급을 주느니, 여러 유저에게 R급을 부여하는 게 나을 거라고 생각한 거였나? 실제로 이번 R급 업적은…… 기여율 5% 이상 기여율 획득자들에겐 전부 나갔을 거라는 추측이 있었으니까. 3위인 람화정 씨도 받았다고 했고 5.98%로 5위를 받은 알렉산더도 획득했다고 했으니 아마 4위인……."

이하는 불현듯 파이로의 이름이 떠올랐다.

4위, 6.811%, 파이로. 그도 분명 R급 업적을 획득했을 것이다.

그러나 파이로의 기여율에 대해서는 이하도 의문이 들었다. 람화정은 기브리드의 서진 시작부터 활약했다.

신대륙 중앙부에서 동부 요격군의 일원으로 참전하여 연이은 스킬 연계를 보였으니 기여율 3위를 충분히 인정할 만했다.

람화정은 녹화 방지 스크롤을 사용하고 있었으므로, 그녀가 실제로 어떤 방식으로 키메라를 상대했는지 영상 자료는 남지 않았다.

하지만 그녀의 활약에 대해서는 전 세계 미들 어스 커뮤니티가 떠들썩할 지경이지 않았던가.

"그런 람화정의 뒤를 이은 게 파이로라. 염마의 힘이—그 짧은 시간에 보여 준 게 그 정도였다는 건가? 아니면…… '깔때기' 안으로 키메라를 집어넣는 작업이 기브리드 처형에 가장 큰 공이라고 시스템이 인식했다는 걸까?"

그러나 알렉산더도 아니고, 이지원도 아니고, 라르크, 신나라, 마스터케이 등 기브리드의 서진과 관련한 쟁쟁한 유저들을 다 뛰어넘고 파이로가 4위인 것은 상당히 특이한 경우였다.

이하의 추측은 일리가 있는 것이었다.

실제로 5위의 알렉산더 뒤를 바짝 쫓은 게 6위의 프레아인 데다, 애당초 '방파제'를 만들었던 람화연이 14위에 랭크되지 않았는가.

미들 어스의 레벨, 직접적인 공격 스킬 유무로 따지자면 람화연은 감히 100위권 안에 이름도 올릴 수 없어야만 한다.

"뭐, 어찌 됐든…… 파이로가 정말로 이쪽 팀으로 와 준다면—."

그간 파이로의 방해 때문에 치요를 처치할 수 없었던 적이 몇 번이나 있었다.

그때마다 치요를 죽였다면, 치요는 지금보다 훨씬 더 힘을 쓸 수 없었을 것이다.

'도움이 되는 전력인 것은 분명하지만…… 과연 〈신성 연합〉쪽에서 받아들일지가 문제로군. 당장 나 또한 거부감이 드는 건 사실이기도 하고.'

이고르와 파이로 언젠가 마왕군으로 넘어간 후 뱀파이어까지 된 그들이 다시금 돌아온다고 할 때, 과연 유저들은 받아들일 수 있을 것인가.

이하는 잠시 한숨을 내쉬었다.

"화연이 말로는 이고르 녀석, 알케미스트 크로울리랑 줄곧 같이 다닌다던데…… 한번 자리나 만들어 볼까."

그전에 그들의 진심이 어떠한지 파악해 볼 필요가 있다.

평소라면 자신의 연락을 받지 않을 유저들이지만 지금은 달랐다.

이고르가 함께 있는 '연금술사' 크로울리는 이하의 연락을 결코 피하지 않을 것이다.

이하에게는 제시할 카드가 있었으니까.

"불과 기브리드의 원혼 업적에서 〈이 세상에 존재해서는 안 되는 인공 생명체〉가 대륙을 기어 다니지 않게 해 달라고 했는데 말이지……."

〈업적: 키메라가 만들어지는 원리 습득(R−)〉

축하합니다!

당신은 저 마왕의 조각, 〈키메라 둥지〉 기브리드의 힘의 원천이 무엇인지 깨닫는 데 성공했습니다. 그의 원리를 쫓아 만든 '당신의 키메라'는 분명 기브리드의 키메라와는 차이가 있겠지요! 어쩌면 당신은 기브리드보다 나은, '이상적인 키메라'를 만들 수 있을지도 모릅니다. 그렇게 된다면, 기브리드가 만들어 낸 키메라까지 모두 정복할 수 있는 궁극의 힘을 찾게 될 가능성도 발견되겠지요! 그러나 명심하세요. 연구에 깊이 빠지게 될수록, 오직 연구의 결과만 집중하게 될 뿐, 진정으로 추구해야 하는 바가 무엇인지 놓칠 수 있으니까요.

보상: 스탯 포인트 50개
　　　스킬 ─ 〈키메라 생성〉 습득

〈키메라가 만들어지는 원리 습득〉 업적의 첫 번째 등록자입니다.

업적의 세 번째 등록자까지 명예의 전당에 기록이 되며, 기존 효과의 200%가 추가로 적용됩니다.

효과: 스탯 포인트 100개

정작 여기서 이상적인 키메라를 만들어 보라는 말이 나오다니.

이하는 업적을 보며 쓴웃음을 머금었다.

'블랙 베스의 특성 흡수, 방출 때문에 생긴 거겠지? 아마 키메라를 처음으로 만들어 냈을 때나 얻게 되는 업적일 텐데…….'

연금술사 직업군이나 마공학자 직업군 등, 미들 어스 내의 재료와 마나를 활용한 연구직들이 그 연구에 대한 성과로 얻을 수 있는 보상이 바로 이 업적일 것이다.

그것을 기브리드의 키메라를 죽이는 것만으로 얻을 수 있다니.

이건 그야말로 블랙 베스의 스킬이 만들어 온 사기라고밖에 볼 수 없는 부분이었다.

"어쨌든 키메라 생성이라는 스킬이 생긴 건 뭐…… 잘된 건가?"

기브리드의 키메라들을 몸으로 막으며 칼라미티 레기온의 대부분이 사라졌다.

그런 과감한 전략을 선택할 수 있었던 이유 중 하나는 블라우그룬이었다.

─블라우그룬 씨.
─하이하 님! 오셨군요!
─지난번에, 칼라미티 레기온 녀석들의 '번식'에 대해 알 것 같다고 하셨죠?
─그럼요! 네! 임상 실험도 그렇고! 제가 정리하여 책으로 짜 놓았는데 보시겠습니까!?

그간 칼라미티 레기온을 연구하게끔 적극적으로 협조했던 것이 다른 방향에서 효과를 만들고 있었기 때문이다.

이하는 바로 블라우그룬에게로 날아갔다.

"여기! 이게 번식과 관련된 겁니다. 놈들의 개체는 분명 다른 형상이었지만 '종족 번식'을 위한 종으로서는 한 가지로 통일되어 있었어요. 네 발과 뿔이 달린 녀석과, 이족 보행을 하는 발톱 긴 녀석이 서로 교배하여 알을 낳을 수도 있다는 뜻이죠. 아 참, 그리고 이쪽이 디스펠을 사용하는 원리에 관하여 정리한 건데—."

"자, 잠깐만요. 지금은 그걸 보려고 한 게 아니라……."

이하는 다짜고짜 책부터 들이미는 블라우그룬에게서 겨우 뒷걸음질 쳤다.

사실 저 책의 특정 부분만 갖고도 크로울리를 설득하기엔 충분할 것이다.

크로울리만 설득한다면, 현재 그와 같이 있는 이고르 등과 연락이 닿는 것도 크게 어려운 일은 아닐 터.

그러나 이하가 크로울리에게 협조를 이끌어 낼 카드는 그것이 아니었다.

이하는 자신이 얻게 된 능력에 대해 간략히 설명했다.

"키메라를요? 기브리드의 특성은 이미 다 쓰셨다고 하시지 않았습니까?"

"그렇긴 한데…… 기브리드의 키메라와는 조금 다를 것 같아요."

"어떻게요? 키메라의 연성에 대해서는 드래곤은 물론이고, 로페 대륙의 모든 생명체에게 금지되어 있는데요? 그 시도조차 할 수 없어야—."

"그니까, 우리끼리 여기서 해 볼 수 있지 않을까 해서 온 거죠. 비밀 지켜 줄 거죠?"

블라우그룬은 불안한 얼굴을 하고 있었다.

언젠가 시티 가즈아의 보틀넥이 키메라와 연관되어 '헬앤빌' 마을에서 쫓겨날 뻔했다는 것을 생각하면 당연한 일이었다.

단순히 기브리드의 특성을 복사해서, 조건부로 사용할 수 있었던 지난 전투와는 완전히 다른 상황이 되었기 때문이다.

'스킬의 설명에도 쓰여 있는 부분이야. NPC들은 인정하지 않을 확률이 높다.'

〈키메라 생성〉

설명: "이번에는 어떻게 만들어 볼까? 무엇이랑 무엇을, 어떻게 섞어야 완벽한 생명체가 탄생할까나……? 우흐흐히!" 금기와 허용의 사이에 놓인 줄을 언제까지 놓치지 않을 수 있을까.

효과: 조합 재료 아이템에 따른 소환수 —키메라—생성

마나: 10,000

지속 시간: 키메라의 사망 시까지

쿨타임: 72시간

금기와 허용의 사이.

몰두하다간 정작 중요한 것까지 놓쳐 버리고 말 연금술의 끝.

그것이 키메라 생성이라면, 연금술사 크로울리가 군침을 흘리기에 충분한 카드이지 않은가.

블라우그룬이 꺼릴 것을 알면서도 이하가 이곳에 온 이유는 간단했다.

"푸른 수염이나 피로트-코크리가 올 거라는 건 알고 있죠?"

"물론이죠. 로드께서도 충분히 대비해야 한다고 하셨습니다."

"그러니까요. 칼라미티 레기온까지 저렇게 많이 잃은 지금, 아군이 될 만한 게 많으면 많을수록 좋지 않겠어요?"

크로울리와 이고르 등을 설득하기 위한 카드인 동시에, 스킬 자체가 지닌 또 하나의 힘.

이들은 이하의 전력이 되어 줄 것이다.

"무엇이든 다루기 나름이라는 걸 블라우그룬 씨가 모를 리도 없을 테고. 하물며 저한테는 〈카리스마〉가 있으니까."

칼라미티 레기온을 둔 주도권 싸움에서, 푸른 수염에게 권한을 위임받았던 메데인과 칼리조차 이하의 상대는 되지 못했다.

비단 거대 괴수에 대한 지배력만이 아니라, 이하의 캐릭터가 영향을 끼칠 만한 것은 모두 '카리스마' 스탯에 의해 증폭되지 않는가.

그렇다면 키메라라 할지라도 충분히 통제할 수 있다는 게 이하의 자신감이었다.

"으음, 하이하 님께서는 충분한 카리스마가 있다는 걸 인정합니다만, 스스로 말씀하시기에는 조금—."

"아, 아니! 그 카리스마 말고요! 하여튼……."

스탯 포인트 '카리스마'를 말한 것이었으나, 블라우그룬은 다른 의미로 이해하고 있었다.

당황하는 이하를 보며 블라우그룬은 마침내 미소를 지었다.

청록색의 긴 머리, 처음 만났을 때부터 줄곧 이하의 편을 들어 주었던 호기심 많은 브론즈 드래곤이 이하의 말을 거부할리 없다.

"알겠습니다. 그러나 로드께도 분명히 말씀드리도록 하겠습니다."

"응. 떳떳하게 가자고요."

이하는 손을 내밀었다. 파트너 드래곤은 이하의 손을 맞잡으며 악수했다.

그러곤 곧장 학자의 모습으로 돌아왔다.

"근데 어떤 재료를, 어떻게 조합해야 할까요?"

"으, 응?"

이하 혼자서는 감당조차 할 수 없을 정도로 수많은 미들 어스의 재료 아이템 조합!

가장 효율적으로 이 문제를 풀기 위해선 드래곤이라는 AI

의 도움을 찾는 이하의 선택이야말로 정답이었다.

"무엇이랑, 무엇을, 어떤 방식으로 섞는다고 말씀해 주셨잖아요? 분명 조합에 따라 다른 키메라가 연성될 것 같은데……. 우선 제 레어Lair에 있는 재료들부터 한번 정리해 보죠!"

슈욱—!

블라우그룬은 곧장 이하와 함께 자신의 창고 방으로 텔레포트했다.

장비 아이템이나 일회용 아이템, 보석 등을 모아 놓는 타 드래곤에 비하면 블라우그룬의 레어 창고에는 재료 아이템이 훨씬 더 많은 비중을 차지하고 있었다.

"휘유…… 여전히 많네요."

"그럼요. 다른 분들은 이미 만들어진 걸 좋아하지만, 저야 원래의 형질을 띠고 있는 걸 좋아하니까요."

산처럼 쌓인 재료 중에는 당연히 희귀급, 영웅급은 물론 전설급도 있기 마련이다.

막막하기만 한 키메라의 재료를 찾는 과정이었으나, 이하는 차라리 쉽게 생각하기로 마음먹었다.

'블랙 베스가 특성을 흡수할 때와 비슷하겠지. 재료의 설명에 쓰여 있는 가장 큰 특징이 키메라에게 적용될 거야. 그러한 능력을 지닌 키메라가 만들어진다고 볼 수 있어.'

단순히 형태만의 문제가 아니다.

블레스드 미스릴을 사용할 경우, 미스릴과 같은 단단함이 특징이 되는 게 아니라 '축복받은 성질'이라는 게 키메라의 원형이 될 가능성이 높다.

이하는 그런 관점으로 첫 번째 키메라의 재료가 될 만한 아이템을 찾았다.

한 번 스킬을 사용하면 무려 72시간 동안 쿨타임이 돌아가므로 아무렇게나 사용할 수는 없기 때문이다.

"좋은 거…… 좋은—어라? 블라우그룬 씨! 이거—이거!"

그러던 이하의 눈에 무언가가 들어왔다.

재료를 공중으로 띄운 후 나열시켜 살피던 블라우그룬이 이하를 보며 고개를 끄덕였다.

"아! 넵, 하이하 님이 주신 거잖아요. 아직 연구 방향성을 못 잡아서 보관만 해 두고 있던—자, 잠시만요! 하이하 님, 설마?"

그러나 곧 그의 눈이 커지기 시작했다.

이하는 미소 짓고 있었다. 작은 병을 든 채.

블라우그룬은 절대 안 된다는 표정으로 고개를 젓고 있었으나 이하가 그걸 두고 볼 리가 없었다.

"흐흐흐, 제가 준 거니까, 제가 써도 되는 거죠?"

"주셨다가 빼앗는 게 가장 추사한 일이라는 거, 인간 세상에서는 널리 알려진 일일 텐데요?"

"그건 인간 세상이고, 드래곤 세상에는 그런 말 없을 것 같은데요?"

"악……."

한마디도 지지 않는 이하에게 블라우그룬은 결국 아이템을 내어 줄 수밖에 없었다.

이하와 블라우그룬은 작은 유리병 안을 살폈다. 유리병 안에선 모래들이 반짝이고 있었다.

그러나 둘 모두 고개를 돌린 순간, 유리병 안에는 아무것도 없었다.

"흐흐, 여전히 무슨 말인지 이해는 안 되지만…… 좋았어."

〈신神의 전설을 증명하는 양자量子 모래〉

설명: 있으면서 동시에 없는 것. 보지 않으면 없을 수 있고 보면 있을 수도 있는 신비의 가루는, 신의 존재에 관해 역설적으로 증명한다.

라퓨타에서 들고 와, 블라우그룬에게 선물로 주었던 아이템은 키메라 연성을 위한 첫 번째 제물로 선택되었다.

마왕군 유저들은 감히 고개를 들지 못하고 있었다. 그들의 눈앞에 있는 엄청난 존재에 대한 두려움 때문이었다.

"끌끌, 에얼쾨니히 님의 크고 너른 사랑이 미천한 네 녀석들에게도 전파되었건만……. 고개를 못 드는 건가."

"죄, 죄송합니다, 백작님. 그러나 저희가 뵙기에는 너무나 높으셔서—."

"저희는 이것으로 족합니다."

푸른 수염의 말을 들으며 메데인과 칼리가 재빨리 고개를 조아렸다. 그의 뒤에 있는 다른 마왕군 유저들은 더욱 깊이 머리를 박았다.

"하긴, 감히 에얼쾨니히 님을 함부로 쳐다보는 불경을 저지르는 것보단 낫군."

푸른 수염은 만족스러운 표정을 지어 보였다.

마왕이 완전히 깨어나 활동을 시작했을 무렵부터 마왕군 유저들은 '초월적 존재에 대한 상태 이상'이 적용되지 않았다.

그것이 레가 말한 '에얼쾨니히의 사랑'이라는 말이었으나, 비단 상태 이상 때문이 아니라도 유저들은 함부로 고개를 들기 어려웠다.

재접속한 메데인과 칼리가 레에게 한마디 반항조차 없이 따른다는 것은 부차적인 이유일 뿐이었다.

더욱 근본적인 것은 마왕의 힘에 대한 경외심과 공포였다.

마왕군 중에서 제대로 된 마왕의 힘을 본 유저는 그리 많지 않다. 잠에서 갓 깨었을 때에는 〈신성 연합〉에 의해 이미 사망했던 유저들이 많았기 때문이다.

그러나 지금은 어떠한가.

마왕군 유저들이 모조리 무릎 꿇고 있는 장소는 즈마 시티

'였던 곳'이었다.

'아직 불안정한 게 틀림없어.'

'완전 미쳤지…… 그, 그냥 손 한 번 휘저었을 뿐인데─.'

'즈마 시티가 다 날아갔으니까.'

유저들은 고개를 푹 숙인 채로 주변을 흘끔거렸다.

즈마 시티의 일반적인 건축물들은 완전히 파괴되어 그 흔적조차 찾을 수 없을 정도였다.

에윈과 그랜빌 등이 〈신성 연합〉의 본부로 사용했던 성채 또한 완전히 폐허가 되었다.

바로 그 폐허 위에 앉아 있는 검붉은 실루엣, 에얼쾨니히를 보며 푸른 수염이 고개를 숙였다.

"에얼쾨니히 님, 어디 불편한 점은 없으십니까."

[……준비는 언제 되겠는가.]

"코크리 녀석이 가증스러운 인간 놈들의 시체를 주우러 다니고 있습니다. 저 또한…… 이 대륙에 있는 일반 생명체들을 모두 야수화시키는 중입니다. 물론 에얼쾨니히 님만 계셔도 놈들은 스스로의 창자를 끄집어내어 항복하겠지만─."

[알겠다.]

에얼쾨니히는 고개를 끄덕였다.

레는 더 이상 입을 열지 않았다.

마왕의 조각 사이에서는 리더 역할을 했던 푸른 수염이 마왕에게 보이는 깍듯한 태도. 저것 또한 마왕군 유저들이 에얼쾨니히를 감히 바라보지도 못하게 만드는 이유 중 하나였다.

레는 다시금 마왕군 유저들에게 다가왔다.

강하게 내뿜는 콧바람이 그의 푸른 수염을 흔들었다.

"파우스트 녀석이 코크리의 밑으로 갔고…… 바토리와 토온도 죽어 버려서 여간 곤란한 게 아니란 말이지."

그는 고개를 숙이고 있는 마왕군 유저들을 보며 말했다.

굳이 무어라 표현하지 않아도, 눈치 빠른 유저들은 곧장 팔을 치켜들며 외쳤다.

"백작님의 오른팔이 되겠습니다!"

"무엇이든 시켜만 주십시오!"

"저, 저는 절대로! 파우스트 같은 변절자가 되지 않겠습니다, 오직 백작님을 위하여—."

"아니, 아니. 끌끌, 그런 입바른 말은 필요 없어. 어차피 나를 위한다기보다…… 모든 것은 에얼쾨니히 님을 위해서니까. 그리고 지난번처럼 한 놈만 두었다간 또 짜증 나는 사태가 생길 테니……."

푸른 수염은 메데인과 칼리의 앞에 멈춰 섰다.

에얼쾨니히가 갓 깨어났을 때, 그들은 푸른 수염의 일격에 저항도 하지 못하고 머리가 잘려 나간 적이 있다.

그 경험에 의해 두 사람이 움찔거리자 푸른 수염은 비릿한 미소를 지었다.

"네 녀석들이 나의 팔이 되어 준다면 내가 한결 편할 것 같은데. 어떻게 생각하나."

"몸이 가루가 되도록 일하겠습니다."

"결코 기대를 배신하지 않겠습니다."

푸른 수염은 두 사람의 어깨에 각기 한 팔씩을 올려 짚었다.

슈와아아악……!

[귀족장의 종복 업적을 획득하였습니다.]

그들은 업적에 붙은 설명을 빠르게 훑었다. 굳이 보상을 보지 않아도 놀랄 수밖에 없는 설명이었다.

'이 말은…… 마왕군의 사망 페널티 완화라는 의미인가?'

'일반 유저처럼 48시간 후에 바로 접속이 된다고?'

열흘 이상 시간을 보내지 않아도 된다. 죽었을 때의 급격한 레벨 저하나 스탯 포인트 감소가 사라진다.

말 그대로 마왕군에서 얻을 수 있는 어드밴티지만 적용되며 페널티는 전부 삭제된다는 의미!

"코코리 녀석도 파우스트에게 그 정도 대우는 해 줬을 텐데, 나도 그래야 하지 않겠나.

"가, 감사합니다!"

"충성을 다하겠습니다, 백작님!"

"끌끌, 그래. 지금 내가 나누어 준 [야수화]의 힘을 잘 사용하도록 해. 이 대륙에 있는 모든 짐승들을 전부 광폭狂暴화시켜라. 세 달 안에, 우리는 로페 대륙에서 빌어먹을 아흘로 놈의 이름을 지운다."

푸른 수염의 말을 들으며 두 사람은 업적의 보상을 살폈다.

스탯 포인트와 상태 이상 저항도 엄청난 수치였으나 그보다 눈에 띄는 건 역시 신규 스킬!

'야수화…… 아마도 이게—.'

'푸른 수염의 그거다!'

그들은 야수화의 힘이 무엇인지 알고 있다.

푸른 수염이 지나가던 참새 한 마리를 지팡이로 톡, 건드렸을 때, 참새는 곧장 하피에 가까운 몬스터로 변한 적이 있다.

그 힘을 받았다. 그리고 명분도 얻었다.

피로트-코크리가 〈신성 연합〉의 사체를 활용해 언데드 군단을 만들고, 푸른 수염의 새로운 수하들이 야수 군단을 만들기까지 주어진 시간은 약 두 달.

미들 어스 시간으로 90일.

현실 시간으로 고작 20일이 채 되기 전 로페 대륙으로 침공이 시작되리라.

레는 흡족스러운 얼굴로 에얼쾨니히와 같은 방향을 바라보았다.

[레.]

"예, 에얼쾨니히 님."

마왕은 여명의 바다를 보는 푸른 수염을 불렀다. 그리고 물었다.

[자미엘은 어떻게 됐지.]

"…… 백방으로 찾고 있습니다. 자미엘과, 바토리의 힘을 이은 녀석은…… 살려 둘 수 없을 테니까요."

레의 얼굴이 처음으로 일그러졌다.

그는 마왕군 유저들을 흘끗 바라보았다.

치요와 카일을 찾아내야 한다는 명령을 수행하지 못했던 유저들은 그의 시선을 느끼곤 고개를 더욱 조아렸다.

'젠장, 피로트-코크리가 엄청나게 소리를 질러 대는 와중에 그럴 정신이 어디 있었겠냐고.'

'게다가 치요와 마탄의 사수라면 여기 있는 전원이 쫓아도 될까 말까 한 거였는데. 힘도 안 나누어 주고선…….'

'그럴 거면 지가 직접 찾아 나서는 게 가장 빨랐을 거면서!'

〈의지의 탄환〉에 피격된 피로트-코크리가 아직 잠든 상태였던 마왕의 곁으로 피신하고, 푸른 수염이 그녀의 상태를 확인하던 그 찰나의 순간, 치요와 카일은 마왕군 본거지를 벗어났다.

아직 에얼쾨니히가 깨어나지 않았고 기브리드 또한 자리를 비운 상태였으므로 그들은 '유일하게' 도망갈 수 있는 행운을 쥔 것이다.

물론 그것은 마왕군 NPC는 물론 유저들에게는 좋은 상황이 아니었다.

에얼쾨니히는 레의 이야기를 들으며 고개를 끄덕였다.

유저들은 그의 표정 변화를 알 수 없었으나 레는 큰 잘못이라도 한 듯 당황하여 입을 열었다.

"서, 설령 그들을 찾지 못한다 하더라도―로페 대륙에 대한 점령은 저와 코크리 둘이서 해낼 수 있습니다. 에얼쾨니히 님께 마기를 보충받은 이상, 그것은 아무런 문제도 되지 않지요. 제가 그럴 일은 없겠습니다만 혹 그런 상황이 생기더라도…… 에얼쾨니히 님께서는 이곳에 남아, 자미엘을 천천히 찾아 드시면 되겠습니다."

몇몇 유저들의 눈이 번뜩였다.

그들은 지금의 상황을 잠시 이해하지 못했다.

누가, 누구를, 어떻게 한다고?

[음.]

에얼쾨니히는 간단히 답했다.

레는 허리를 숙이며 예를 갖추곤 메데인과 칼리에게 말했다.

"너희 둘, 모든 병력을 풀어서라도 자미엘을 찾아."

그는 두 사람을 강제로 일으켰다. 메데인과 칼리는 어리둥절한 상태로 푸른 수염을 바라보았다.

그는 〈심연의 아가리〉에서 막 나왔던 그때만큼 험악한 표정으로 말했다.

"에얼쾨니히 님께서 놈을 드셔야 한다. 실패는 용서치 않겠다."

사태가 어떻게 돌아가는지는 이후에 파악할 일이다.
두 사람이 할 수 있는 건 그저 큰 목소리를 내는 것뿐이었다.
"예, 옛!"
푸른 수염은 후다닥 일어나 달려가는 마왕군 유저들을 본 후, 다시금 에얼쾨니히를 향해 허리를 숙여 보였다.
마왕의 시선은 오직 먼 바다에만 꽂혀 있었다.

파사삭……!
풀숲이 흔들린 작은 소리에 몇몇 유저들이 화들짝 놀라 일어섰다.
"휴우우우……."
"토끼…… 토끼입니다, 오카상."
뱀파이어 유저들의 보고를 받고 나서야 치요는 모습을 드러냈다.
이제 시노비구미 중 뱀파이어를 유지하고 있는 유저는 한 손 안에 꼽을 정도로 적었다.
"레에게 당한—그, 망할 몬스터는 아니겠죠?"
"아, 아닙니다. 일반 토끼입니다."
치요의 곁에 카일이 여유롭게 있다는 것만으로 '적'이 아니라는 걸 알 수 있다.

그럼에도 그녀는 극도로 경계하며 모습을 드러내었다.

그녀의 안색은 전보다 훨씬 더 창백하게 변한 상태였다.

"마왕군 쪽으로 잠입시킨 녀석에게 연락은 왔나요?"

"……없습니다. 아무래도—더 이상 신규 유저를 받지 않는 것 같습니다."

"치잇, 이래서야……〈신성 연합〉쪽은?"

"그, 그쪽도 마찬가지입니다. 로페 대륙으로 돌아간 후, 뭔가 방비는 갖추고 있는 것 같지만—중요한 소식은 들려오는 게 없습니다."

정보를 다루는 사람이 정보에서 완전히 차단될 때, 절대적 한계에 봉착하게 된다.

치요는 손톱을 연신 질겅이며 카일에게 물었다.

"이제 어떻게 되는 거죠?"

"그걸 나한테 묻는 건가."

"자미엘 님께서—에얼쾨니히를 상대할 수 있다고 한마디만 해 주신다면—."

"카즈토르와 함께 다닐 때는 제법 똑똑하다고 생각했는데. 그 다크 엘프에게서 나의 근원에 대한 이야기를 듣고도 이해를 못했는가? 에얼쾨니히를 상대하라고?"

"네?"

카일의 한쪽 입꼬리가 올라갔다.

더 이상 이야기 않겠다는 그의 태도를 보며 치요는 애간장이 녹았다.

'빌어먹을, 뭐가 어떻게 된 거야. 카즈토르는—마탄, 자미엘이 마가 만든 힘이라고 말한 적은 있지. 그리고 마의 파편 또한—마에서 쪼개져 나온 것일 거 아냐. 그렇다면…….'

서로 대등한 힘을 갖고 있어야 하는 게 아닌가?

'아니, 오히려 자미엘 쪽이 강해야 하는 것 아닌가? 이쪽은 오리지널 마가 만들어 낸 힘이고! 저쪽은 그 오리지널 마가 쪼개진 파편이라고 해야 하니까! 그런데 왜—.'

서로 유사한 성질을 지닌 대등한 수준의 힘?

치요는 갑작스레 다른 생각이 들었다.

지금까지 카일이 이 정도 수준의 힌트도 주지 않았기에 알 수 없었던 일이자, 카즈토르에게서 들어 본 적 없는 상황의 가정.

서로 같은 힘을 지니고, 같은 성질을 지닌 힘이 만난다면 어떻게 될까.

물방울 위에, 물방울을 떨어뜨리면?

"……합쳐진다? 에얼쾨니히를 '죽일 수 없다'는 뜻이—그건가요?"

카일은 여전히 아무런 말도 하지 않았다. 그러나 치요는 더 이상 캐묻지 않았다.

비록 마왕군 진영에서 도망쳐 나오긴 했으나, 카일이 조급한 티를 낸 적은 거의 없었다.

'분명히 상대할 수 있는 어떤 방법이 있는 거야…… 하지만, 그게 어떤 위험성을 지니고 있다면―. 아니, 어쩌면 나를 경계하고 있을지도 모르지. 상관없어. 어쨌든 카일이 마왕만 상대할 수 있으면 오케인데.'

〈신성 연합〉과 〈마왕군〉 사이에서 줄타기를 하는 입장에 선, 더없이 좋은 기회가 아닌가.

"그렇다면…… 역시 당신을 보낸 게 '신의 한 수'가 될 확률이 높아졌군요. 기여율에서 당당히 이름을 올린 것만으로도 우리와 마왕군이 서로 적대하고 있다는 걸 알린 거니까."

그녀는 카일의 반대편에 앉아 있는 남자를 바라보며 말했다.

남성은 대답하지 않았다.

시노비구미의 다른 유저들은 그를 경계했으나, 그는 시노비구미는 물론이고 치요조차도 별로 신경 쓰지 않는다는 표정이었다.

얼핏 카일과 비슷할 정도로 침착한 얼굴, 그러나 차분하게 가라앉은 카일에 비한다면 그 내면에는 타오르는 감정을 다스리고 있는 인물.

치요는 한숨을 한 번 푸욱 내쉬곤 더욱 부드러운 목소리로 말했다.

"어떻게 생각해요, 파이로?"

파이로는 굳은 표정으로 앉아 있었다.

치요는 그를 보며 말했다.

"당신의 그 '연기'는 정말 섬뜩할 정도였어. 뭐, 그 덕분에 〈신성 연합〉도 속아 넘어간 것 같고…… 본격적으로 마왕군이 로페 대륙에 가기 전에는 침투해 놔야 하지 않겠어요?"

능글맞은 태도로 권유해 보지만 파이로는 쉬이 답하지 않았다. 그것이 치요로서도 짜증 나는 점이었다.

파이로는 뱀파이어의 힘을 사용하여 염마가 되었다.

그 힘 덕분에 기브리드의 키메라를 '깔때기'로 몰아넣을 수 있었다.

피로트-코크리가 중상을 입고 마왕군 본진에 돌아왔을 때, 그녀가 카일과 재빨리 벗어나는 행동을 할 수 있었던 것도 '이미 파이로를 보내 놨기 때문'이지 않은가.

만약 파이로의 불이 기브리드에게 영향을 주었다는 걸 푸른 수염이 알 경우, 그는 결코 치요 자신을 살려 둘 리가 없기 때문이다.

정보가 극히 제한된 상태에서도 치요는 〈제3세력〉으로 거듭나기 위한 최선의 수를 두었다.

문제라면 그 수를 두며 움직였던 '말'이 자신의 말을 고분고분 듣지 않는다는 것이었다.

"내가 당신에게서 뱀파이어의 힘을 빼앗지 않은 이유……

당신 또한 뱀파이어의 힘을 포기하지 않는 이유, 두 가지가 '같기 때문에' 우리가 함께하는 것 같은데, 그렇게 계속 무시할 건가요?"

그는 일개 뱀파이어다.

자신은 뱀파이어를 모두 다스릴 수 있음에도 저런 태도를 두고 봐야만 하다니!

'이고르라도 있었다면—그 멍청한 자식.'

시노비구미의 뱀파이어들은 정보 수집용 그 이상이 될 수 없다.

레벨과 실력에서부터 상당히 부족한 그들을 실전용으로 써먹을 순 없었으니까.

결국 치요가 실전에서 사용할 수 있는 '뱀파이어'는 파이로가 사실상 전부였으므로, 파이로가 건방진 모습을 보여도 맞춰 줄 수밖에 없는 셈이었다.

"……내가 뭘 하면 되는 거지."

파이로는 마침내 입을 열었다.

그의 목소리는 피로했으나 치요는 그 대답만으로도 진심을 다해 웃을 수 있었다.

"간단해요! 이미 그들에게 충분한 '연기'를 보여 줬으니까! 당신은 당당하게 〈신성 연합〉의 일원으로 돌아가는 거예요."

"내가 뱀파이어인데 그들이 믿어 줄 리가 없지."

"천만에, 천만에! 그때 보여 줬던 연기처럼, 치요 그 멍청이가 까먹었다, 라든가! 아니면—으음, 뱀파이어의 힘은 남았으나 그녀의 통제에서는 벗어날 수 있었다, 같은 식으로 꾸며내면 되지 않겠어요?"

머릿속에서 흘러나오는 아이디어를 마구잡이로 풀어놓으며, 치요는 그를 바라보았다.

파이로는 복잡한 표정이었다.

"연기라······. 훗."

가볍게 내뱉은 웃음, 치요는 그 웃음을 듣자마자 표정을 바꿨다.

아무리 파이로가 필요한 입장이라지만, 무엇이든 다 맞춰줘야 하는 상황이지만 그것에는 분명한 '선'이 있다.

"······왜 웃는 거지?"

더 이상 경어를 사용하지 않는 그의 말에 파이로는 천천히 고개를 돌렸다.

그는 앉은 자세로, 서 있는 치요와 눈을 마주쳤다.

"우스우니까."

"뭐가?"

"······내 행동이."

"그래서? 말을 안 듣겠다? 네 녀석이 하이하와 비등비등하게 겨뤄 볼 기회라도 잡을 수 있는 건, 전부 〈염마炎魔〉 때문이라는 걸 잊었나?"

"그랬지."

파이로는 치요의 말에 순순히 고개를 끄덕였다.

치요는 한시름 놓았다는 것을, 선을 넘으려던 파이로를 짓눌렀다는 걸 깨달았지만 표정에는 그 기쁨을 드러내지 않았다.

"뱀파이어의 힘을 없애고―다시 예전의 아무것도 아니었던 놈이 되고 싶다면 언제든 말해. 네 녀석은 영원히 하이하를 이길 수 없게 될 테니까."

"이긴다……?"

"언제든 이길 기회는 올 거야. 내가 반드시 그런 기회를 만들어 줄 테니, 파이로 당신은 〈신성 연합〉으로 가서―."

"이긴다는 게 뭐지?"

화르르륵……!

파이로는 손바닥을 펴며 그곳에서 작은 불꽃을 피어오르게 만들었다.

검붉은 색을 지닌 불꽃이 일렁거리며 타올랐다.

갑작스런 그 태도에 시노비구미 유저들이 움찔거렸으나 그는 그대로 불을 응시하고만 있었다.

치요는 당황한 채 그에게 말했다.

"그, 그거야―하이하를 죽이는 거지. 정정당당하게, 1:1의 싸움에서. 혹은 1:1의 싸움이 되지 않더라도! 나와 함께, 아니, 여기 계신 카일, 자미엘 님께서 함께해 주신다면 너는 반드시 이길 수 있어."

그녀가 당황한 이유는 뻔했다.

파이로가 어떤 생각을 하고 있는지 알 수 있었기 때문이다.

다 죽여 놓았던 파이로의 마음속에, 새로운 불꽃이 타오르게 만들어서는 안 된다.

그를 맹목적으로 만들어 놔야만 한다.

팍—!

파이로는 주먹을 쥐었다.

그의 손바닥 위에서 타오르던 불꽃은 한순간에 사라졌다.

모두의 시선이 그곳으로 쏠렸다.

파이로는 말했다.

"역시."

"뭐가—뭐가 역시라는 거지?"

"난 틀렸어."

"아니, 틀리지 않았—."

"너도 틀렸어, 치요."

그는 주먹을 폈다.

그의 손바닥 위에서 다시금 불꽃이 타오르고 있었다. 그러나 조금 전까지 타오르던 불과는 색이 달랐다.

검붉은 색이 아니라, 샛노란 빛을 머금고 타오르는 붉은 불꽃.

"너—파이로—."

"바로 잡기엔 늦었을지 모르지만, 바로잡는 시도도 안 하는 건 남자가 할 짓이 아니지."

그에게서 더 이상 뱀파이어의 기운은 찾아볼 수 없었다.

"죽여!"

시노비구미의 유저들과 치요는 곧장 파이로에게 달려들었다.

어느새 자리에서 일어난 카일도 파이로를 향해 총구를 겨눈 채였다.

"그래, 죽여라. 나도 '죽어서 가는 게' 나으니까."

파이로는 웃으며 말했다.

"하지만 혼자 죽지는 않아. 〈화염천주—————!〉"

화르르르르르……!

그의 몸에서부터 거대한 불기둥이 솟구쳐 올랐다.

주변의 모든 산소를 태워 버리며 비대해지는 화염 속에서, 작은 총성이 울렸다.

솟구친 불기둥은 곧 꺼졌다.

파이로는 키드와 한 약속을 지켰다.

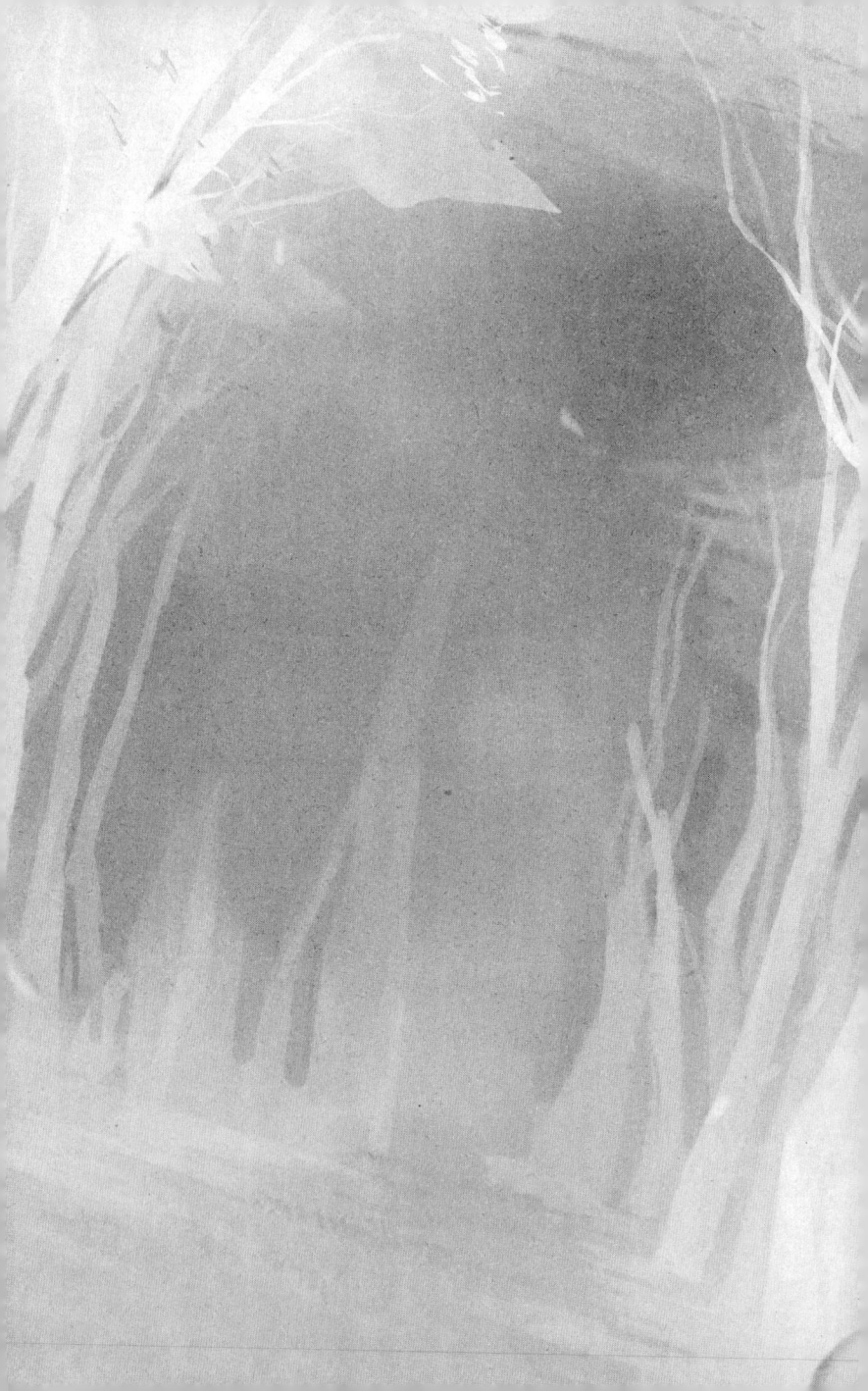

"그럼 팔레오들도 전부 다 배치된 거야?"

"응. '언데드 피쉬'가 선박 역할을 할 수 있다는 걸 이미 봤잖아. 부표를 들어 올릴 정도라면, 당연히 병력도 태울 수 있을 테고—어차피 〈마나 중계탑〉이 없는 이상, 그들이 올 방법도 빤하니까."

람화연은 이하의 물음에 빠르게 답했다.

로페 대륙으로 팔레오들을 모두 옮긴 후에도 그녀의 지휘는 끝나지 않았다.

새로운 환경에서도 팔레오들이 적응할 수 있도록 도와야 하며, 동시에 그들의 힘을 마왕군의 로페 대륙 침공 시 적재적소에 막을 수 있도록 동부 해안가를 기준으로 곳곳에 배치해야 했기 때문이다.

"그래도 하이하 당신이 용궁에 있는 인어들까지 데려온 건 정말 큰일 한 거였어."

"뭐, 거기까지 생각한 건 아니고 내가 빨리 로페 대륙으로 오기 위해서 접선한 거였는데……."

최근 로페 대륙을 떠들썩하게 한 건 크라벤 왕국이었다.

이하가 〈마나 중계탑〉을 파괴하고, 용궁의 해신을 설득하여 모든 인어를 로페 대륙 인근으로 이동하도록 했을 때, 그들이 선택할 곳은 당연히 하나밖에 없었다.

"어찌 되었든 대단한 일 한 거야. 드레이크가 다시금 크라벤의 제독이 되다니."

그들은 크라벤 인근의 바다로 향했고, 크라벤의 국왕을 포함한 해군 전원은 드레이크를 다시금 불러들이기 위해 노력했던 것이다.

"퓌비엘 입장에서는 껄끄럽지만, 〈신성 연합〉 입장에선 그보다 도움이 되는 게 없지."

"그렇지. 응, 안 그래도 크라벤 국왕님께서 고맙다고 하시더라. 근데 진짜 그럴 의도가 아니었긴 해."

"너무 겸손할 필요 없어. 운도 실력이니까."

겸손이 아니라 정말 의도치 않은 일이었기에 부끄러워하는 이하를 보며, 람화연은 귀엽다는 표정을 짓고 있었다.

물론 표정과 달리 말은 거침이 없었다.

그녀의 말투가 다소 딱딱한 것도 이유는 있었다.

현재 그들이 대화를 나누고 있는 곳은 블라우그룬의 레어였기 때문이다.

드래곤의 레어에는 일반적으로 타인을 들이지 않는다. 그것은 블라우그룬도 마찬가지였다.

람화연을 인정했기에 베푼 '예외'이기도 하며 동시에 블라우그룬이 람화연에게 크게 신경을 쓰지 못하고 있기 때문이었다.

블라우그룬은 이하와 람화연에게서 멀찌감치 떨어져 있었다. 그는 이하 쪽을 바라보지도 않고 있었다.

람화연은 잠시 고개를 갸웃거리다 이하에게 물었다.

"……근데 저 고양이 같은 건 뭐야?"

"그, 그게 좀—."

이하는 람화연의 입을 황급히 막아 보려 했으나 레어 내에 그녀의 목소리는 이미 맑게 퍼져 있었다.

구석에 앉아 있던 블라우그룬도 반사적으로 일어서 이하를 바라보았다.

"그게 바로…… 제가 드리고 싶은 말씀입니다. 하이하 님."

"……헤헤. 너무 그러지 말아요, 블라우그룬 씨. 블라우그룬 씨도 동의 한 일이잖아요. 안 그래요?"

"제가요? 제가 동의를 했었나요?"

블라우그룬의 표정이 사나워졌다.

적어도 이하를 상대로는 보인 적 없는 얼굴이었기에, 람화연은 잠시 움찔거렸다.

"어쨌든! 내가 뭐, 한다고 했을 때! 받아들였으면 그게 동의 죠! 안 그래요? 그리고 키메라는 또 만들면 되니까요. 앞으로 48시간이면 다시 쓸 수 있어요."

"하이하 님이 강제로—휴우우우…… 아니, 키메라 때문만 이 아닙니다. 그 재료! 하이하 님이 사용하신 재료! 사라져 버린 재료! 지금은—."

블라우그룬은 어딘가를 가리켰다.

이하와 람화연 그리고 블라우그룬은 모두 같은 생명체를 바라보았다.

그것은 반투명의 고양이 형상을 지니고 있었다.

"—저 고양이형 키메라가 되어 버린! 그 재료가 아까워서 그렇다고요! 흑, 당분간 〈라퓨타〉에 갈 수 없으니, 구할 수도 없는 재료일 텐데……."

블라우그룬은 그 고양이를 가리키며 울먹였다.

이하는 황급히 그의 곁으로 가 그를 다독여 주었다.

"너, 너무 그러지 말아요. 나도 반성하고 있고—뭐, 나중에라도 얼마든 구해 줄 수 있지 않겠어요? 마왕군도 쳐부수고 하면—."

"그건 그때죠! 제가 더 열 받는 건, 그런 재료를 날려 버리며 탄생한 저 키메라가 아무짝에도 쓸모가 없다는 겁니다!"

블라우그룬의 목소리에 담긴 설움은 람화연도 느낄 수 있을 지경이었다.

그녀는 먹던 음료를 내려 두곤 반투명의 고양이를 향해 다가갔다.

외형은 분명 짧은 털을 자랑하는 고양이였다.

반투명이라는 걸 제외하고 다른 고양이와의 차이점이라면 단 하나.

"이게 '키메라'라고? 흐음, 확실히 특이하긴 한데……."

"으, 응. 반투명인 것도 신기하고. 어쨌든 내 '소환수' 격인 키메라인 것도 신기하지만—."

"능력이 이게 다야? 공중에서 빨빨거리며 돌아다니는 거?"

그 고양이가 지상과 공중을 가리지 않고 걸어 다닌다는 것이었다.

그것도 허공을 날고 있다는 개념이 아니라, 말 그대로 그곳에 무언가 디딜 게 있다는 것처럼 자연스레 걷는 모션은 보는 사람을 당황스럽게 만들 정도였다.

이하는 람화연의 날카로운 질문을 들으며 어쩐지 가슴이 쓰렸다.

"……아직—까지 확인된 건, 뭐, 그래."

"아직까지? 소환수라면 어차피 관리 창에 다 뜰 거 아냐. 거기에 스킬 없어? 스탯은 어떤데?"

"스, 스킬은, 크흠, 없고. 스탯도 뭐…… 평범해."

이하의 〈소환수 관리 창〉에서도 기타 스킬이 나오지 않는 키메라.

충성도는 100으로 고정되어 있으나, 다른 모든 스탯이 1이고 심지어 HP조차 1인 키메라라니!

이하는 차마 모든 진실을 말할 수 없었다.

하물며 이것이 전설급 재료 아이템으로 만들어 낸 키메라라고 말한다면 미들 어스의 어딜 가도 손가락질을 받을 게 뻔했으니까.

물론 그것은 이하의 생각일 뿐이었다.

드래곤급 NPC에게는 유저의 레벨과 스탯을 파악하는 기술이 있다.

'수준'과 '능력'으로 표현되는 미들 어스 고유의 시스템 중 하나를 블라우그룬이 모를 리가 없었던 것이다.

"이런 쓸모없는 고양이는 전투에 방해만 된다고요! 하이하 님을 위해서라도 이건 제가—."

"어? 어어! 블라우그룬 씨!?"

블라우그룬은 검지로 고양이를 가리켰다. 그의 검지 끝에서 순식간에 전격계 기운이 모여들었다.

"자, 잠깐만!"

파츠츠츠츠츳———————!

이하가 말릴 새도 없이 전격계 스킬은 쏘아져 나갔다. 그것은 HP 1의 고양이에게 적중했다.

"앗?"

"어, 없어졌어?"

이하의 반응에 람화연이 소리쳤다.

대각으로 걸어 올라가던 반투명의 고양이가 사라졌기 때문이다.

"안 돼에에에—! 그 녀석, 완전 약골이었단 말이에요! HP가 1정도밖에 안 되는 녀석한테 그런 마법을 쓰면 어떡해요!"

이하는 소환수 관리 창을 열어 '확인 사살'까지 끝마친 상태였다.

HP 1의 고양이는 사라져 있었다.

이하가 마구 몰아붙이자 블라우그룬은 당황하여 손을 저었다.

"쏘려고 한 게—제가 쏘려고 한 게 아녜요! 분명 멈추려고 한 거였는데, 겁만 주려고 한 거였는데?!"

이하도 그의 말을 충분히 믿었다.

아무리 흥분했다지만 블라우그룬이 이하의 동의도 없이 마구잡이로 공격을 했을 리가 없다.

"그럼 대체 어떻게 된 거죠? 그냥 겁먹고 사라진 건가?"

"그, 그거야 저도 잘 모르겠습니다…… 하지만—명백한 제 잘못이지요. 죄송합니다, 하이하 님."

반투명의 고양이 때문에 이하에게 '삐진' 상태였던 블라우그룬이었으나, 자신이 일으킨 일이 얼마나 큰 실수인지는 잘 알고 있었다.

블라우그룬은 곧장 자신의 잘못을 인정하고 이하를 향해 고개를 숙였다.

 이하는 한숨을 조금 내쉬었을 뿐이다.

 전설급 재료 아이템이 날아가 버리긴 했지만, 뭐 어쩌겠는가? 그보다 더욱 중요한 게 바로 '파트너 드래곤'이지 않은가.

 "괜찮아요. 아니, 애초에 내가 잘못한 거죠. 블라우그룬 씨가 말렸을 때 말을 들었어야 했는데…… 라퓨타에서 가져온 걸로 만들었는데, 모든 능력치가 다 1인 것부터 마음에 안 들었거든요."

 "서, 설마―라퓨타에서 가져온 거면 전설급 재료 아이템 아냐? 근데 스킬도 없고 스탯도 1 고정?"

 블라우그룬을 향한 이하의 화해 제안에 놀란 건 람화연이었다.

 "응…… 아깝지만 얼른 잊어야지. 우선 〈키메라 생성〉 스킬로 제대로 된 녀석을 만든 다음에―크로울리랑 이고르 쪽에 접선해 봐야겠어. 마왕이 로페 대륙으로 오는 게 기정사실인 이상, 그들의 힘은 엄청난 도움이 될 테니까. 아! 혹시 파이로가 연락이 되는지도 궁금하고 말이지."

 이하는 '전설급 재료 키메라'의 스탯이 1로 고정되어 있다는 사실을 들킨 점에서 뜨끔했으나, 이제 숨길 이유는 없었다.

 벌써 고양이는 사라졌으니 이럴 땐 차라리 빨리 잊어버리는 게 편한 일이리라.

람화연 또한 그다지 닦달하진 않았다.

그녀는 이미 이하가 꺼낸 '다음 계획'에 더 관심을 두고 있었다.

"당신이 본 것처럼 마공학자 알바도 그렇지. 칫, 그 인간들…… 참전할 거였으면 미리 말 좀 해 주지. 그랬으면 좀 더 좋은 곳에 쓸 수 있었을 텐데."

"그래도 나쁘진 않았잖아?"

"100으로 100의 힘을 낸 거니까 나쁘진 않지. 하지만 좋은 것도 아니야."

람화연은 똑 부러지게 말했다. 100으로 120, 150의 힘을 내게 만드는 게 바로 '행정'이고 '인사人事'다.

람화연의 능력을 잘 알고 있었기에 이하는 그저 고개만 끄덕였다.

"각국의 방어 체계 연동부터 마무리 지어야 하니까 나는 이만 가보. 오오오오올! 꼐에에에에?!"

수정구를 꺼내 들던 람화연이 엄청난 속도로 뒷걸음질 쳤다.

그녀의 놀란 목소리에 더해, 이하 또한 소리를 지르고 싶은 기분을 느꼈다.

"워어어어어!"

[묘오오옹—!]

"우왓, 하이하 님! 이건……!"

젤라퐁과 블라우그룬까지도.

그들 모두의 눈은 한군데로 고정되어 있었다.

람화연과 이하가 마주 보던 허공의 공간으로 반투명의 묘한 그림자가 걸어가고 있었다.

"뭐, 뭐가…… 뭐야? 저 고양이가 왜?"

반투명의 고양이는 살아 있었다.

아무런 울음소리도 내지 않은 채 그것은 그대로 이하를 바라보았다.

이하와 블라우그룬은 움찔거리며 한 걸음씩 더 물러섰다.

"하, 하이하! 스킬 창! 관리 창!"

"아, 아아!"

람화연의 부름에 이하는 황급히 소환수 관리 창을 열었다.

분명 저것은 사라졌었다.

그러나 지금, 고양이는 다시금 HP 1의 상태로 관리 창에 존재하고 있었다.

'뭐야, 이건? 스킬—스탯…… 변한 게 없는데? 아니, 뭐지?'

심지어 사라지기 전과 아무런 차이도 없다니.

죽었다가 살아나며 어떤 드라마틱한 변화가 생기지 않을까 기대한 부분이 없지 않아 있었기에, 이하는 더욱 당황했다.

람화연은 이하의 표정만 보고도 상황을 읽어 냈다.

"블라우그룬 님, 드래곤의 눈으로 보기에도 아무런 변화가 감지되지 않나요?"

"그……렇다. 이것은—분명 조금 전 개체와 같다고 확신할 수 있을 정도로군. 그러나 어찌 죽음에서……?"

되살아났는가.

블라우그룬은 뒷말을 잇지 않았지만 이하와 람화연에게도 조금 당황스러운 일이었다.

죽었다가 살아난 개체는 실제로 미들 어스에도 몇 개쯤 있다.

원래라면 있을 수 없는 개념임에도 불구하고, 시스템적 간섭 또는 조합으로 인해 그러한 기적이 일어나게끔 만든 경우가 있기 때문이다.

'당장 눈앞의 블라우그룬 씨가 그렇지. 이스터 에그를 이용해 살아났으니까.'

그리고 '불가살충의 스킬'이 있다.

젤라퐁은 불가살충의 세포를 이식받은 생명체로 인식이 되어, 잿빛으로 변하며 사망 판정이 나타나도 곧 되살아나 버린다.

'그렇다고 이 고양이까지? 아니, 얘는 스킬도 없는데?'

이하는 블라우그룬을 바라보았다.

드래곤의 지식이라는 측면에서 바하무트 다음이라고 손꼽아도 부족함이 없는 브론즈 드래곤도 지금은 고개를 젓고 있었다.

결국 이하는 최후의 방법을 택해야 했다.

"대화는 아까부터 이미 안 통했지만—고양아? 야옹아?"

이하는 허공을 걷고 있는 고양이에게 말을 걸었다. 반투명의 고양이는 이하를 바라보지 않았다.

잠시 민망한 분위기 속에서 이하는 고양이에게 팔을 뻗었다.

"블라우그룬 씨의 스킬에 피격된 거 보면 분명히 현실과 연결은 된다는 건데. 만지는 것도—."

그러나 팔은 고양이를 쑤욱, 넘어갈 뿐이었다.

마치 현실에 존재하지 않는 것처럼 이하의 팔은 고양이를 관통했다.

"흐어어어!? 이, 이쪽을 보긴 봤는데……."

만질 순 없으나 손이 닿은 순간부터 고양이는 이하를 향해 고개를 돌린 상태였다.

마치 '내 몸에서 손 빼'라고 말하는 것 같은 눈빛에, 이하는 서서히 팔을 움직였다.

관통했던 팔을 빼내자 고양이는 다시 유유자적 허공을 걷기 시작했다.

이하와 블라우그룬이 멍하니 있는 동안 두뇌를 가동시킨 건 람화연이었다.

"무슨 재료로 만들었어?"

"재료? 〈라퓨타〉에서 챙겨 왔던 거. 무슨 신의 존재를 증명하는 뭐, 양자 모래? 아! 무슨 물리학 그런 거 있잖아? 혹시 알아?"

람화연이라면 알지도 모른다!

"몰라."

이하는 부푼 마음으로 물었지만 람화연은 곧장 고개를 저었다.

그녀는 자신을 천재라고 칭하지 않는다.

"하지만 대충 방법은 알겠어."

다만 자신이 아는 것과 모르는 것을 구분할 줄 알 뿐이다. 그녀의 말에 이하와 블라우그룬이 고개를 갸웃거렸다.

람화연은 답답하다는 표정으로 이하를 가리켰다.

"나?"

"아니! 참 나. 기브리드의 키메라를 만들어 낸 사람이! 그다음에 어떻게 해야 하는지 모르겠어?"

"기브리드의 키메라—응? 그게 뭐?"

"아! 하, 하이하 님! 그거!"

블라우그룬도 람화연의 말을 들으며 무언가 깨달았다는 듯 이하를 가리켰다.

여전히 모르고 있는 것은 이하였다.

누군가는 답을 알려 줘야만 했다.

람화연과 블라우그룬에게 지적받은 존재가 이하에게 직접 그 답을 알려 주었다.

—큭큭…… 각인자여. 나에게 저 고양이의 피 맛을 보여 주면 되는 게 아닌가.—

"아, 아아아!"

고양이가 어떻게 살아났는지는 알 수 없다. 죽었던 것인지

조차도 확실치 않다.

스킬이나 스탯에서 특이 사항은 없지만, 어쨌든 이해할 수 없는 일이 벌어졌다면?

"특성 흡수!"

그게 무엇인지 직접 확인하면 된다. 이하와 블라우그룬 그리고 람화연 셋이 모두 눈을 마주쳤다.

이 고양이에게 어떤 쓸모가 있을까?

답은 금방 나왔다. 이하는 곧장 노리쇠를 당겼다.

철컥.

"화연아, 블라우그룬 씨, 귀 막으세요."

방아쇠를 당기는 손가락은 거침없었다.

투콰아아아——————……!

레어에서 쩌렁쩌렁하게 메아리치는 총성이 멎을 때쯤, 세 명은 허공에 다시금 만들어진 고양이를 발견할 수 있었다.

"다시 살아났어…… 역시. 그렇다면—."

"하이하 님! 어떤 능력이죠? 이게 대체 뭡니까!?"

블라우그룬은 몸이 달아 이하를 다그쳤다. 이하는 잠시 스킬 창을 열어 보았다.

이해할 수 없는 재료를 기반으로 연성된 이해할 수 없는 키메라.

흡수한 특성 또한 이해할 수 없는 문구로 쓰이는 것은 어찌 보면 당연한 일이었다.

"으음…… 괴상한데요."

이하는 스킬 창에 적힌 것을 읊었다.

〈방출: 에르빈의 고양이〉

설명: 두 가지 상호 배타적인 상태를 공존하고 있는 고양이. 이것은 생명체이자 동시에 생명체가 아니다. 살아 있는 상태와 죽어 있는 상태가 중첩되어 있는 역설을 몸소 보여 주고 있다. 이 고양이의 힘을 빌려 자기 자신을 중첩시킨 후 관측한다면, 한 가지의 상태를 확정할 수 있다.

효과: 중첩

     (조건 만족 시 확정 기회 부여)

지속 시간: 확정 즉시

쿨타임: 확정 이후 72시간

"효과도 이해가 안 되고, 지속 시간도 어딘가 이상하고, 쿨타임도 조건부야. 블라우그룬 씨는 알 것 같아요? 뭘 중첩한다는 거지? 써 볼까?"

이하는 돌아다니는 고양이를 흘끗 바라보았다.

저것이 다시금 되살아난 이상, 이번 스킬을 사용해도 특성을 흡수할 기회는 있다는 의미다.

'일단 두 번 죽었고 세 번째에도 살아날지는 모르겠지만 어쨌든……'

한 번 정도는 테스트하기에 충분하다는 뜻!

블라우그룬과 람화연은 이하에게서 조금 떨어졌다.

테스트에 동의한다는 그들의 표현을 보고 나서 이하는 총구를 레어의 천장부를 향해 들어올렸다.

"〈방출: 에르빈의 고양이〉."

다시 한 번 우렁차게 총성이 울렸다.

블라우그룬과 람화연이 눈을 빛내며 물었다.

"어떻게 됐습니까?"

"변한 건 없어 보이는데? 시스템 창으로 떴어?"

"으, 응……."

[중첩되었습니다.]

이하는 시스템 알림 창에 한 줄이 뜬 게 전부라는 걸 아직 말할 수 없었다.

블랙 베스가 흡수한 스킬은 일회성이므로, 스킬 창에는 이미 스킬이 사라진 후니까.

'이게 전부? 설마? 업적도 없고―스킬도 없고―스탯! 스탯이 중첩되나?'

설마 이게 끝?

'캐릭터 창!'

이름: 하이하 / 종족: 인간

직업: 하얀 사신 / 레벨: 296 (98.78312%)

칭호: 주신의 불을 내리는 / 업적: 223개

HP: 12,140(8,498)

MP: 14,430

스탯: 근력 912(+827)

민첩: 8,000(+1,720)

지능: 690(+474)

체력: 464(+338)

정신력: 1,300(+206)

카리스마: 500(+0)

남은 스탯 포인트: 622

'아차차, 스탯. 일단 민첩 500에 카리스마 100, 지능에 한 10 찍어 놓고—.'

엄청난 스탯 포인트가 쌓여 있었지만, 이것은 '에르빈의 고양이'와는 관계가 없는 항목이었다.

피로트-코크리와 기브리드 등을 상대하고 난 후 얻은 업적 보상을 아직 사용하지 않았을 뿐이니까.

남들은 보물처럼 다루는 스탯을 마치 밀린 업무 처리하듯 후다닥 찍어 버린 이후에도 이하는 캐릭터 창 곳곳을 살펴보았다.

하지만 새롭게 추가된 사항은 없었다.

"스탯도…… 뭐가 없고. 아이템에 붙은 옵션……도 없어."

착용하고 있는 아이템의 설명 창들까지 일일이 전부 확인하고 나서야 이하는 확신했다.

이 스킬로 아무런 효과도 보지 못했다는 것을.

람화연은 이하의 울먹거리는 표정을 보며 겨우 웃음을 참았다.

이하가 겨우 진정한 후, 셋은 다시 머리를 모아 보았다.

그러나 셋 모두 할 말은 많지 않았다. 이하는 그 이유를 알고 있었다.

"스킬의 설명이라도 다시 볼 수 있어야 좀 따져 보든가 할 텐데…… 역시 어디다 적어 놓고—."

"아, 다 외우고 있으니까 걱정 마."

"저도 그렇습니다, 하이하 님."

이하는 한숨을 내쉬었다. 머리가 좋다는 건 편리한 거구나.

그들에게 스킬의 설명, 효과, 지속 시간, 쿨타임 등을 듣자마자 외우는 건 아무런 문제도 되지 않았다.

드래곤의 AI인 블라우그룬은 말할 것도 없고, 람화연에게도 유사한 상황은 일상다반사로 겪기 때문이다.

"하이하 님께서 말씀해 주신 대로라면, 우선 해당 마법에 대한 설명이 역설적이라는 겁니다. 상호 배타적인 것은 공존할 수 없기 때문에 상호 배타적이라고 하는 거니까요. 그런 상태가 공존될 수 있다는 것이 바로 역설이죠."

"맞아요. 그리고 스킬의 효과 또한 역설적이지. 중첩되었다는 개념은 정확히 이해할 수 없지만, 스킬을 '사용했음에도, 사용하지 않은 것'과 같은 상태라면, 그게 바로 역설인 셈이라고 볼 수 있지 않을까?"

람화연은 블라우그룬의 말을 들으며 역으로 질문했다.

어차피 그녀도 어휘 자체를 이해할 수는 있을지언정, 완벽한 뜻을 이해한 건 아니었다.

'블라우그룬을 통해 해석을 끄집어내야 하는데……'

문제는 그게 쉬운 일이 아니었다.

이런저런 질문을 해 보았으나 드래곤의 마법 체계에 대한 이야기가 간혹 비교되며 나왔을 뿐, 블라우그룬으로서도 설명하기 어려운 문제였기 때문이다.

'미들 어스에서 그런 개념이 없다고 봐야 하기 때문이겠지? 신성력에 관한 것도 바하무트는 답해 줄 정도였고, 마왕의 조각이나 심연에 대한 것도 대부분의 드래곤이 어느 정도 선까지는 알고 있었지만.'

이것은 다른 문제라는 이야기일까?

람화연은 조금 다른 방법으로 접근했다.

미들 어스는 언제나 힌트를 준다. 지금도 분명히 힌트가 나와 있을 것이다.

이하는 고민하는 람화연의 얼굴을 잠시 구경하다 총구를 돌렸다.

"으음, 한 번 더 흡수해 볼까? 사실 스킬 이름이 '에르빈의 고양이'인 것도 이상하잖아? 내가 주인인데 뜬금없이 왜 에르빈이라는 이름이—."

"에르빈……!"

"응?"

고양이를 한 번 더 잡으려던 이하는 시도조차 할 수 없게 되었다.

이제는 람화연의 표정만으로도 알 수 있었다.

"하이하 당신, 알지? 물리학에서 가장 유명한 고양이!"

"고양이—어, 어어! 들어는 봤지! 이름은 정확히 기억 안 나지만—근데 에르빈이 아니라—."

이하는 팔짱을 낀 채 잠시 고민에 빠졌다.

애당초 관심도, 지식도 없는 물리학이다. 다만 워낙 유명한 것이라 기억에 남는 것이 조금 있었다.

'양자역학' 하면 떠오르는 바로 그 인물의 이름을 기억 속에서 되짚으려 할 때, 람화연이 말했다.

"그 사람 맞아."

"뭐?"

람화연은 웃었다.

그녀는 묘한 미소를 머금은 채 잠시 입을 다물었다.

"일단 자청에게 이야기해 뒀어."

"응? 뭐가?"

"지금 스킬 말이야. 효과와 지속 시간, 쿨타임까지 일단 말해 뒀으니까. 우리 회사 연구팀에 전달해 놓으라고 했어."

잠깐 입을 다물고 있던 그 짧은 사이에 람화연은 이미 그것에 대한 모든 것을 처리해 둔 상태였다.

가공할 만한 행동력에 이하는 입을 다물 수 없을 정도였다.

"근데, 그거—그래도 되는 거야? 너무 사적인 데다가…… 분야가 양자역학 이런 거라면—."

"지금 우리 람롱 그룹을 무시하는 거야? 그리고 본사 신사업 본부에서 추진하는 안건에 대하여 공식적인 업무 협조를 구하는 거니까 상관없어. 나는 회장님처럼 제왕이 아니니까."

글로벌 기업 람롱의 계열사 중에도 과학 또는 기술과 연관된 업종이 많다.

제약과 병원까지 아우르고 있는 대기업 그룹에서는 어찌 보면 당연한 일!

그 와중에 회장의 장녀라는 지위를 적당히 활용하지만, 그 또한 상대에게 충분히 도움이 될 수 있는 것들이라는 점에서 그녀는 크게 인정을 받고 있었다.

"저기, 그래서 말인데."
"응?"
"홍콩에……."
람화연이 살짝 얼굴을 붉히며 물었다.
"한 번 올 때 되지 않았어?"
철혈녀라 불리는 그녀가 유일하게 얼굴을 붉히는 이 때의 느낌.
그것이 주는 묘한 매력을 자신만이 느낄 수 있다는 생각이 들 때의 충족감이 이하를 만족시켰다.
"응, 가야지. 흐흐."
이하의 입가에 흐뭇한 미소가 걸리자 람화연은 슬쩍 이하의 눈을 피하며 말했다.
"뭐, 뭐야! 그 이상한 웃음은!? 원래는 내가 가도 상관없지만 아직 그, 리조트…… 개발 건이 어차피 완공까지 시간이 남기도 했고…… 그래서 부르는 것뿐이야!"
"리조트? 아, 아아, 리조트! 그 팸플릿—크흠, 팸플릿……."

[팸플릿]

그 단어를 떠올린 순간 이하도 얼굴이 달아오르는 것을 느꼈다.
팸플릿 사건 때문에 전 세계로 생방송이 나가는 도중 자신이 말실수를 크게 했었다.

'말실수는 아니었지만—너무 갑작스럽게 본심을…….'

이하가 쑥스러워 고개를 들지 못하고 있을 때, 람화연 또한 완전히 레어의 벽면만을 바라보고 있었다.

이하가 한 게 당혹감에서 나온 실수라면 람화연이 만든 팸플릿은 바로 본심 그 자체였기 때문이다.

'어휴, 미쳤어, 미쳤어! 너무 노골적이었잖아!'

이하에게 '그런 의미'를 상기시키기 위해 일부러 리조트라는 단어를 꺼냈으나, 막상 꺼내고 보니 스스로도 부끄러워 바라볼 수 없을 지경이었다.

"호, 홍콕—아니, 홍콕이 아니라. 홍콩! 꼭 갈게. 꼭, 꼭 갈게."

"언제…… 올 건데? 일단 기브리드도 죽었고……."

람화연은 조심스레 물었다.

빨리 만나고 싶다는 그녀의 말을 이하가 알아듣지 못할 리 없었다. 그럼에도 이하는 쉽사리 답하지 못했다.

입을 열지 못하는 이하를 보며 람화연은 답답함을 느꼈다.

이하가 자신에게 마음이 있는 것도 안다. 이하가 어떤 생각을 하고 있을지도 안다.

'너무 부담을 줘서—.'

자신이 만든 팸플릿은 간접적인 프로포즈나 마찬가지였다.

그것에 대한 결정을 못 했을 가능성이 크다. 거기다 피로트-코크리와 푸른 수염은 언제 올지 모른다.

마왕이 당장이라도 마왕의 조각들과 수백만의 몬스터를 이끌고 로페 대륙을 침공한다면…….

현실에서의 하루가 미들 어스에서의 5일이라고 볼 때, 홍콩을 오는 것만으로도 큰 부담이 될 수밖에 없을 것이다.

"괜찮아. 아직 준비가 안 됐다면 나중에라도……."

람화연은 자신의 제안을 철회하려 했다.

우선 급한 일부터 끝난 후에라도 와 준다고 말하면 그것만으로도 행복할 것 같았으니까.

홍콩에 가지 않겠다. 부담된다는 답변으로 거절당하느니 차라리 미루는 게 낫다는 생각이 들 무렵, 이하가 말했다.

"갈게."

"응?"

이하는 람화연을 보았다.

람화연은 웃고 있는 자신의 남자 친구를 보았다.

이하가 지금까지 답을 하지 못했던 것은, 미들 어스를 생각했거나 마음의 준비가 되지 않았기 때문이 아니었다.

"공략 방법에 대해서 조금 생각하고 있었어."

"공략이라니?"

람화연이 놀란 눈으로 물었다.

"회장님―아니, 아버지 말하는 거야?"

이하는 담담한 눈으로 고개를 끄덕였다. 그러나 그 표정은 곧장 묘하게 변하기 시작했다.

"아버님—크흠…… 아버님께서. 구플 주식 아직도 갖고 계시겠지?"

"뭐?"

"아무래도 말이야, 허락을—으음, 그러니까아~? 화연이가, 나랑, 어쨌든, 뭐, 비슷한 생각을 하고 있다고 가정할 때의 일이기는 한데. 그, 어쨌든, 그러니까……."

우물쭈물하는 이하를 보며 람화연은 눈물이 날 것 같았다.

지금까지 조용히 있던 게, 람롱 그룹의 회장을 '공략'하기 위한 작전을 짜고 있었다는 것인가.

그리고 '간다'는 대답이 나왔다면, 또한 '구플 주식'과 관련된 발언이 나왔다면 어느 정도 공략안도 나왔다는 의미가 아닌가.

재계의 날고 기는 사람들도 함부로 입에 담지 못하는 용어는 쉽게 말하면서도, 저런 부분에선 당황하는 모습을 보니 람화연은 더욱 마음이 흔들리는 것을 느꼈다.

그래서 최대한 감정의 표출을 자제했다.

"알았어. 와서 얘기해."

굳이 이 자리에서 들을 이유는 없다.

람화연은 몸까지 배배 꼬으려는 이하를 말리며 말했다.

"와서?"

"응. 지금 바로 올 수 있다는 뜻 아냐?"

"아, 그건 아냐. '공략 방법'은 나왔지만, 만나서 결정지을 수 있는 일은 아니라서."

"뭐?"

이하는 자신만만하게 웃었다.

글로벌 기업의 총수에게 자신이 인정받을 수 있는 일이 무엇이 있을까.

가장 단순하지만 확실한 방법, 자신이 그에게 이득이 되는 사람이라는 걸 보여 주면 된다.

'정확한 액수는 기억나지 않지만, 화연이가 놀랄 정도로 엄청난 주식을 보유하고 있었지. 구플의 주가는 미들 어스에 의해서 가장 크게 좌우된다. 즉······.'

구플의 주가를 띄우면 된다.

바꿔 말하면 미들 어스를 활성화시키면 된다.

그러한 일에서 이하 자신이 가장 큰 활약을 보여 주면 된다.

"마왕을 내 손으로 없앤 후에, 홍콩으로 갈게. 그리고 그날, 너한테도 말할 거야."

게임이자 현실이고 현실이 곧 게임이 되어 버리는 혁신. 미들 어스에서라면 굳이 못 할 일도 아니니까.

이하의 눈은 빛나고 있었다. 람화연은 곧장 수정구를 발동시켰다.

"······믿고 있으면 되는 거지?"

"응."

"알았어. 기다릴게."

"근데 수정구는 왜―."

슉.

람화연의 모습이 사라졌다. 이하는 잠시 어안이 벙벙했다.

당장 달려와 안기는 것은 과하다 하더라도, 다른 표현을 보일 줄 알았건만. 이하는 람화연이 어떤 마음으로 텔레포트했는지 영원히 알 수 없을 것이다.

"뭔가, 막, 감동? 그럴 타이밍 아니었나……."

아쉬움에 괜히 바닥이나 발로 툭툭 차다 문득, 또 다른 시선을 느꼈다.

이곳은 블라우그룬의 레어다.

"흐으으음……."

테이블과 의자까지 스킬을 사용해 만든 후, 턱을 괸 채 바라보고 있기에 충분한 능력이 있다는 뜻이다.

"브, 블라우그룬 씨."

이하는 괜스레 민망해 그의 이름을 불렀다.

블라우그룬은 두 손으로 턱을 괴고 이하 쪽을 바라보며 다시 한 번 콧바람을 내쉬었다.

"인간들의 결혼에 관해서는 명확히 알지 못하지만, 흐으으음……."

"이상한 아저씨 같은 콧소리 내지 말아요! 뭘 흐으으음이에요?"

"마왕 없애는 것을 스스로 혼약의 조건으로 내건 인간은 미들어스를 통틀어 하이하 님뿐일 것 같아서…… 흐으으으음—."

"그 흐으으음 좀 그만해요!"

눈썹을 찡긋거리며 이하를 바라보고 있는 드래곤과, 그 드래곤의 곁에서 타이밍 좋게 허공을 걷고 있는 에르빈의 고양이.

마왕의 침공을 눈앞에 두고서도 조금쯤 평범한 일상을 보내던 이하에게 귓속말이 온 것은 그때였다.

―하이하 씨~?

간드러지는 목소리가 두개골에서 울리자마자 이하는 목소리의 주인을 알아보았다.

다만 그녀의 연락 동기에는 조금 의문이 생겼다.

―프레아 씨? 무슨 일이세요?
―무슨 일은요. 잘 지내시나 해서 연락드린 거지.
―저야 뭐……. 아참, [기브리드 서진] 때, 루비니 씨보다 앞서서 키메라 발견한 게 프레아 씨라면서요?
―어머나? 누가 그러던가요? 저 아닌데?

프레아의 목소리에 이하는 고개를 갸웃거렸다. 별초의 혜인과 비예미가 해 준 말이니 거의 틀림이 없을 것이다.

'그리고 맞으면 맞는다고 오히려 티를 낼 만한 사람이지 않나?'

거의 모든 걸 '거래'에 의존해 왔던 하얀 눈의 정령사가 굳이 아니라고 발을 빼는 이유는 또 무엇인가.

―그래요? 뭐, 맞는다면 고맙다는 말씀이나 드리려 했죠. 아, 그래서, 연락하신 이유는요?
―잠시 좀 볼 수 있을까 해서요.

그녀의 목소리는 여느 때와 달리 침착했다.
어쩐지 분위기가 한층 변했다고 느껴질 정도의 목소리에 이하는 잠시 긴장했다.
'프레아가 원했던 건……'
〈정령계의 열쇠〉였다.

그녀는 해당 아이템을 획득하여 사용했고, 그 대가인지는 알 수 없으나 엄청난 능력을 보유하게 된 건 확실했다.
'바람의 정령 여왕은 물론, 대지의 정령 왕. 그리고 '꼬마' 소환 당시의 반응으로 봤을 때, 불의 정령 여왕 이프리트까지도 손이 닿은 게 확실해.'
이미 몇 가지의 정령을 충분히 다루게 되었고, 이름이 알려진 정령왕급 존재들과 계약까지 다 맺었으니…….
'이제 와서 설마?'

혹여 다른 생각을 하고 있는 건 아닐까.

'마왕과 계약을 한다거나 하는, 터무니없는 생각을—아니, 아냐.'

프레아에 대해 짐작하던 이하는 고개를 털어 의문을 날렸다.

자신이 믿지 않으면 누가 믿는단 말인가.

─네. 그럼 지금 보실까요?
─역시…….
─응? 뭐가 역시예요?
─아뇨! 제가 그쪽으로 갈게요!

프레아의 목소리는 평소처럼 밝게 변했다.

오직 솔로 플레이만을 고집해 온 하얀 눈의 정령사가 마음을 털어놓는 거의 유일한 유저.

이하의 확고부동한 믿음이 담긴 목소리는 프레아를 녹이기에 충분했다.

─────────…….

블라우그룬의 레어에서 무지갯빛이 반짝였다.

"우왓!?"

"정령사……. 내 레어를—."

"어머나, 하이하 씨만 계신 줄 알고 그냥 와 버렸네요. 미안해서 어떡하죠, 드래곤 님?"

프레아는 애교 넘치는 얼굴로 인간형 블라우그룬의 팔짱을 끼려 했다.

당황한 브론즈 드래곤은 미처 화를 내지도 못한 채, 허겁지겁 뒤로 물러섰다.

프레아의 적극적인 태도에 긴장했기 때문은 아니었다.

"내 레어에 이렇게 올 수 있다는 건…… 무지개의 정령인가."

블라우그룬은 하얀 눈의 정령사와 그 정령의 힘에 대해 감탄했기 때문에 오히려 조금 즐거워하고 있었다.

신대륙 동부에서도 텔레포트가 가능하게 만들었던 무지개의 정령이 지닌 힘은 드래곤 레어의 결계 따위는 손쉽게 허물 수 있었던 것이다.

"네, 하이하 씨와 얼른 만나고 싶은 마음에 써 봤는데……. 여기 계실 줄은 몰랐네요. 헤헷."

"헤헷, 이 아니다. 하이하 님이 계신 장소 추적은 어떻게 했지."

"우웅, 그거야, 뭐. 어려운 일은 아니죠. 암暗 속성 정령의 기운을 네 개 이상 보유하고 있는 '인간'은 저를 제외하면 하이하 씨밖에 없거든요."

그 능력에 감탄과 경계심을 동시에 느낄 수밖에 없는 블라우그룬이었고, 프레아는 여전히 장난스러운 눈초리로 웃음을 흘리고 있었다.

이하는 프레아의 말을 들으며 정말이냐 물었다.

그녀는 간단하게 고개를 끄덕였다.

"지난번에 그런 말씀은 안 하시지 않았어요?"

"당연히 아시는 줄 알았죠!"

"그런……."

실제로 〈마킹〉이나 추적용 스킬에 당한 일이 없기에 그녀의 말은 분명한 사실일 것이다.

여전히 예측할 수 없는 언행이었으나 적어도 그녀가 배신할 생각이 아니라는 것만은 확실했다.

만약 배신할 생각이었다면 이런 식의 정보 유출은 절대 하지 않았을 테니까.

이하는 헛웃음을 한 번 터뜨리곤 말했다.

언제나 사람을 당황하게 만드는 이 정령사가 어째서 자신을 보자고 했을까?

"아, 그래서 보자고 하신 이유는요?"

프레아는 이하의 질문에 곧장 미소 지으며 답했다.

"브론즈 드래곤 님께서도 분명히 흥미를 가지실 거예요!"

"무슨 일이지?"

"알렌 스르나에 관한 일이니까."

프레아는 목소리를 낮추며 속삭이듯 말했다.

그러나 블라우그룬은 콧방귀도 뀌지 않았다.

 "우드 엘프 말이군. 열아홉 개 속성의 정령 왕과 계약을 맺었다는. 내가 해츨링일 시절, 나의 아버님께서 녀석을 만나러 가신 적이 있지만—놈은 이미 사라진 후였다. 녀석이 남긴 자료도 없었지. 지금 그 이야기를 말하는 건가?"

 블라우그룬의 말을 들으며 이하도 그의 반응을 이해할 수 있었다.

 전설 속에나 나올 정령사임에는 틀림없지만 블라우그룬은 이미 어덜트 드래곤이다. '동시대'를 살아왔던 전설의 정령사가 사라졌다는 정보는 이미 입력되어 있을 테니, 당연히 흥미를 잃을 수밖에 없었다.

 그럼에도 프레아는 물러서지 않았다.

 "제가 직접 봤거든요, 알렌 스르나."

 그녀는 과거 미들 어스에서 고정되었던 편견들을 깨부수는, 현대의 유저니까.

 "—뭣!"

 블라우그룬은 펄쩍 뛰었다. 이하 또한 표정을 관리할 수 없을 지경이었다.

 이하도 알렌 스르나에 대해 아는 점이 있기 때문이었다.

 "그 전설의 정령사를 봤다고요? 어디서? 〈정령계의 열쇠〉 설명에는 분명 정령계로 사라졌다고 적혀 있…… 아? 설마!"

〈정령계의 열쇠(1회 사용 시 소멸)〉

설명: 신神이 자리한 흔적 중 하나. 그의 거처에서 태어난 정령 왕들은 미들 어스 모든 생명에 아주 큰 영향을 미쳤다. 그러나 신神은 언제나 일방향의 영향력을 거부하는 법. 미들 어스의 생명체들이 정령에게도 영향을 미치도록 하기 위해 만들었다고 전해지는 열쇠.

[문이 보인다. 화, 수, 풍, 토, 뇌―그 외에도 문의 개수는 열 개가 넘는다. 이것 하나, 하나가 정령계로 통하는 길일까? 이 중 하나만을 선택할 수 있는 것일까? 나는 택해 본다. 혹 돌아오지 못할 경우를 대비해 이 책을 남기며.]

정령에 관한 모든 것을 연구하며, 사상 최초로 모든 정령 왕과 계약을 맺었던 우드 엘프 최강의 정령사, 알렌 스르나의 기록 덕에 그 존재가 밝혀진 아이템이다.

알렌 스르나는 어떤 문을 택하여 정령계로 들어갔고, 그가 '돌아오지 못할 경우를 대비해 남긴 책'을 제외하곤 다시는 그 흔적을 찾을 수 없었다.

그런데 프레아가 알렌 스르나를 봤다면?

"네. 정령계에 있었어요."

"그건 정말 놀랍군."

모처럼 블라우그룬이 이하 외의 존재에 큰 관심을 보이고 있었다.

"정령계를 다녀왔다면, 정령계가 정말 열아홉이나 되는지,

열아홉 개의 속성이 있는지도 알게 되었나?"

그럼에도 블라우그룬의 차가운 모습은 여전했다.

"거짓으로 나를 홀리려 하지 마라. 만약 그렇다면 하이하님의 지인이라도 결코 용서하지 않을—."

"4대 원소로 불, 물, 바람, 땅이 있죠. 사실 전기를 포함해서 5대 정령이라고 하는 게 맞겠지만요. 어쨌든 4대 원소와 전기에서 더 기본으로 나아간 빛과 어둠. 거기에 '눈과 얼음'도 있고요. 아 참, 그건 하나로 취급되는 거 아시죠? 또 무지개의 정령이다…… 암 속성에서 분노와 파괴, 혼돈, 무력 그리고 공포. 성 속성에서 사랑과 용기, 희망, 믿음 그리고 기쁨이 있어요. 히힛, 암 속성의 정령이 있다는 걸 알면서도 성 속성에서 그와 대응되는 정령이 있다는 발상을 못 하다니. 저도 참 무지했다니까요."

그녀는 순식간에 열아홉 개 속성을 읊었다.

블라우그룬이 무어라 말하기 전, 그녀는 웃으며 두 팔을 활짝 펼쳤다.

한 아름 남짓 되는 허공의 작은 공간에서, 열아홉 개의 빛덩어리가 나타나 반짝거리기 시작했다.

그것으로 모든 증명은 끝낸 셈이었다.

이하는 블라우그룬이 다리를 덜덜 떨며 프레아에게 다가서는 모습을 보았다.

"……이럴 수가! 그, 그것을 전부 계약했단 말인가?"

"전부는 아니죠."

"전부는 아니다? 이미 열아홉 속성의 정령을 보여 주고선—."

"〈스무 번째 정령〉이 있어요."

프레아의 말에 블라우그룬의 눈이 다시 한 번 커졌다. 브론즈 드래곤은 빠르게 고개를 저었다.

"스무 번째!? 그런 건 있을 수 없다. 열아홉 개 속성조차 모두 밝힌 이가 드물거늘 스무 번째라는—."

"아뇨. 있어요. 그래서…… 제가 이곳에 온 거거든요."

프레아는 허공을 감싸 안듯 두 팔을 확 움직였다.

허공에 떠 있던 열아홉의 빛은 동시에 사라졌다.

레어를 밝히던 정령들이 모조리 사라져 내부가 조금 어두워졌을 때, 프레아는 이미 이하의 얼굴 앞에 있었다.

"하이하 씨, 정령계에 같이 가 주세요."

그녀는 마침내 자신이 온 이유를 밝혔다.

Geschoss 5.

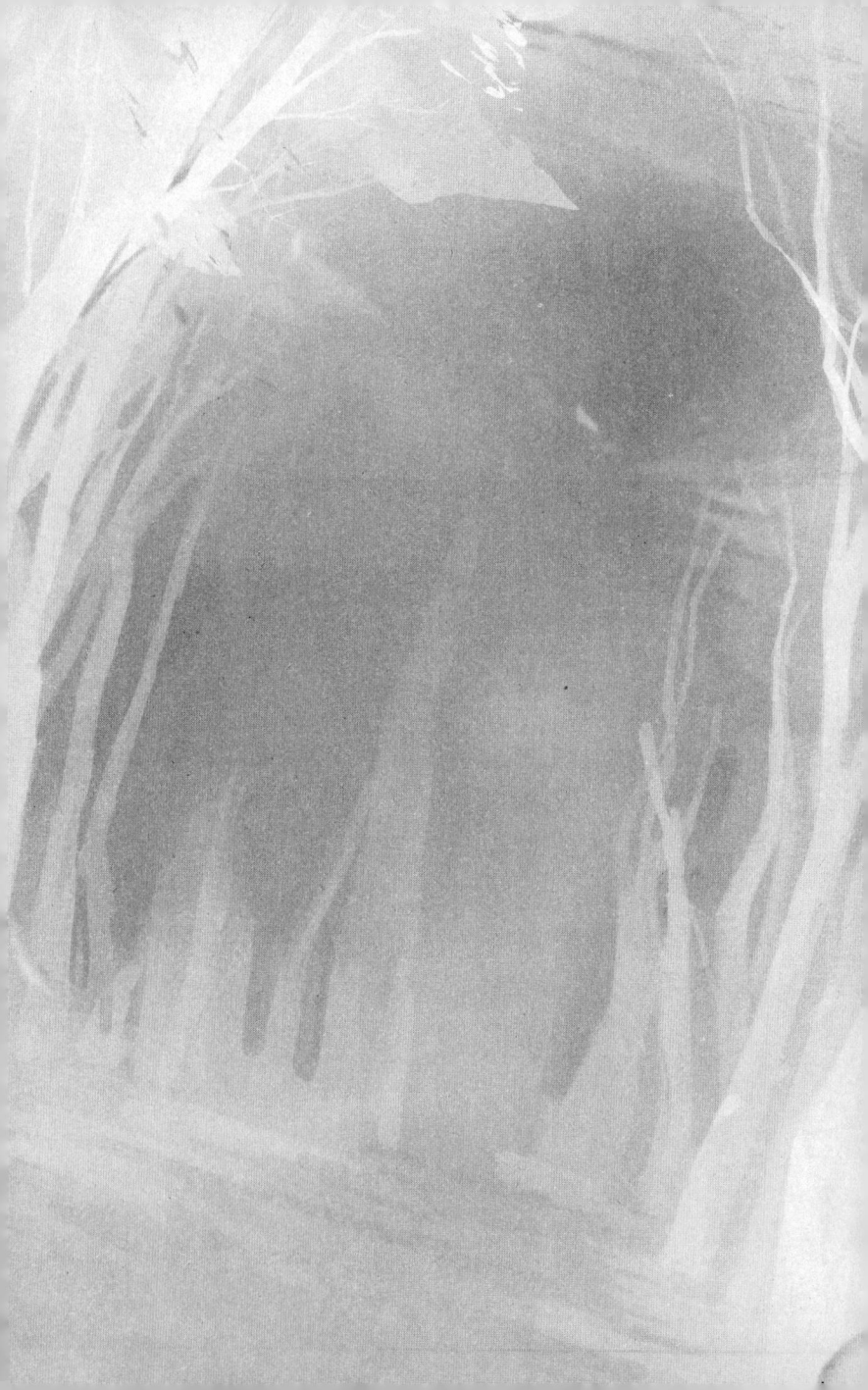

 블라우그룬은 거의 울고 있었다. 그러나 이하로서도 어쩔 수 없는 일이었다.

 "〈정령계의 열쇠〉는 한 개체밖에 이동을 못 시킨다네요. 예전에 용궁에서도 들었지만—."

 "알고, 있습니다. 그래서 더욱 아쉬운 거니까요."

 차오르는 무언가를 꿀꺽 삼키며 블라우그룬이 말했다.

 이하는 괜스레 미안한 마음까지 들 정도였다. 이하의 곁에 선 프레아 또한 아쉬운 표정을 짓고 있었다.

 "저도 '저 혼자' 가는 것밖에 할 수 없는 데다가…… 말씀드렸다시피, 제 '육신'을 포기하고 가는 거예요. 우웅, 드래곤 님께서 육신을 포기하신다면 혹시 어떻게 될지 모르겠지만—."

 "……시끄럽다, 우드 엘프. 너의 능력은, 큽, 인정하지만."

블라우그룬은 토라져 고개를 돌렸다.

어덜트 드래곤, 수명 몇천 년가량으로 설정된 드래곤이 이런 모습을 보일 정도로 블라우그룬은 이하를 부러워하고 있었다.

이하는 갑자기 그런 생각이 들어 어쩐지 우습기도 했다.

'하긴, 그만큼 지적 호기심이 많은 거니까. 해츨링 때에도 알렌 스르나의 이야기를 들었다고 할 정도였으니.'

정령계에 가는 건 블라우그룬에게 꿈과 같은 일일지도 모르겠지만, 프레아가 그를 데려가는 건 불가능한 일이었다.

물의 정령 왕이자 용궁의 해신인 엘라임의 말처럼, 한 번 육신을 지닌 개체가 정령계로 들어가기 위해선 육신을 버려야만 하기 때문이다.

'나야 〈정령계의 열쇠〉가 있어 괜찮지만······.'

프레아가 갈 수 있는 이유도 이것 때문이었다. 그녀는 자유자재로 정령계로 갈 수 있다.

그러나 그 대가는 '필연적인 죽음'이다.

진짜 죽는 것은 아니지만, 정령계에서 나오는 순간, 그녀는 미들 어스의 일반적인 사망 페널티 중 '레벨 다운'이 적용된다고 했다.

랭커인 그녀에게 1개 레벨에 필요한 경험치, 그것을 얻기 위한 노력은 이하의 그것보다 훨씬 크다.

'비록 게임에서 곧장 튕긴다거나, 48시간 접속 금지는 없다지만…… 1레벨 다운만 해도 엄청난데, 그걸 각오하고서라도 간다는 거야. 프레아에게 있어서 한 번의 죽음보다도 훨씬 큰 걸 얻을 수 있다는 뜻이기도 하겠지.'

그녀가 이하를 필요로 한 이유는 블랙 베스 때문이었다.

자아를 지니고 있지만, 자유로이 움직일 수 있는 육신이 존재하지 않는 개체.

미들 어스를 통틀어도 몇 개 되지 않는 에고Ego 웨폰들이 그 부류에 낄 수 있다.

이하 말고도 루거의 〈코발트블루 파이톤〉이나 키드의 〈크림슨 게코즈〉, 그 외에도 자아가 있는 검을 지닌 유저들도 충분히 후보가 될 수 있지만 프레아는 그들에게 접근하지 않았다.

이하는 궁금해서 그녀에게 물었다.

그리고 그녀의 대답을 들으며 즉시 정령계로 가겠다는 결정을 내릴 수 있었다.

'나와 함께 다크 엘프의 촌락에서 암 속성 정령계를 다녀온 적이 있다거나, 그런 이유일 줄 알았는데…….'

"내가 믿을 수 있고 또 나를 믿어 주는 건 하이하 씨밖에 없으니까요."

너무나 당당한 그녀의 발언에 이하가 잠시 당황스러울 정도였다.

하물며 그 뒤에 따라붙었던 '으음, 요즘은 조금 믿을 만하다고 생각되는 사람이 생긴 것 같기도 하지만~ 그 사람이야 어차피 정령과는 무관한 쪽이니까…….'라는 말까지 줄줄이 하는 건 또 어떤가.

프레아라는 유저는 겪으면 겪을수록 알 수 없다는 생각이 듦과 동시에, 오히려 미들 어스에서 가장 알기 쉬운 유저라고 생각해도 되는 게 아닌가 하는 생각이 든 이하였다.

"블라우그룬 씨, 다녀올게요."

"저는, 지켜보고 있겠습니다. 하이하 님, 꼭…… 많은 얘기를 들려주실 거라 믿습니다."

"흐흐, 물론이죠. 프레아 씨 따라간 김에, 이쪽 '인맥' 아니, '정령맥'이라고 해야 하나? 그거 이용해서 어디 특이한 정령왕 같은 거 하나 콱! 물어 올게요."

블라우그룬은 자신의 레어임에도 불구하고 이하와 프레아에게 중앙 자리를 내주며 물러섰다.

그렇게 모든 준비를 마치고서야 마침내 이하는 〈정령계의 열쇠〉를 들었다.

습득한 지가 도대체 언제인가. 그동안 써 볼 기회와 상황조차 겪지 못했던 바로 그 아이템.

프레아의 얼굴을 잠시 바라본 후, 이하는 열쇠를 사용했다.

──────────……!!!!

"읏!?"

프레아가 레어에 등장할 때와 유사한 무지갯빛이 찬란하게 비춤과 동시에, 이하의 눈앞에 열아홉 개의 문이 생겼다.

제각기 속성을 대표하는 색상의 문을 보며 블라우그룬은 눈을 떼지 못하고 있었으나, 이하는 조금 당황스러웠다.

"프레아 씨, 이거 맞아요? 열쇠가 너무 오래돼서 잘못됐나?"

"네? 뭐가요?"

"무, 문이 왜 이렇게 작아요?"

형형색색의 문 열아홉 개는, 각기 이하의 주먹 하나가 겨우 들어갈 정도의 크기밖에 되지 않았기 때문이다.

이게 '문'이라고?

그런 이하의 질문에도 아랑곳하지 않고 프레아는 고개를 끄덕였다.

"정령계에 크기는 관계없어요. 하이하 씨가 선택하는 순간, 해당 정령계로 들어가게 될 거예요."

"그럼 어딜 선택하면 되죠?"

이하가 블랙 베스의 멜빵끈을 다시 한 번 조인 후 물었다. 정령계의 열쇠는 한 번에 하나의 정령계밖에 들어갈 수 없다.

프레아는 '아!' 하는 표정으로 말했다.

"아무거나 고르셔도 돼요."

"아무거나?"

"네. 어차피 저는…… 이제 정령계의 '벽'에 관계가 없거든요. 거기서 하이하 씨와 함께 이동할 수 있으니—으음, 그래도 굳이 꼽자면 이걸로 하세요."

프레아가 가리킨 곳은 여러 정령계 중에서도 유독 다양한 빛의 스펙트럼이 나오는 곳이었다.

굳이 물어보지 않아도 그것이 '무지개의 정령'임은 알 수 있었다.

"잠깐—정령계에 벽이 있나? 정령사—그 이야기를—."

"블라우그룬 씨! 다녀와서 해 줄게요, 나도 겪어 보면 설명이 더 쉬울 테니까. 우리 갑니다! 그러고 보니, 완전 봉인 해제 상태의 블랙 베스 얼굴은 처음 보러 가는 것 같은데, 어떻게 생겼는지도 와서 말해 줄게요!"

프레아에게 말을 걸려던 블라우그룬을 멈춰 세우며, 이하는 무지개의 정령계 문에 손을 대었다.

―――――――――――――!

"오, 오오오!?"

"아참, 하이하 씨! 정령계는 다녀와 보셨으니 아시죠?"

"네? 뭘요?"

다른 모든 문은 사라졌다. 무지개의 정령계 문에서 새어 나오는 빛은 점차 강렬해지고 있었다.

이하와 프레아를 모조리 집어삼킬 정도로, 더 이상 눈을 뜰 수 없을 지경으로 빛이 세졌을 때 이하의 귀에 프레아의 목소리가 들렸다.

"시간선! 정령계는 현실과 시간이 똑같이 흘러요!"

그것은 이하조차 잠시 잊고 있던, 정령계 입성에 대한 페널티였다.

"잠깐만, 그럼 지금 바로 갈 게 아니라……!"

이하와 프레아의 모습이 사라졌다.

잠시 후, 이하는 〈천국으로 가는 계단〉 너머에서 느꼈던 무중력의 공간 속에 떠 있었다.

다만 그때와의 차이점이라면, 주변이 '우주'가 아니라 '동화 나라'처럼 느껴진다는 점이었다.

정령계와 우주의 공통점이라면, 손이 닿는 외벽 그 끝을 가늠할 수 없다는 것 정도였다.

그러나 새카만 공간에서 별들이 알알이 박힌 우주에 비하면 지금의 주변 상황은 어떤가.

"이건…… 정말 동화 속에서나 나올 법한 모습이네요."

만약 과자로 만든 집이 있다면 이런 모습은 아닐까.

노란색과 붉은색이 서로 배배 꼬이며 마구잡이로 치켜 뻗은 것 같은 와중에도, 온갖 종류의 색색 행성 같은 것들이 둥실둥실 떠다니는 곳.

"히히힛, 다른 정령계도 흥미롭긴 하지만, 아무래도 무지개의 정령들이 제일 재미있거든요."

"확실히—다크 엘프 부락에서 봤던 것에 비하면 엄청난 차이네요."

"처음에만 느낄 수 있는 재미죠. 많이 느껴 두세요."

"프레아 씨는 익숙해졌나 보죠?"

이하는 자신의 주변에서 잠자리처럼 날아다니는 프레아를 보며 물었다.

당장 그녀가 보이는 행동으로도, 정령계에 얼마나 익숙해졌는지 대강 짐작이 갈 정도였다.

그리고 그것은 이하가 프레아를 너무 우습게 본 것이었다.

"지금의 저에게는 정령계의 벽이 느껴지지 않기 때문에 모든 정령계가 하나로 보이거든요."

프레아는 이미 유저들의 직업군인 '정령사' 수준을 아득히 뛰어넘고 있었다.

"네?"

"헤헷, 어차피 지금은 이해하지 못하실 테니까! 아, 저기 왔네요!"

미들 어스 시스템의 정령과 녹아들 정도로 완벽한 이해도를 지닌 유저의 말은 한마디, 한마디가 엄청난 힌트였으나 오히려 수준이 높아 이하가 알아들을 수는 없었다.

또한 프레아가 가리킨 방향에서부터 날아오는 형형색색의

꼬마 요정들에게 눈길이 가, 더 이상 생각하기도 어려웠다.

"인간이야, 인간이 왔어!"

"꺄르르륵, 프레아가 데리고 왔나 본데!?"

"와아…… 무지개의 정령이구나. 그래도 크게 예상을 벗어나진 않네요."

이름만 무지개의 정령이고 생긴 것은 험악 그 자체인 존재들이 튀어나올 거라 예상했던 이하에게는 행복한 순간이었다.

꼬마 요정들은 서로 거리를 넓히며 날았다.

이미 어지러울 정도로 화려한 배경 속에서도, 그들 사이에 갑작스레 생겨난 무지개는 훤히 보였다.

"무지개 다리야!"

"이것만 있으면 어디든 갈 수 있지!"

"히히힛, 하지만 이 인간에게서 '어두운 냄새'가 너무 많이 나는 걸!?"

부쩍 수가 늘어난 꼬마 요정들은 이하에게서 거리를 유지하며 날아다녔다.

소규모의 '에어 쇼'를 보는 것 같아 이하는 기분이 좋았다.

언제나 피 칠갑이 되어 있거나, 앞이 보이지 않는 암흑 공간에서 죽음의 위협만 당하던 때에 비하면 이 얼마나 행복한 일인가.

한참을 넋 놓고 정령들의 춤을 보던 이하는 그제야 이곳에 온 이유를 깨달았다.

이하 자신이 무지개의 정령과 혹 인연을 맺을 수 있을지에 대한 것은 나중에 생각할 일이다.

"아 참, 프레아 씨, 그래서—."

블랙 베스의 자아가 정령계에서 형태를 갖게 되는 것!

그것은 이하로서도 상당히 궁금한 점 중 하나였다.

다크 엘프 부락에서 어설픈 상태의 블랙 베스가 아니라, 블랙 베스가 이하를 시험하기 위해 만들었던 '고대의 미들 어스'가 아니라······.

말 그대로 모든 봉인이 풀려 제 모습을 찾게 된 블랙 베스는 어떤 모습인가!

고개를 돌리던 이하의 입은 더 이상 아무런 말도 뱉어 내지 못했다.

"어, 어어어!? 프, 프레아 씨! 이거—이분, 누구예요?"

프레아의 곁에는 누군가가 있었다.

프레아가 무지개의 정령들에게 신경을 쓰지 않고 있던 것은, 그녀 곁에 있던 또 다른 사람에게 관심을 쏟고 있었기 때문이다.

프레아는 이하를 보며 고개를 갸웃거렸다.

"네에? 무슨 말씀이시죠? 이게 바로—하이하 씨의 무기, 에고Ego 블랙 베스인데요?"

당연히 놀랄 수밖에 없었다.

"어? 아냐! 아니—근데 왜 생김새가······?"

"크크…… 각인자여, 이것이 그대가 상상한 나의 모습이다. 나의 자아가 형체를 갖기 위해 필요한 건 각인자의 인식 능력…… 그대는 나를 이런 모습으로 생각했는가?"

"자, 잠깐—아니, 아닌데?! 말도 안 돼."

이하는 마구 고개를 저어 보았지만 프레아는 물론, 블랙 베스는 더 이상 대꾸하지 않고 있었다.

람화연 같은 새초롬하고 강인한 눈가에, 엘리자베스와 유사한 갈색의 헤어.

거기에 프레아처럼 하얀 피부와 젤레자보다 더욱 중성적인 목소리까지!

"내가 블랙 베스를 '여성'이라고 상상할 리가 없잖아! 심지어 말투도 그대로면서!"

최근에 만났거나, 인상이 강하게 남았던 여성들의 이미지가 결합된 [그녀], 블랙 베스가 이하를 바라보고 있었다.

이하가 블랙 베스를 보며 당황하고 있을 때, 에즈웬 교국은 한껏 침울한 분위기로 변해 있었다.

에리카 대륙에선 교황의 이름으로 전권을 행사하던 총사령관, 에원의 지휘하에 모든 병력이 모여 있었으나 이제는 아니다.

로페 대륙으로 복귀한 그들은 제각기의 본국으로 돌아간 상태였고, 〈신성 연합〉은 그 이름과 지휘 체계만이 살아 있을 뿐 명확한 방어선을 구축하기는 어려운 상태였기 때문이다.

"그래서 에윈 총사령관과 그랜빌 장군이 불참하고……."

"그렇습니다. 크흠, 본국의 국왕께서 에윈 총사령관에게 본국 방어선의 철저 대비 명령을 내리시는 터에……."

"퓌비엘도—그렇습니다. 그랜빌 장군은 세이크리드 기사단의 명예 기사단장으로 취임하여 수도 방위에 대한 모든 작전을 총괄하게 되었기에 자리를 비울 수 없게 되었습니다."

교황의 표정은 별로 좋지 않았다.

지금까지 마왕의 위협을 직접적으로 받던 것은 에리카 대륙이었다.

그렇기에 각국이 적극적으로 협조를 했던 것인데, 위협이 로페 대륙, 자신들의 왕국에 직접적으로 나타나자 결국 보신주의적 성향이 두드러지게 되었다.

"하지만 에윈 총사령관께서는 대신 저를 보내셨습니다. 서라르크의 보좌에 최선을 다하겠습니다."

"그랜빌 명예 기사단장께서도 저에게 한순간도 데임 신나라의 곁을 떠나지 말라 명령하셨습니다."

교황의 소집령에 응한 것은 서브 NPC들이었다.

"뭐, 그럴 일은 없겠지만 〈제4차 인마대전〉이 터지면 저분들이 에윈, 그랜빌 역할을 해 주겠죠?"

"우선 눈앞의 일이나 신경 쓰자고요. 이번 일이 잘 끝나면 〈제4차〉는 없을 테니까."

"그렇죠. 어차피 뭐 우리끼리 해야 할 일이니까."

신나라는 라르크를 다독였다. 라르크는 씨익 웃으며 좌중을 살폈다.

알렉산더나 이지원, 페이우, 루거와 루비니, 람 자매, 페르낭 등 자리를 채우고 있는 유저는 많았다.

"오늘 여러분들을 이곳에 부른 것은, 에얼쾨니히의 로페 대륙 침공 시기를 주제로 논의하기 위함입니다. 에얼쾨니히와 마왕의 조각들의 침공은 기정사실이지만…… 침공 시기에 대해서는 특별한 실마리를 찾을 수 없었습니다."

교황의 말을 증명하듯, 그의 좌우에 선 라파엘라와 베르나르가 초췌한 표정으로 고개를 끄덕였다.

가장 먼저 반응한 것은 루거였다.

"저 세속적인 성녀라면 모를까, 비실이의 말은 확실하지. 쳇, 치요는 스파이를 그토록 잘 다루는데, 우리 쪽 게슈타포는 아무런 성과도 없나?"

"……체카는 게슈타포와는 전혀 다른 성질의 직업이고—뭐, 굳이 그것 때문만이 아니더라도 마왕군 쪽 정보를 먼저 입수하는 건 하늘의 별따기입니다. 최근 체카를 통해 몇몇 유저들을 마왕군에 잠입시켜 보려 했는데, 이제 신규 마왕군 유저는 받지도 않는데요."

"소수 정예를 관철시키는 것일 수도 있겠군요. 지존이라고 할 수 있는 마왕이 등장했으니."

"글쎄요."

페이우는 확정적으로 말했지만 라르크는 그것에도 동의하지 않았다.

마왕의 강함은 겪어 보았다. 현재 로페 대륙 전체의 힘을 모아도 상대하기 힘든 건 분명한 사실이지만, 그렇다고 굳이 세력을 보충하지 않을 이유는 없다.

"마왕에겐 더 이상 병력이 필요치 않기 때문일 것이다."

"알렉산더 씨도 페이우 씨와 같은 의견인가요?"

"아니, 마왕의 강함 때문만이 아니다. 기브리드의 경우를 모두 잊지는 않았으면 좋겠군."

알렉산더는 조용히 말했다. 기브리드의 서진은 이곳의 모든 유저가 겪은 이벤트다.

"……키메라를 만든다? 아니, 기브리드가 없으니 키메라는 아니겠지만—."

"피로트-코크리가 언데드 군단을?"

"아니면 푸른 수염의 야수 군단?"

유저들의 말을 들으면서도 알렉산더는 쉽사리 대답하지 않았다.

예측은 할 수 있지만 함부로 확정 지을 수 없는 사안이기 때문이다.

"몬스터는 수가 많아도 어지간하면 막을 수 있어요. 한 번 막힌 경험이 있기에 마왕군도 1세대 2세대 몬스터의 숫자 늘리기가 부질없다는 건 알고 있을 거예요. 기브리드의 사건은 좀 특별한 케이스잖아요?"

람화연의 말은 빠르게 반박당했다.

"그때는 마왕 없었음."

이지원의 한마디에 주변이 조용해졌다.

에얼쾨니히가 등장한 이후를 기준으로, 마왕군에 대한 기존 관념은 전부 바꿔야만 한다는 의미다.

"마기. 마왕의 조각. 강하게."

"에얼쾨니히가 마왕의 조각들의 힘을 다시 보충해 주는 것처럼—."

"마왕군 몬스터도 이전과는 다르다."

적어도 기브리드=키메라 수준은 되지 않을 것이다. 그것보다는 약한 게 당연하다.

그러나 기존 2세대 마왕군 몬스터보다 강하다면?

'그것만으로도 문제다.'

'기브리드가 그 짧은 시간에 100만 키메라로 몸을 증식시킨 것으로 보면 마기라는 건 강함 뿐만 아니라 속도에도 영향을 끼칠지 모르지.'

'빌어먹을, 결국 강함과 수를 어느 정도 읽어 내야만……'

에얼쾨니히의 침공 시기를 추측해 볼 수 있다.

마왕군 몬스터의 강함과 현재까지 불어난 수는 어떻게 파악이 가능할까.

"어이, 길잡이."

"……제가 예전에 말씀드렸지만 저는—."

"갈 수 있나."

페르낭은 한숨을 내쉬었으나 루거는 아랑곳하지 않고 말했다.

"네? 신대륙이요?"

"그럼 지옥으로 갈까? 크하핫, 이미 거기가 지옥이긴 하겠군."

루거가 페르낭의 옆으로 다가가 교황을 바라보았다.

다른 유저들의 이목도 쏠려 있었으나 루거는 오직 교황의 허가만을 받으려는 말투였다.

"어차피 눈으로 확인을 해야 알 수 있는 것 아닌가. 얼마나 강한지, 수가 얼마나 불어났는지."

"자, 잠깐만요! 지금 와서 신대륙을 갈 방법이 있다고 생각하세요?"

부표에 있는 〈마나 중계탑〉은 물론, 로페 대륙의 〈마나 중계탑〉까지 파손된 지금, 오직 항행으로밖에 갈 수 없다고 봐야 한다.

비행도 가능하겠으나 얼마가 걸릴지 모르는 초장거리 비행을 쉬지도 않고 갈 수는 없다.

과거 신대륙 원정 항행을 할 때 걸린 시간과 인력을 생각한다면, 두 사람이서 간다는 건 어불성설!

페르낭이 질겁하며 말했으나 루거는 가볍게 고개를 저었다.

"없다."

가는 방법?

그런 건 루거가 생각해 낼 게 아니다.

자신이 테스트를 하러 간다고 말했으니, 방법은 〈신성 연합〉의 다른 똑똑한 유저들이 생각해 낼 것이다.

그리고 이미 루거의 눈은 벌써 람화연을 향해 있었다.

'진짜 냄새 맡는 건 웬만한 개보다 빠르군. 본능적인 감각만큼은…… 미들 어스 제일이야.'

람화연이 작게 한숨을 쉬자 루거의 인상이 찌푸려졌다.

"내 욕을 하는 것 같은데? 하이하 자식이 드레이크와 돌아온 걸 알고 있다. 크라벤 왕국에 쾌속선 한 척 받아 내는 건 일도 아니겠지?"

"그거야 굳이 내가 아니어도 〈신성 연합〉의 협조서 한 장이면 충분해요. 그래서 쾌속선을—최소한의 인력으로 움직일 수 있는 소형 쾌속선을 구할 수 있다면? 당신과 페르낭 둘이서 다녀올 건가요?"

람화연이 쏘아붙이듯 말했다.

루거가 고개를 끄덕이기 전, 그의 곁에 또 다른 인물이 섰다.

"몬스터의 강함은 루거 님께서 확인하겠지만, 그 수는 제가

Geschoss 5. 161

확인하겠습니다."

"아, 안대녀? 거기가 어디인 줄 알고—."

지난 기브리드의 서진에서 사이가 제법 돈독해진 루비니가 루거의 곁에 섰다.

그리고 또 한 사람, 람화연의 곁에 있던 푸른 머리의 소녀가 루거와 루비니 그리고 페르낭을 향해 걸어갔다.

"화정아!"

"언니. 나도."

람화정은 자신을 붙잡는 람화연의 손을 가볍게 뿌리치며 말했다.

람화정의 마나로 움직일 수 있는 소형 쾌속선에, 길잡이는 페르낭. 거기에 루거와 루비니가 함께한다면?

"성하, 어떻게 생각하십니까."

눈치 빠른 라르크는 람화연이 람화정을 뜯어말리기 전, 교황에게 재가를 구했다.

가만히 앉아서 머리만 굴리는 것으로 방어선을 구축할 순 없다는 걸 교황도 잘 알고 있다.

잠시 후, 〈신성 연합〉의 이름으로 크라벤에 서신 한 통이 전달되었다.

에리카 대륙의 마왕군을 염탐하러 갈 수색 팀의 결성이었다.

"헤에, 하이하 씨는 람화연 씨와 연애 중이라고 알고 있었는데. 생각보다 다양한 여성이 취향이신가 봐요. 피부색은 저랑 거의 비슷—."

"와아아아악! 아뇨! 아닌데요!? 이게 무슨 일인지 제일 궁금한 건 전데요?"

정령계로 들어오기 직전, 프레아가 했던 말에 조금 감동을 받은 것도 사실이었지만 그렇다고 감정을 담은 건 아니었다.

그저 믿을 수 있는 전우로 안심이 들기는 했다만 그것조차도 반영이 되어 버렸단 말인가.

'진짜 무서운 게임…… 뇌파를 읽어 내는 정도가 아니라 이제는 그냥—.'

접속기 안에 들어 있는 신체의 모든 반응을 다 알 수 있는 게 아닐까?

이하는 새삼 구플의 기술력에 놀라웠다.

이하의 뇌파가 특별하게 반응할 때 마주쳤던 여성들의 기록을 가공, 합성한 것이라고 해도 엄청난 일임에는 분명했으니까.

"큭큭…… 재미있군. 각인자와 같은 몸을 갖고 서로의 피를 탐할 때도 재미있었지만—지금도 아주 흥미로워."

"으으, 블랙 베스. 저기, 너무 그런 말을 하는 건 좀 그런

데……."

"뭐가 그렇다는 거지, 각인자여."

외형은 분명히 마음에 드는 게 사실이다. 람화연을 베이스로 어떻게 보면 예쁜 여자들의 장점만 조금씩 취합한 결과니까.

'근데 화연이 얼굴로 저런 중2병스러운 말은 좀…….'

가슴속 깊은 곳에서부터 우러나는 거부감을 도대체 어떻게 설명할 수 있을까.

물론 블랙 베스는 이하가 무슨 생각을 하는지 관심 따위는 없었다.

"무엇보다…… '그 각인자'의 몸이 느껴지는 걸."

"아. 그러고 보니—엘리자베스. 헤어 색상이나 스타일은 완전 엘리자베스네."

람화연과 비슷한 외형에서 가장 크게 차이가 나는 건 역시 헤어스타일이었다.

이하가 마지막까지 뒤를 쫓았던 헤어스타일이자, 끝끝내 자신의 총구가 겨눠야만 했던 헤어스타일.

언데드 엘리자베스가 된 이후에도 피부색이나 의복이 변했을 뿐, 헤어만큼은 크게 달라지지 않았었기에, 이하로서는 어쩐지 아련한 기억에 남아 있는 부분이었다.

[묘옹!]

"음? 그러고 보니 젤라퐁은 따로 분리가 안 됐네요?"

"그건 이미 자신이 통제할 수 있는 몸이 있잖아요."

"아……."

정령이지만 정령이 아니고, 생명체이지만 생명체가 아닌 아이템.

젤라퐁은 이곳에서도 특별히 분리되진 않았다.

프레아의 말을 들은 젤라퐁은 오히려 이하의 '방탄조끼'를 더욱 강하게 감싸기 시작했다.

이하는 다시금 고개를 돌려 무지개의 정령들 쪽을 바라보았다.

그들이 이하 자신과 어느 정도 거리를 둔 이유는 아마도 블랙 베스 때문이라는 생각이 들었다.

'암 속성 정령들이랑 더 친하긴 하지만 일반 정령계 친밀도도 좀 있어서 잘될 줄 알았는데.'

언젠가 암 속성 정령들조차도 거부했던 게 바로 블랙 베스다.

암暗이 아니라 마魔의 기운이 묻은 블랙 베스는 분노의 정령이나 파괴의 정령조차 거부감을 가질 정도였으니 무지개의 정령이 친근감을 가질 리는 없는 것이다.

"아 참, 프레아 씨, 그래서 이제 어떻게 하면 되죠? 시간도 없으니 빨리빨리 하고 나가야 할 것 같은데."

잠시 정령들에 대해 생각하던 이하는 재빨리 자신의 목적에 집중했다.

정령계 안에서 시간은 현실과 똑같이 흐른다.

이곳에서 몇 시간만 지체해도, 미들 어스는 이미 하루나 이

틈쯤 시간이 지나 있을 수도 있다는 의미다.

그러나 정작 프레아는 아리송한 얼굴로 이하와 블랙 베스를 번갈아 보고 있었다.

"왜요?"

"우우웅, 잘 모르겠어요. 정령이 아님에도 자아가 있는 것…… 그것을 정령계에서 형상화시킨다면 반드시 〈스무 번째 정령〉이 관심을 가질 거라고 생각했는데."

"아 참, 그 스무 번째 정령은 뭐예요? 블랙 베스를 이렇게 불러내면 알렌 스르나가 나타나서 스무 번째 정령에 관해 설명해 주는 건가요? 퀘스트?"

이하의 질문을 들으며 프레아가 놀란 표정을 지었다.

그래서 오히려 이하가 당황하고 말았다.

이하는 프레아에게서 많은 설명을 들었고, 그것에 대해 어느 정도 정리까지 마친 상태였다.

그런데 저런 얼굴이라니? 자신이 잘못 이해했다는 건가?

"네? 이힛, 아뇨. 알렌 스르나가 설명해 줄 필요는 없죠."

"음? 그럼 스무 번째 정령에 대해서는 어떻게 찾아요? 둘이 연관이 있다고 생각했는데."

"연관……은 없어요."

이하는 제대로 이해했다. 그러나 너무나 많은 설명을 들었다는 게 문제였다.

이하 자신이 정령에 대해서 잘 알지 못하는 상태에서, 프레아가 궁극적으로 빼먹은 말이 있었기 때문이다.

"얼레리? 그럼 왜……."

프레아는 정령계에서 알렌 스르나를 만나려 한다.

프레아는 정령계에서 〈스무 번째 속성의 정령〉과 계약하고 싶어 한다.

이하가 두 가지를 결합할 수 없는 건 당연한 일이었다.

[히야아, 이거 신기한데? 현실계에 있을 때에도 에고 웨폰들은 본 적이 있지만…… 이렇게까지 순수한 마魔의 자아는 처음이야. 무엇보다 이렇게 완벽한 인간 형태라니?! 자아의 수준도 상당히 높다는 뜻이잖아?]

"우와앗!?"

이하는 등 뒤에서 들려온 목소리에 화들짝 놀라 돌아보았다.

그곳에는 키가 훤칠한 우드 엘프가 서 있었다.

굳이 그가 누구인지 물어볼 필요는 없었다. 프레아는 기쁜 목소리로 말했다.

"약속은 지켰어요, 알렌 스르나."

[크으, 정말 지킬 줄이야. 이럴 줄 알았으면 정령화하지 않는 거였는데! 현실계에 아직도 내가 모르는 게 잔뜩이었는데 말이지! 좋아, 하지만 나도 약속인 이상 지키겠어.]

"알렌 스르나—당신이……."

알렌 스르나는 이하의 말을 무시하며 블랙 베스와 프레아의 곁으로 다가갔다.

디딜 게 없는 공간에서도 자연스레 이동하는 그의 움직임.

그는 프레아에게 악수하듯 손을 건네며 말했다.

이하도 마침내 모든 것을 이해할 수 있었다. 알렌 스르나는 어째서 정령계에 남았는가.

[프레아, 너에게 나, 알렌 스르나의 이름으로 〈스무 번째〉 정령 속성의 계약을 제안한다.]

그 스스로 새로운 속성의 정령을 창조해 냈기 때문이다.

프레아의 몸에서 휘광이 뿜어져 나왔다.

"아…… 아아……."

언뜻 레벨 업 이펙트처럼 보이는 빛이었으나, 그것이 일반적인 게 아니라는 건 이하도 알 수 있었다.

프레아는 몸을 웅크리며 스스로를 감싸 안았다.

중력이 제대로 영향을 미치지 못하는 공간에서, 그녀는 마치 태아와 같은 모습이 되었다.

"프레아…… 씨?"

이하는 프레아에게 말을 걸어 보았으나 프레아는 답하지 않았다.

프레아의 곁으로 무언가 막이 생기기 시작한 건 그때부터였다.

"어, 어어? 잠깐! 프레아 씨! 잠깐만요!"

[하핫, 괜찮아.]

"네?"

이하는 프레아의 곁을 감싸는 막을 없애려 했으나 알렌 스르나는 간단하게 그 동작을 멈춰 세웠다.

특별히 이하의 팔을 붙잡은 것도 아니지만 이하는 움직일 수 없다는 느낌을 받았다.

갑자기 뇌와 신체 사이의 신경이 다 끊어져 버린 것 같은 기분이 이런 것일까.

움직이려 하지만 몸에 아무런 신호도 전달되지 않는 것만 같았다.

겨우 움직이는 것은 목 위의 부분뿐.

이하는 곁에 있는 알렌 스르나를 바라보았다.

우드 엘프에서 스스로 정령이 되어 버린 존재는 흐뭇한 미소를 짓고 있었다.

['태어나려는 자는 하나의 세계를 깨뜨려야 한다.' ……현실계에서도 유명한 말이니 알고 있겠지? 지금 그녀는, 깨어 부수기 위한 하나의 세계를 만들고 있는 중이야. 무엇이 나올지 궁금하군.]

"무슨…… 말씀이시죠?"

알 것 같긴 하면서도 정확히 이해할 수는 없는 말.

마치 수수께끼 같은 그의 말을 들으며 이하가 물었으나, 알렌 스르나는 대답하지 않았다.

[하지만 나 외에도 이 정도 수준의 정령사가 나온 건 처음 보는데? 제법 근접한 정령사 녀석들이 이곳에 온 경우는 몇

번 있었다만—아니!? 그러고 보니…… 너, 인간!? 정령사도 아니잖아!]

알렌 스르나는 갑작스레 이하를 보며 놀란 표정을 지어 보였다.

이하는 종잡을 수 없는 전설적인 정령사를 보며 역시나 놀란 얼굴을 하고 있었다.

알렌 스르나의 말에서 모든 키워드를 끄집어 낼 수 있었기 때문이다.

'알렌 스르나 정도의 수준, 처음, 깨뜨려야 하는 세계, 그리고…….'

[새롭게 태어나려는 자]

"2차 전직……? 아니, 그것도 단순한 2차 전직이 아니라……."
이제 무지개의 정령계에서 프레아의 모습은 볼 수 없었다.
형형색색의 배경 사이에 마치 구멍이 난 것처럼 새하얗게 보이는 동그란 알 하나가 떠 있을 뿐이었다.

알렌 스르나는 계속해서 블랙 베스에게 관심을 가지며 이것저것 물어보았다.

블랙 베스는 그런 알렌 스르나가 불쾌하다는 듯 그의 말에 답하지 않고 있었다.

"큭큭, 꺼져라, 반푼이 정령. 네까짓 녀석에게 내 근원을 알려 줘야 하는가?"

다만 평소의 까칠하고 냉소적인 말투가 지금은 왠지 좀 다르게 들렸다.

여성의 목소리니 당연한 일이겠지만, 여하튼 위압감이 줄어든 것만은 분명했다.

어쩐지 웃음이 날 것만 같은 상황 속에서도 이하는 조용히 프레아를 기다렸다.

완전히 하얗게 변해 버렸던 알은 차츰 반투명으로 변하고 있었다.

〈꿰뚫어 보는 눈〉으로 프레아를 둘러싼 막膜의 미묘한 두께 변화까지 알 수 있었기에, 이하는 조바심이 들었다.

정령계의 시간은 어쨌든 미들 어스의 게임 시스템과 다른 속도로 흐르지 않는가.

미들 어스 밖의 세상과 같은 시간으로 흐르는 게임에서 한 시간, 두 시간을 낭비하는 건 미들 어스 안에서 반나절 가까운 시간을 소모하는 것과 같다.

'이런 상태로 계속 변한다면 적어도 4시간 이상 걸린다. 미들 어스의 하루가 그냥 날아간다는 뜻인데……'

그것을 그냥 기다리기만 할 수는 없다.

어쨌든 프레아의 막에 관한 상태를 확인했으니 이제는 이하 스스로 이곳에서 '챙겨 갈 것'을 챙겨야 한다.

당연히 그 대상이 되는 건 하나밖에 없었다.

"저기, 알렌 스르나 님."

[오, 오오! 그렇지. 이렇게 수준 높은 자아가 직접 '각인자'라고 부르는데, 인간에 대해선 신경을 못 쓰고 있었군.]

"네?"

[고마워, 고마워! 크으, 내가 현실계에 있을 때 이런 자아가 있다는 걸 알았다면—아참, 심지어 블랙 베스 하나가 아니라면서!? 이럴 줄 알았으면 먼저 오는 게 아니었는데 말이야.]

이하는 알렌 스르나의 풍부한 표정을 보며 당황스러웠다.

블라우그룬이 해츨링이던 시절에 이미 열아홉 개 속성의 정령 왕과 모두 계약하고 정령계로 떠났다고 전해지는 전설적인 우드 엘프.

웬만한 에인션트 드래곤들도 알렌 스르나의 얼굴을 보지 못했을 정도로 미들 어스 역사의 과거에서 사라졌던 NPC가 아닌가.

'근데 이런 태도는…… 정령사들의 기본 조건 같은 건가?'

프레아도 꼭 이런 모습이었다는 생각까지 들었을 때, 이하는 두 정령사의 공통점에 대해 어느 정도 파악할 수 있었다.

'순수함.'

프레아가 종족으로 우드 엘프를 골랐기 때문만이 아니다.

종족의 동일성을 넘어선 그 특징의 동일성. 이하는 프레아에게 오빠나 아빠가 있다면 알렌 스르나와 비슷할 거라는 생각이 들 정도였다.

"이제 프레아 씨는 어떻게—."

[정말 오랜만에 훌륭한 손님이 오셨는데 내가 미처 대접도 못 하고 있었군. 프레아와 함께 온 것을 보면 〈정령계의 열쇠〉도 갖고 있었다는 뜻이겠지? 정령사도 아닌데 그것을 소지하고 있었던 것을 비롯하여, 이곳에 온 것까지…… 너무 고마워!]

심지어 남의 말을 듣지 않고 자기 할 말만 하는 것까지 닮았다.

이하는 자신의 손을 잡아 거세게 악수하는 알렌 스르나를 보며 쓴웃음을 지었다.

다만 스스로 정령이 되어 버려 〈스무 번째 정령〉이 된 알렌 스르나의 감사 인사는 단순한 인사가 아니었다.

빠밤—!

이하의 머릿속에 팡파르가 들려왔다.

[스무 번째 정령의 존재 확인 업적을 획득하였습니다.]
[알렌 스르나의 호기심 충족 업적을 획득하였습니다.]

"엥?"

순수한 존재인 만큼 알기 쉬운 형태로 감사 인사를 하는 알렌 스르나였다.

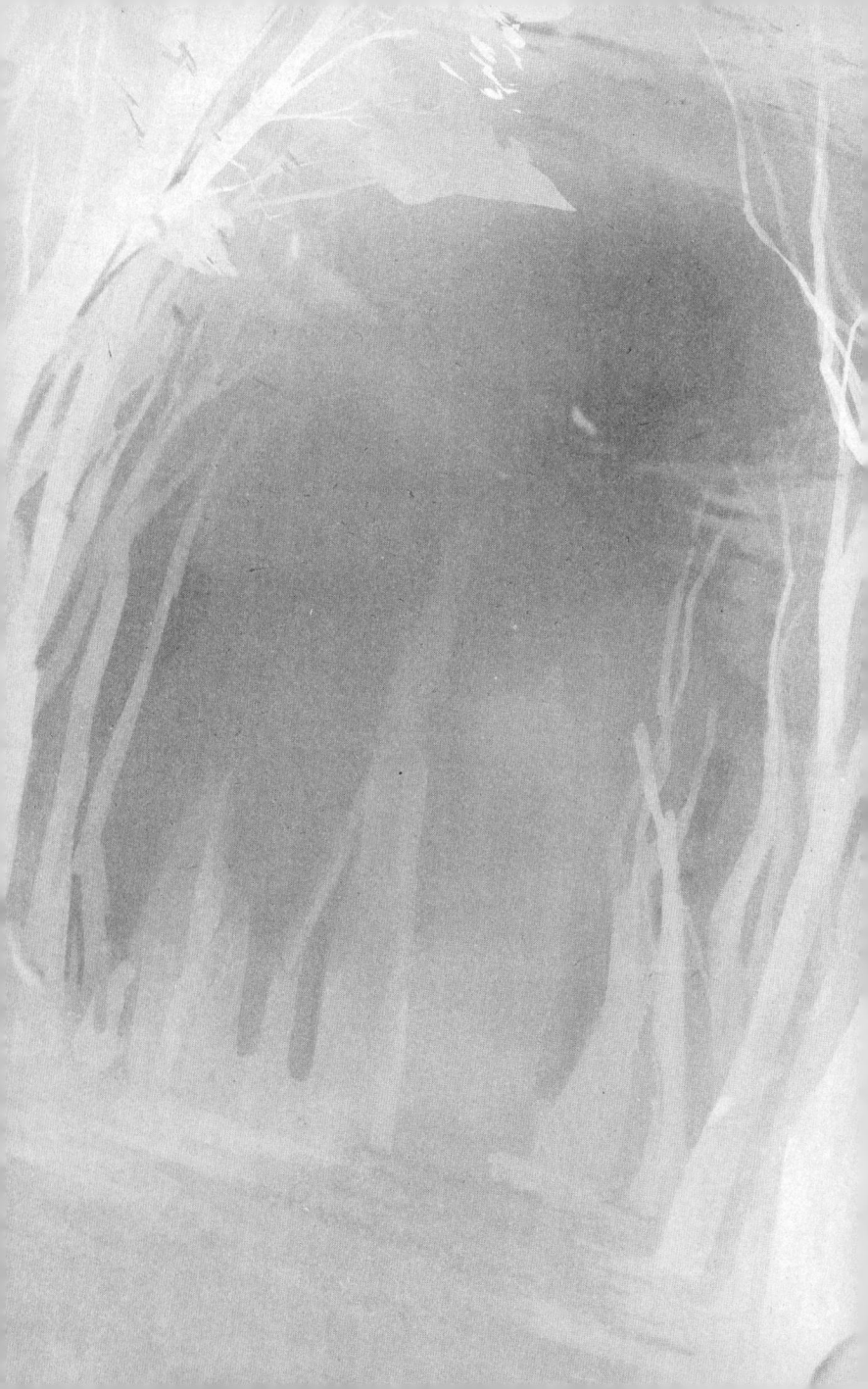

알렌 스르나와 '직접적인 접촉'이 발동 조건이었을까.

이하는 갑작스레 뜬 알람 창에 어안이 벙벙했으나 어찌 되었든 좋은 일이라는 건 분명했다.

[보통의 인간을 넘어선 인간과, 내 수준에 필적할 만한 정령사가 함께 오다니. 아 참참! 지금 너에게 준 건, 혹시 다른 자아들을 발견했을 때 함께 올 수단이 없을까 싶어서 부여한 거야. 블랙 베스 같은 자아가 그리 많지는 않겠지만 찾게 된다면 소개 좀 시켜 줄 수 있을까?]

"아, 네, 그거야…… 근데 뭘 부여하셨다고요?"

[응! 에고 웨폰이라면 지금 블랙 베스가 '각인자'라 표현하는 것처럼, 해당 무구의 주인이 아니면 확인할 수 없겠지? 그래서 확인할 수 있는 능력도 넣어 놨어. 킥킥, 프레아 녀석이

계속해서 원했던 게 바로 이건데…… 어쩜 프레아보다 인간, 너에게 먼저 주게 되었군.]

알렌 스르나는 제 할 말을 마친 후 이하를 바라보고 있었다.

초롱초롱한 눈동자를 보고 있자니 무슨 대답이라도 해야만 한다는 강박이 들었지만, 이하는 답할 수 없었다.

"그, 으음, 잠시만―생각할 시간을 주실 수 있을까요?"

도대체 알렌 스르나가 무슨 말을 하고 있는지 이해가 가지 않았기 때문이다.

'업적, 업적 확인부터―.'

[좋아. 얼마든 기다리지. 내가 다른 건 몰라도 시간 하나는 많거든?]

자신의 농담이 재미있다는 듯 홀로 킥킥거리는 알렌 스르나를 무시한 채, 이하는 재빨리 업적부터 확인했다.

〈업적: 스무 번째 정령의 존재 확인(R-)〉
축하합니다!

당신은 스무 번째 정령, 즉, 스스로 정령이 되어 버린 전설적인 정령사, 알렌 스르나의 존재를 확인했습니다. 지금껏 〈정령계의 열쇠〉를 사용한 자들조차, 스무 번째 정령계는 발견하지 못했습니다. 알렌 스르나는 새로운 속성의 정령으로 재탄생했지만, 자신만의 정령계를 갖지 못했기 때문이지요. 그렇다면 당신! 당신은 도대체 어떻게 스무 번째 정령을 불러내었고, 또 그와 접촉할 수 있었을까요? 또한 [현상]과 [감정]을 넘어서, 새로이 [스무 번째 정령]이 된 알렌 스르나의 [속성]은 무엇인가요!? 미들 어스의 모든 정령사가 당신이 겪고 온 짜릿한 모험담을 기다리고 있습니다.

보상: 스탯 포인트 50개

모든 속성 정령 친밀도 +10%

알렌 스르나와의 친밀도 +20%

정령계와 정령계 사이의 벽 통과 가능

〈스무 번째 정령〉과 계약 가능

〈스무 번째 정령의 존재 확인〉 업적의 두 번째 등록자입니다.

업적의 세 번째 등록자까지 명예의 전당에 기록이 되며, 기존 효과의 200%가 추가로 적용됩니다.

효과: 스탯 포인트 100개

모든 속성 정령 친밀도 +20%

알렌 스르나와의 친밀도 +40%

'이건……?!'

두 번째 명예의 전당 등재가 이하라면, 첫 번째는 당연히 프레아밖에 없다.

업적 설명에 나온 것처럼 지금껏 〈정령계의 열쇠〉를 지닌 유저들이 몇몇 있었을지도 모른다.

그것이 어떤 가치를 지니고 있었는지도 제대로 모르는 유저들은 이곳에서 특정 정령만 확인한 후, 그대로 나가 버렸을 것이다.

'그들이라고 원하지 않았을 리 없어. 하지만 원한다 해도 알렌 스르나를 만날 수 없었겠지. 프레아조차도 겨우 발견해 낸 거였으니까!'

알렌 스르나를 나타나게 하는 조건이 무엇인지 이하도 어림짐작할 수 있다.

그것은 기존의 열아홉 개 속성 정령 모두와 계약을 마치는 것!

당연히 모든 속성에서 정령왕급은 아니겠지만, 열아홉 개 속성이 아직 미들 어스 커뮤니티의 그 어느 곳에서도 정리된 적이 없는 걸 생각한다면 이미 최상급 난이도라고 봐도 좋을 정도다.

'나 혼자 왔다면 절대 못 만났을 거야. 알렌 스르나가 블랙 베스에게 관심이 있긴 하지만—애당초 알렌 스르나가 여기에 나타난 이유가…….'

프레아의 2차 전직 퀘스트 조건을 확인하기 위함이었을 테니까.

하물며 업적 보상으로 떠 있는 정령계와 정령계 사이의 벽을 통과한다는 문구나, 〈스무 번째 정령〉인 알렌 스르나와 계약한다는 문구를 생각하면 더 놀랍다.

이하는 새삼 프레아에게 감사한 마음으로, 또 은근한 기대와 함께 알렌 스르나에게 물었다.

"혹시 저도 계약을—."

[하핫, 나도 정령이 된 이후로 '끌리는 계약자'가 나타난다면 욕심이 나긴 하지만…… 인간, 너는 이 정도 자아의 각인자이기도 하니 매력적인 건 분명해. 그러나 아직 다른 정령들과 계약을 미처 마치지도 못한 상태에서는 아무래도 조금 그렇지.]

"아…… 그런가요?"

열아홉 개 속성 정령과의 계약이 전제 조건이라는 것을 확인하며, 이하는 아쉬움의 한숨을 내쉬었다.

그리고 알렌 스르나가 조금 전 덧붙인 말이 생각났다.

'아니, 잠깐.'

계약은 하지 못했다. 그러나 그가 이미 말하지 않았던가.

[킥킥, 프레아 녀석이 계속해서 원했던 게 바로 이건데…… 어쩌 프레아보다 인간, 너에게 먼저 주게 되었군.]

계약을 하지 않았음에도 무언가를 주었다.

그게 이 업적의 보상이 아니라면 남은 것은……?

이하는 그의 말을 되뇌며 갑작스레 소름이 돋을 것만 같았다.

〈업적: 알렌 스르나의 호기심 충족(R)〉

굉장하군요!

당신은 새로운 속성의 정령, [생명의 정령] 알렌 스르나의 호기심을 유발하였습니다! 스스로 생명을 버리고, 스스로 생명을 변형시켜, 스스로 생명의 정령이 되어 버린 우드 엘프는 기존의 어떤 정령과도 다릅니다.

[현상]의 힘을 이끌어 쓰는 것도, [감정]을 조종하여 영향을 끼치는 것도 아닌 스무 번째 정령 왕의 힘은 바로 현실계에 존재하는 모든 자아를 형상화하는 것입니다!

생각은 있지만 생명이 없는 존재들에게 본래의 형태를 갖게끔, 육신을 부여하는 능력은 현실계에 강력한 영향을 미치기에 충분합니다. 신과 마, 그 어느 쪽에도 속하지 않은 채 영향력을 행사할 수 있는 스무 번째 정령의 힘!

당신은 과연 알렌 스르나의 호기심을 어떤 식으로 충족시킬 수 있을까요?

그는 정령계에서 언제나 당신을 바라보고 있을 겁니다.

보상: 스탯 포인트 150개

　　　스킬—생명의 형태 획득 (일회성 스킬입니다.)

　　　(명예의 전당이 없는 업적입니다.)

스탯 포인트를 제외한다면 R등급이라는 엄청난 업적에 붙어 있는 '단 하나'의 보상.

이하는 직감적으로 알 수 있었다.

'[현상]과 [감정]······.'

기존 열아홉 개 정령의 속성이 무엇인가.

불이나 물, 대지와 바람, 전기나 얼음 등의 [현상]계와 공포, 분노, 기쁨, 희망 등의 [감정]계.

"그리고 어디에도 속하지 않은 스무 번째, [생명]의 정령……."

바로 그 생명의 정령왕인 알렌 스르나가 직접 부여한 오직 하나의 스킬이 어떤 힘을 지닐까.

이하는 스킬 창을 열어 보았다.

〈생명의 형태(1회 한정)〉

설명: "나는 정령에게 많은 걸 받았다. 몸이 있는 내가 정령들에게 줄 수 있는 건, 나의 몸을 주는 것밖에 없었다. 그들의 자아에 육신을 부여할 수 있게 되었을 때, 나는 내가 정령계에서 할 일이 무엇인지 깨달았다." 생명의 정령왕의 힘을 빌려 특정 자아에게 육신의 형태를 제공할 수 있다.

효과: 정령 또는 자아를 지닌 존재에게 인간형 육신 부여

마나: 1

지속 시간: 즉시

이하는 알렌 스르나를 바라보았다.

순수한 생명의 정령 왕은 이하를 바라보며 웃어 주었다.

[나는 받기만 하는 게 싫었거든. 이 모든 정령들에게 말이

야. 그런 바람이 이루어진 것인지 모르겠다만 이렇게 황송할 정도의 이름을 획득할 수 있었지.]

 획득한 것은 이름뿐만이 아닐 것이다.

 알렌 스르나가 이하에게 부여한 것인 만큼, 생명의 정령 왕인 알렌 스르나가 사용하지 못할 리 없다.

 단순히 정령계에서 형태를 갖는 게 아니라, 현실계에서 영구적인 육신을 갖게 해 주는 것.

 이하는 누군가가 떠올랐다.

 알렌 스르나도 그 누군가의 이름을 말했다.

 [그리고 보니, 네 가슴에 있는 건 엘라임 님께서 만드신 거구나? 엘라임 님은 잘 계시지?]

 물의 정령왕, 해신 엘라임이 다른 정령 왕과 다르게 미들 어스의 현실계에 계속해서 있을 수 있는 이유가 무엇인가.

 그가 새롭게 만들어 내어 형태를 부여한 '인어'들은 물의 정령의 육신이나 다름없다.

 그러나 물의 정령왕 '엘라임'에게 육신을 부여한 것은?

 "알렌 스르나 님께서 하신 거군요."

 [애당초 나가실 때 내가 한 건 아니지. 그분께서는 현실계에서도 충분히 육신을 만들고 유지하실 수 있지만…… 으음, 아마 알고 있겠지? 엘라임 님이 인간과, 그, 저기…… 사랑하셨다고.]

 "아, 아아!?"

사랑은 위대하다.

물의 정령 왕이 생명의 정령 왕에게 육신을 달라고 말할 정도로 위대하다.

다만 이런 말을 하는 알렌 스르나가 부끄러운 듯 몸을 배배 꼬며 말한다면 그 분위기의 뉘앙스가 조금쯤 다르게 들릴 수밖에 없었다.

[아드님이 태어났다는 소식도 들었는데, 나도 도통 밖에 나가 보질 않아서 말이야.]

"그, 그렇습니다. 저와도 친분이 좀 있습니다."

이하는 드레이크에 관해 간략하게 설명해 주었다.

미들 어스 일반 세상의 모든 것을 훌훌 털고 마치 열반에 오른 상태가 되어 정령계에 존재한다고 생각했건만, 알렌 스르나의 호기심 가득한 반응으로 보자면 꼭 그런 것도 아니라는 느낌이 든 이하였다.

"큭큭, 그렇다면 반푼이 정령, 네가 각인자에게 준 기술로 내가 현실계의 육신을 얻을 수 있다는 말인가? 영원히?"

[물론이고말고. 네가 원한다면 당장에라도 그렇게 해 줄 수 있지만—기왕이면 여기, 인간에게 부여한 기술은 '다른 자아'에게 사용해 줬으면 좋겠는데. 자아가 있는지 없는지 확인하기 위해서 말이야.]

블랙 베스는 가만히 이야기를 듣다 불쑥 끼어들었다.

알렌 스르나에게 가장 흥미로운 부분은 결국 그것이었으므로 이하는 더 이상 드레이크의 이야기는 하지 않았다.

물론 이하에게도 드레이크에 관한 수다나 떠는 것보다 현재 획득한 스킬의 정체를 파악하는 게 더 급했다.

"그러니까—자아가 있는 무구를 확인하기 위해서, 의심되는 무구에 이 기술을 사용하란 말씀이시죠?"

[물론이지! 이미 자아가 있는 무구를 알고 있다면 더없이 좋지만—.]

"알고—있습니다."

[뭐엇!? 정말로?!]

"네. 그러니까…… 제가 그 무구들에게 이 기술을 사용한다면—어떻게 되는 거죠? 지금 블랙 베스처럼 육신을 부여받는 건가요? 정령계가 아니라 바깥세상에서?"

[그렇지! 이해가 빠르구나? 어차피 지금의 '블랙 베스'도 현실계로 가면 다시 형태를 잃게 되겠지만.]

"으음…… 그렇게 되면 알렌 스르나 님을 어떻게 만나러 올 수 있죠? 저는 물론이고, 밖에 있는 그 '자아'들의 주인도 〈정령계의 열쇠〉는 갖고 있지 않거든요."

루거나 키드에게 해당 아이템이 있을 리 없고, 설령 있다 해도 이하의 말을 곧이곧대로 들어 줄 리가 없다.

이하의 말을 듣기 무섭게 알렌 스르나의 표정이 변했다.

[그러네……? 결국 내가 나가야 하는 건가?]

"네?"

[거기까지 생각을 못했어. 이런, 이런. 정령계 내부의 벽을 통과하는 능력을 줬으니 다 끝이라고 생각했는데—정령계 간 통과가 아니라 현실계와 정령계를 통할 능력이 없구나!?]

"……네?"

조금 전까지만 해도 물의 정령 왕에게 육신을 부여할 정도의 능력자, [현상]과 [감정]이 아닌 새로운 속성의 정령 왕이 이렇게 나사 빠진 NPC인가?

'프레아…… 아니, 프레아보다 약간—덜 떨어진 느낌인데?'

이하는 갑자기 오한이 들었다.

설마 쓸모가 없어졌으니 업적을 회수해 가는 건 아닐까?

[뭐, 하지만 네가 그 기술을 사용하여 자아에게 생명을 부여한다면, 그것은 온전한 나의 힘으로 이루어지는 거니까 내가 알 수 있게 될 거야. 그렇다면…… 내가 만나러 갈 수 있지. 비록 네가 나의 계약자가 아니라도.]

정령왕급 NPC에게 그런 문제는 일어날 리 없었다.

알렌 스르나는 이하가 어째서 안도의 한숨을 내쉬는지도 모른다는 표정을 짓고 있었다.

'좋아. 그럼 이걸로…….'

이하는 웃었다.

루거나 키드 둘 중 한 사람을 얼마든지 놀려 줄 수 있게 된 게 아닌가.

'아니, 셋이 같이 있을 때 쓰면 알렌 스르나는 에고 웨폰 세

기를 동시에 마주하러 나온다.'

이미 인간 형상화를 겪은 블랙 베스를 제외하고 나머지 둘의 인간화는 어떤 모습으로 될까.

미들 어스 접속기가 뇌파를 분석하여 만든다면, 루거와 키드가 각각 인간화로 상상한 두 개의 무기는 어떤 모습을 갖추게 될까.

이하가 즐거운 상상을 하고 있을 무렵, 어디선가 낯익은 목소리가 들려왔다.

[누가 네 녀석과 계약을 했지? 아직 그 정도의 정령사는 없을 텐데?]

앙칼지고 다소 까칠한 목소리.

이하가 그 목소리의 주인을 떠올릴 필요는 없었다.

[아! 이프리트 님, 이쪽으로 오시죠! 벌써 아셨습니까?]

알렌 스르나는 이하의 어깨 너머에 있는 방향을 향해 반갑게 손을 흔들었다.

[그 독특한 기운이 정령계 전역에 퍼졌는데 모를 리가 있겠어? 하이하, 네 녀석도 마찬가지야! 세계수의 씨앗은 잘 관리하고 있는 거겠지?]

불의 정령 여왕 이프리트는 이하를 뒷모습만으로 알아보

앉다.

이하도 고개를 돌려 그녀에게 인사를 하려 했다. 그러나 고개를 돌리기 직전, 이하는 자신의 앞에 선 블랙 베스의 표정을 보았다.

블랙 베스의 시선도 이프리트를 향하고 있었다.

그러나 그 표정은 불의 정령 여왕을 바라보는 표정이 아니었다.

"크크크…… 각인자여, 녀석이 온다."

젤레자의 목소리에다, 람화연의 얼굴로 짓는 비릿한 미소였다.

하지만 그 안에 담긴 어떠한 푸근함, 어떠한 친숙함은 이제 이하가 읽을 수 있을 정도였다.

[불의 정령]과 관련하여, 블랙 베스가 친숙함을 느끼는 이유는?

단 하나의 이유가 이하에게도 떠올랐다.

애당초 이프리트가 이하의 존재를 알고 이곳으로 왔다면, 그녀는 혼자 오지 않았으리라.

"설마……."

이하는 뒤를 돌아보았다.

무지개의 정령들 저 너머의 공간이 새빨갛게 불타오르고 있었다.

그곳에 모습을 드러낸 것은 소녀 모습의 이프리트와, 그 이프리트의 곁에 있는 동물이었다.

허공을 열심히 밟으며 달려오는 작은 곰은 이하의 얼굴을 보자마자 포효했다.

"꾸어엉……!"

작은 곰이라지만 분명 패기 있는 울음소리.

그러나 이하에게만큼은 오직 귀여운 기억으로만 남아 있는, 바로 그 목소리였다.

"꼬마야!"

불의 정령과 계약한 불곰, 이하의 소울메이트가 되어 버린 필드 보스 '아고니아 오쏘'는 이하와 처음 만났을 때의 모습으로 이곳에 있었다.

"꾸엉, 꾸어어엉—!"

"이 자식, 뭐야! 어떻게 된 거야?! 왜—왜 이런 모습으로……?"

중형견과 비슷한 덩치의 곰은 이하의 품으로 달려들었다. 이하는 꼬마를 끌어안고는 그 털을 마구 비비적거렸다.

그 옛날 느꼈던 다소 까슬까슬한 곰의 털 감각을 어떻게 설명할 수 있을까.

순식간에 덩치가 커져, 꼬마를 타고 다니며 머스킷의 방아쇠를 당길 때도 기억이 잘 나지 않건만, 하물며 덩치가 커지기 전의 그 모습이라니!

어느새 다가온 이프리트는 알렌 스르나의 곁에 있는 블랙 베스 그리고 프레아의 '알'을 살피며 투덜거렸다.

[쳇, 현실계와 같은 덩치로 이곳에 있으면 눈에 거슬린다고! 이 녀석이 특별히 부탁한 것도 있지만, 정령계에서만큼은 과거의 모습으로 있게 해 주기로 했어. 망할, 정령계로 왔을 당시에 이미 거대한 덩치였으면서 말이지. 이 모습을 복원하느라 내가 얼마나 고생한 줄 알아?]

"이프리트 님…… 감사합니다."

다시는 느끼지 못할 줄 알았던 감각을 다시 한 번 느끼게 되었을 때의 감동, 이하는 그것을 벌써 두 번째로 겪고 있었다.

첫 번째였던, 잃었던 하반신의 감각을 되찾게 해 주었던 그때, 미들 어스를 처음 접속했을 때의 감동과 비견될 정도였다.

"꾸엉, 꾸엉!"

[묘오옹, 묘오오옹—!]

젤라퐁도 꼬마를 향해 몇십 개의 촉수를 뻗어 내었다.

밖에서는 꼬치구이 하나를 더 먹기 위해 서로 싸웠던 두 생명체였으나, 이곳에서 만난 반가움은 역시나 다르게 인식되는 것일까.

이하는 새삼 블라우그룬이 이곳에 오지 못한 게 아쉬웠다.

블라우그룬이 쥬브나일 드래곤일 때의 모습으로 이곳에 있을 수 있다면, 말 그대로 '과거의 하이하 사단' 모습을 다시 한 번 볼 수 있었을 텐데.

꼬마와 흥겹게 노는 젤라퐁을 보며 어쩐지 아련한 감정에

젖었던 이하는 문득 이프리트의 시선을 느꼈다.

이프리트는 이하가 자신을 바라보자마자 눈을 돌렸다.

불의 정령 여왕이 바라보고 있는 건 블랙 베스였다.

[마魔의 근원에서 태어난 녀석이로군. 에얼쾨니히…… 정도는 되지 못했고. 마왕의 조각 중 하나에서 만들어진 건가? 그렇다고 보기에는 조금 성향이 다른 것 같은데.]

"큭큭, 무슨 말이 하고 싶은 거지. 불의 정령. 나를 그따위 파편이나 조각과 비교하지 마라."

언젠가 이프리트도 이하와 블랙 베스를 본 적이 있다.

그러나 아직 블랙 베스의 봉인을 미처 풀지 못한 그때와 지금은 감히 비교할 수 없을 정도의 차이가 있었다.

이프리트가 지금의 블랙 베스를 정확히 인지하지 못하는 것도 당연한 일이었다.

이하는 꼬마와 젤라퐁을 한꺼번에 끌어안은 채 이프리트에게 설명했다.

"아, 그, 블랙 베스는—자미엘……. 자미엘이 만들어졌던 자리에서 태어났습니다. 자연 발생으로—."

[아하. 일종의 정령형이라는 건가. 다만 마魔의 힘…… 마의 힘과 마의 파편, 그 잔해에서 만들어진 거군. 마가 직접 만든 게 아니라 성향이 조금 차이가 있는 거였나. 뭐, 어찌 됐든 밖에 에얼쾨니히와 자미엘이 모두 활동하는 상태라면 이곳으로 올 수밖에 없으니 상관은 없지만.]

이프리트는 흥미롭다는 표정으로 블랙 베스를 관찰했다.

블랙 베스는 거리를 좁혀 오는 이프리트를 피하지 않은 채, '큭큭, 더 이상 다가오면 너라도 집어삼킬 수밖에 없다.'는 말 따위를 하고 있었다.

람화연의 얼굴로 저런 말을 할 때마다 이하는 어쩐지 속이 타들어 가는 기분이었으나, 어쩔 도리는 없었다.

"이곳으로 올 수밖에 없다고요? 제가요? 아니, 블랙 베스가요?"

이프리트가 난데없이 하는 말은 무슨 의미인가.

이하의 물음을 들으며 이프리트는 고개를 끄덕였다.

[이쪽의 '알'이야 이 녀석 때문이라고 치고. 하이하, 네가 온 건 피해서 온 거 아냐?]

프레아의 '알'을 톡, 톡 건드린 후, 이프리트는 이하를 바라보고 있었다.

이하는 고개를 갸웃거렸다.

"피한다는 건 아닙니다. 이쪽의 정령사의 일을 도와주기 위해 잠깐 온 것뿐이니까요. 말씀하신 에얼쾨니히와 자미엘, 그 모두를 제거하기 위해—당장이라도 밖에 나가고 싶은 마음입니다."

이하는 총기 블랙 베스를 강하게 쥐었다.

인간화된 블랙 베스가 잠시 움찔거렸으나 곧 그녀(?)의 표정도 사나워졌다.

"큭큭, 그렇지. 당장이라도 놈들의 피 맛을 봐야만 한다."

오히려 이하와 블랙 베스의 말을 들으며 이프리트가 고개를 갸웃거렸다.

이하는 소녀의 얼굴에 서린 표정을 읽을 수 있었다.

그것은 당혹감과 비슷한 감정이었다.

왜 밖으로 나가느냐. 나가 봤자 소용이 없다.

[그래에? 나는 당연히 피해 온 줄 알았는데. 어차피 '잔해'에서 태어났다면 한 등급 아래잖아? 마의 파편 녀석이 마의 힘을 되찾기 위해 날뛸 게 뻔한데, 밖으로 나가겠다고? 네 녀석이 그 건방진 '피 맛' 운운하기 전에 먼저 집어삼켜질걸?]

"……집어삼켜져요?"

이프리트의 말을 아직 완전히 이해할 수는 없었으나, 이하는 자신의 질문을 듣기 무섭게 바뀌는 그녀의 표정에서 공포심을 느꼈다.

이프리트는 웃고 있었다.

즐거운 웃음이 아니라, 허탈한 웃음이었다.

너무나도 당연한 사실을 모르고 있는 자를 볼 때 나오는 감정. 그것은 허무감이었다.

[너, 세계수의 씨앗을 다룰 때만 해도 똑똑한 줄 알았는데. 당연히 같은 색깔이라면 더 큰 힘 안에 작은 힘이 포함되는 거지! 아마도 너, 블랙 베스? 너는 에얼퀴니히에게 접근하는 순간 잡아먹힐 거야.]

이하는 블랙 베스를 바라보았다.

그리고 깨달았다. 블랙 베스의 표정이 자신과 같아져 있음을.

이것은 블랙 베스조차도 제대로 알지 못하던 사실일 것이다.

시간을 가늠할 수조차 없을 정도로 오래전 만들어진 '자아'이자 '에고 웨폰'이라지만, 마魔를 통해 직접 만들어진 게 아닌 블랙 베스에게는 '설정'되어 있지 않은 지식.

그러나 태초부터 함께했던 정령 왕들에게는 너무나 당연한 지식.

"설마……."

[말했잖아. 이 녀석은 기껏해야 마왕의 조각과 비슷하거나 그 아래라고. 에엘쾨니히가 이 정도로 순수한 마의 힘을 그냥 둘 리가 없어. 자미엘을 상대하기 위해서라도 말이야.]

"에엘쾨니히가 블랙 베스를…… 그, 그럼—자미엘은요!? 자미엘이 에엘쾨니히를 잡아먹을 수도 있다는 뜻인가요?"

[아니. 그렇진 않을 거야. 만약 자미엘이 그런 존재였다면 블랙 베스가 이렇게 돌아다닐 수 있을 리 없지. 자미엘은—.]

"각인자여, 잊었는가. 자미엘은 모든 것을 내뱉어 내는 존재……. 놈에게 포식이라는 개념은 없다."

"아."

블랙 베스는 이프리트의 말을 받아 말했다.

마의 파편=마왕에 대해서는 알지 못하지만, 블랙 베스도 자미엘에 대해서는 어느 정도 알고 있다.

그리고 조금 전 블랙 베스가 한 이야기는 이하도 언젠가 들은 적이 있는 것이었다.

'자미엘은 오직 소멸과 삭제만을 위한 힘이었지.'

에얼쾨니히는 자미엘을 잡아먹을 수 있다.

에얼쾨니히는 블랙 베스도 잡아먹을 수 있다.

그리고 자미엘은?

'치요는 자미엘이 마왕을 죽일 수 없다고 말했어. 하지만—.'

주신 아흘로는 분명히 말했다. 마를 죽일 수 있는 건 오직 마의 힘뿐이라고.

그렇다면 어떤 조건이 있는 게 아닐까.

자미엘이 특정 조건을 갖추고 나면 에얼쾨니히를 죽일 수 있게 되는 것이고, 에얼쾨니히 또한 그것을 알고 있기에, 그 전에 블랙 베스를 잡아먹거나 자미엘을 집어삼키려는 것 아닐까?

'자미엘을 상대하기 위해 블랙 베스를 내버려 둘 리 없다는 말도 같은 의미일까? 에얼쾨니히가 조금 더 강해지면—자미엘, 마탄조차 마의 파편을 상대할 수 없게 되어 버린다는 의미일 가능성이 있어.'

무엇보다 이하도 알고 있는 점이 있다.

에얼쾨니히는 이제 유일하게 남은 마의 파편이다.

"마의 파편 중 하나는 소멸되었고……."

[다른 하나가 나머지 하나를 집어삼켰지. 그게 바로 에얼쾨니히, 그 파괴의 원천을 탐욕에서부터 두는 마의 파편.]

마왕군 측 유저들은 에얼쾨니히가 흘린 말을 들어서 알고 있다.

치요는 카일이 직접 그 입으로 말한 것을 들었으므로 추측의 기반이 있다.

그러나 〈신성 연합〉에서는 아직 그 누구도 듣지 못한 정보.

이하는 그것을 이제야 들었다.

[블랙 베스, 에얼쾨니히에게 한 번이라도 당하면 너는 사라진다.]

그것도 '덤'까지 붙여서.

이 사실을 루거나 키드는 알고 있을까.

이하는 갑작스레 조바심을 느꼈다.

"아, 알렌 스르나 님! 프레아가 깨어나려면 얼마나 걸리죠? 저 먼저 밖으로 보내 주실 수 있나요?"

[어…… 시간 개념이라는 게 이제는 좀 옅어져서 잘 모르겠는데. 금방 될 거야. 그리고—.]

[하이하, 잠시 기다려.]

"네? 기다리라고요?"

알렌 스르나를 재촉하던 이하는 이프리트의 부름에 고개를 돌렸다.

불의 정령여왕은 고개를 끄덕였다. 그녀는 여전히 소녀의 모습이었으나 더 이상 새침한 얼굴이 아니었다.

[나는 불, 그렇기에 먼저 왔을 뿐이야.]

"무슨—."

그녀가 말을 마치기 무섭게, 무지개의 정령계 곳곳에서 이질적인 색상의 빛이 번지기 시작했다.

이하는 그 색상들을 모조리 구분할 수는 없었지만, 그것이 이프리트가 나타날 때와 '같은 것'이라는 건 알 수 있었다.

[프레아와 함께 만났던 인간이로군요…….]

"실피드 님…….'

[전대 바하무트의 일은 안타깝게 되었습니다.]

"눈과 얼음, 루미 님…….'

정령왕 또는 정령여왕으로 표현할 수 있는 각 속성 정령계의 최고위 NPC들이 무지개의 정령계로 모여들고 있었다.

슈와아악—슈와아아악……!

알렌 스르나를 제외하고 새로이 등장한 정령 왕은 총 열넷이었다.

외부에 있는 물의 정령왕과 다크 엘프 부락에 따로 정령계를 만들어 두었던 암 속성의 네 가지 정령왕이 불가피하게 참석하지 못했다고 본다면, 사실상 모든 정령왕이 이곳에 모습을 드러낸 셈이었다.

"여, 여러분들……. 그, 저기—안녕하세요?"

이하는 그들에게 어설픈 인사를 건네 보았다. 그러나 인사를 받아 주는 자는 거의 없었다.

바람의 정령여왕과 눈과 얼음의 정령여왕까지는 알아볼 수 있었으나 그 이후부터 등장한 존재들은 누가 누구인지 구분조차 할 수 없었기 때문이다.

[이 인간인가, 이프리트.]

[믿을 수 있을 정도로는 보이지 않는데…….]

[호오, 이건 뭐야. 암暗 속성이 아니라 마魔 속성 친밀도를 지니고 있지 않나. 뒤에 있는 저것 때문인가?]

[아흘로 님이 남겨 두고 간 따스함이 느껴집니다.]

[희망……. 당신의 힘은 그곳에서 나오는 것.]

이하는 자신을 보며 한마디씩 말하는 정령왕―정령여왕들에게 거대한 압박을 느꼈다.

특별히 공격을 하거나, 위협하는 것도 아니건만 그저 다가오는 것만으로 느껴지는 존재감을 어떻게 설명할 수 있을까.

"……각인자여."

"쉬, 쉿. 또 여기 있는 정령들을 전부 흡수하면~ 같은 소리 할 거면 입 다물고 있어."

"큭큭, 그런가."

이하는 조용하고 빠르게 블랙 베스의 입을 다물게 했다.

그가 정말로 자신이 말한 것을 입 밖으로 냈다면, 목소리 조절을 못 하는 블랙 베스의 특성상 무지개의 정령계에서 대난

투가 벌어졌으리라.

　정령왕—정령여왕들의 평가(?)가 사그라들 무렵, 오직 순수함으로만 가득 찬 존재였던 알렌 스르나조차 진지한 표정을 짓기 시작했다.

　그들의 눈은 모두 불의 정령 여왕, 이프리트를 향해 있었다.

　[하이하, 우리가 왜 이곳에 모였는지 알겠지?]

　"어…… 잘 모르겠습니다."

　[우리 '애들'은 밖에 수없이 드나들고 있기에, 나도 이런 사실들을 다 알고 있어. 에얼쾨니히가 깨어났고, 너희 생명체들에게 크나큰 위기가 왔음을 알고 있다고.]

　"그렇—겠죠."

　이하가 고개를 갸웃거리자 대지의 정령왕이 호탕한 웃음을 내뱉었다.

　[크하하핫, 외모만큼이나 믿음이 가지 않는 놈이로군. 세계수의 씨앗을 보호하고 있는 건 마음에 들지만—이봐, 이프리트, 정말 이런 인간을 믿고 있어야 하는 건가?]

　[시끄러워, 노아스. 그리고 너, 하이하—.]

　자꾸 못 알아들을래? 죽고 싶어?

　이하는 이프리트의 진심이 담긴 입 모양을 바라보았다. 다른 정령왕들보다 앞에 있으므로 그녀의 입 모양은 보이지 않을 것이다.

이하는 빠르게 머리를 굴렸다.

분위기로 보아 이 모든 정령왕들을 소집한 건 이프리트일 것이다.

이 와중에 이프리트의 체면을 구기는 일을 벌였다간······.

'진짜 죽이진 않더라도, 꼬마와의 계약을 끊어 버릴지도 모르지. 엄청난 손실이야! 근데 왜―모여 가지고 협박들인데? 내가 언제 나 믿어 달라고 했나?'

자신을 믿어야 한다는 말도 이프리트가 했을 가능성이 높다.

어째서 그런 말을 했을까?

외부의 일을 다 아는 정령여왕이 굳이 이하를 믿고 있어야 한다는 말을, 다른 정령왕들에게 한 이유는 무엇일까.

'직접 나오지 않고서······ 직접?'

현실계에 커다란 혼란이 발생했음을 이들은 알고 있다.

에얼쾨니히를 막아야 한다는 것도 알고 있다. 명분이 갖춰져 있음에도 그들이 현실계로 나오지 않는 이유는?

단지 그들과 계약한 정령사가 없기 때문이 아니다.

이곳에는 생명의 정령, 알렌 스르나가 있으니까.

생명의 정령왕에게 부탁한다면 이들은 얼마든지 새로운 육신을 갖고 현실계로 나올 수 있다.

그럼에도 이들은 하지 않았다.

이하는 마침내 이프리트의 진의를 깨달았다.

그녀는 이하에게 에얼쾨니히에 대한 이야기를 하려는 게 아니었다.

블랙 베스를 조심히 다뤄야 한다는 말을 하고자 했던 게 아니었다.

"자미엘…… 마탄의 사수로군요."

[우리가 소멸된다 한들 우리가 속한 정령계는 즉시 사라지지 않아. 하지만…… 인간으로서는 상상조차 할 수 없는 기나긴 시간 동안, 한 속성의 정령계는 죽어 버린 상태가 될 거야.]

카일이 있다.

마탄 단 한 발로도 정령계를 사실상 가동 불능으로 만들어 버릴 수 있는 마탄의 사수가 외부에 있다.

무지개의 정령계에 모인 모든 정령왕이 이하를 바라보고 있었다.

이하는 그들 하나하나와 눈을 마주쳤다.

지금 이 자리에서 자신이 할 수 있는 말은 어차피 하나뿐이다.

[하이하.]

이프리트가 자신의 이름을 불렀을 때, 이하는 마침내 모든 생각을 끝냈다.

"……네. 제가 죽이겠습니다. 가능한 한 빨리."

카일을 죽여야 한다.

비단 정령왕들을 현실계로 불러내기 위해서가 아니다.

에얼쾨니히가 자미엘을 흡수하고 난다면 그 이후의 일은 이곳에 있는 정령왕들조차 예측할 수 없는 상황으로 흘러갈지도 모른다.

그것을 막기 위해서라도.

"제가 직접, 자미엘을 처리하도록 하지요."

"크크, 그것이 나와 각인자의 하나뿐인 약속. 각인자가 나의 이빨을 자미엘의 몸뚱이에 꽂아만 준다면, 나는 얼마든…… 놈을 삼킬 수 있다."

블랙 베스로 하여금 자미엘을 잡아먹게 만들어야 한다.

슈와아아아…….

그 순간, 이하의 눈앞에 홀로그램 창이 생성되었다.

[스무 개의 보석을 위하여]

설명: 정령왕은 자신의 정령계를 지켜야 하는 제1원칙을 지니고 있다. 이미 현실계로 나아간 물의 정령왕을 제외하고 타 정령왕들이 나서지 못하는 것이 바로 그 이유! 일시적인 에너지 해제가 아니라 영구히 소멸시킬 수 있는 존재가 외부에서 활동하는 한, 정령왕들은 현실계에 간섭하기 어려울 것이다.

[자미엘이 에얼쾨니히에게 흡수당하기 전에 없애 준다면…… 우리는 전력으로 현실계에 간섭할 것을 약속하지.]

그 원흉이 없어진다면, 모든 정령 왕들이 에얼쾨니히를 막기 위해 현현하리라.

내용: 자미엘 제거
보상: ?
실패 조건: 마탄 피격 시
    에얼쾨니히가 자미엘을 흡수할 시
    자미엘에게 블랙 베스가 소멸될 시
실패 시: ?

수락하시겠습니까?

 자미엘을 흡수할 수 있는 존재인 블랙 베스가 소멸되거나, 흡수할 대상인 자미엘이 사라져 버리면 퀘스트 실패인 건 당연하다.
 그러나 첫 번째 실패 조건의 의미는 무엇인가.
 '사망 시가 아니야. 내가 죽었을 때……와는 다른 경우라는 거다.'
 마탄에 피격된다는 것은 일반적인 죽음과 다르다.
 지금껏 수없이 많은 NPC들에게서 들어 왔고 또한 기존 정보에서 추출해 내며 알아 왔던 사실이지만 역시 섬뜩한 기분이 들 수밖에 없었다.
 '생명을 뱉어 내는 존재. 마탄의 그 기능을 생각하자면—역시 유저가 피격되었을 때…….'
 벌어질 수 있는 일이 예상이 된다.

마탄에 피격되었기 때문은 아니어도, 실제로 미들 어스는 '그러한 일'을 다른 곳에서 한 적이 있지 않은가?

"후우우우……."

이하는 호흡을 가다듬으며 눈앞의 정령들을 보았다.

하급 정령으로 동물의 형태들을 따 왔던 그때에 비하면, 지금 이들의 모습과 분위기는 확실히 인간 NPC보다 월등히 위에 있음이 분명했다.

이들이 에얼쾨니히와의 전투에 참전해 준다면?

"꾸어엉."

꼬마가 이하의 볼을 핥았다.

이하는 웃으며 이프리트에게 말했다.

"고민할 것도 없겠죠. 어차피 하기로 한 일입니다."

[그럼—.]

"단!"

퀘스트 수락 버튼을 누르기 전, 또 한마디의 말을 덧붙이는 것을 잊을 리 없었다.

이프리트는 당혹스런 표정으로 고개를 갸웃거렸다.

[단?]

"기왕 다들 모이신 김에, 어떻게…… 자미엘을 죽일 수 있을 만한 힘을 조금씩 나눠 주셨으면 하는데. 헤헤."

이하의 눈앞에는 또 다른 시스템 창이 보이고 있었다.

[뭐……?]

[이 자식이, 우리를 놓고 흥정을—.]

자신의 스킬 사용에 대한 성과를 나타내는 시스템 창이었다.

이런 퀘스트를 앞에 두고 [선보상]을 빼먹을 이하가 아니니까.

"아니, 그렇잖아요. 기왕이면! 저야 정령사가 아니니 계약을 하지 않겠다고 나오신다면 그거야 십분 인정하겠습니다만. 사실 이미 분노와 파괴, 혼돈, 무력의 정령왕들께는 받은 게 있거든요. 공포의 정령과는 계약도 했고. 어차피 이렇게 된 거, 이쪽의 정령왕 여러분들께서도 그 힘을 아~주 조금만이라도 나누어 주시면…… 누이 좋고, 매부 좋고 아니겠습니까?"

단순히 스킬의 효과가 가중되는 것만이 아니다.

미들 어스를 플레이하며 인간 NPC는 물론이고, 수없이 많은 타 종족 NPC까지 고스란히 설득해 온 이하의 '경험치'는 이제 정령왕들까지 설득하고 녹여 버릴 실력이 되었다.

즉, 그 결과는?

"스탯도 좋고, 스킬도 좋습니다. 아! 버프 종류의 스킬은 기왕이면 패시브로 주셨으면 좋겠어요. 그냥 신경 안 쓰고 쭈욱~ 적용되게 말이죠."

원하는 걸 원하는 만큼 받아 내는 것.

블랙 베스는 이하가 입을 열었을 때부터 은근하게 이하와 거리를 벌린 상태였다.

이하의 곁에선 오직 정령왕들만이 멍한 얼굴로 있을 뿐이었다.

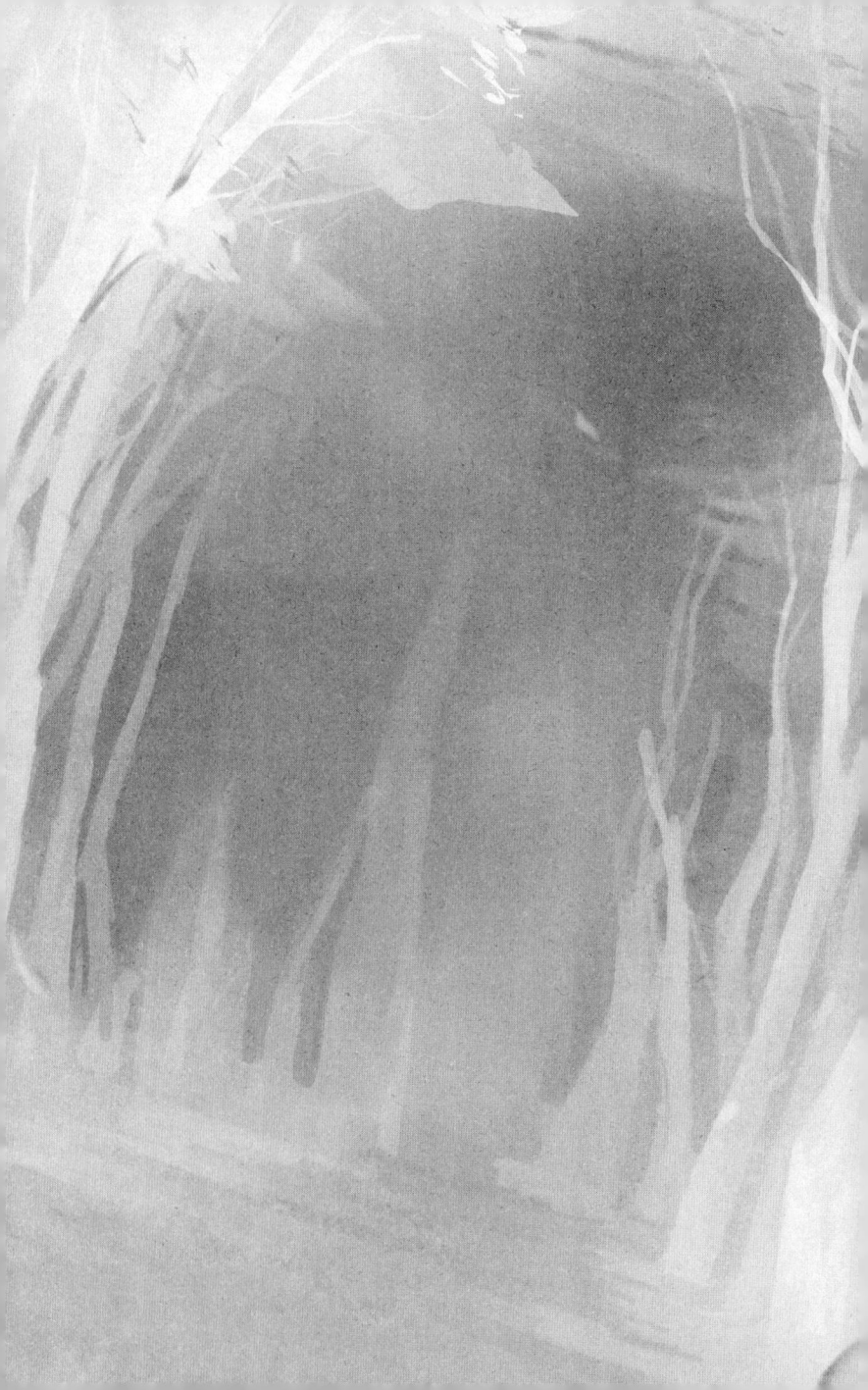

여명의 바다를 위에서 바라본다면 그저 푸르른 색만이 펼쳐져 있었다.

실제로 하늘에서 누군가가 바다를 내려다본다 한들, 푸른 바다 위를 쏜살같이 지나가는 '푸른 배'를 발견할 수는 없을 것이다.

"갑판까지 이렇게 칠한 건가. 멍청한 뱃놈들인 줄 알았는데 생각보다 용의주도하군."

"하핫, 비행 몬스터에게 발견될 가능성을 염두에 둔 거겠죠. 이 속도라면 와이번의 비행 속도보다도 빠르니 어차피 발견된다 한들 쫓아오지도 못하겠지만요."

페르낭은 유쾌하게 루거의 말을 받아 내었다.

그들 모두의 머리칼이 뽑혀 나갈 정도로 흩날리고 있었지만, 서 있는 것을 불편해하는 유저는 없었다.

"방향."

"예, 방향은 맞습니다. 람화정 님께서 수고가 많으시네요."

"아니. 마나. 괜찮아."

"마나 소모량이 적으니 부담이 덜 하시다는 거죠?"

"응."

선두에 선 람화정이 꾸밈없이 답했다.

실제로 크라벤의 쾌속정은 적은 마나 소모량으로 엄청난 속도를 내며 나아가고 있었다.

각종 물자를 실어야만 하는 대형 선박이 아니었으므로 선박의 무게 자체가 가벼운 데다가, 드레이크가 돌아오기 무섭게 마나를 활용한 선박의 운용 방식이 '업그레이드'되었기 때문이다.

이하와 프레아가 정령계로 들어간 시점에서 이미 〈신성 연합〉의 에리카 대륙 수색 팀은 결성되었고, 추진력을 갖춘 그들은 그 직후 2시간이 지나기 전 출발했었다.

그리고 만 하루가 지날 무렵, 벌써 기존 부표까지의 30%에 해당하는 지점에 와 있었던 것이다.

"빌어먹을, 이 정도 배가 있다면 그냥 전부 모아서 싹 쓸어버리러 가면 되는 게 아닌가. 어차피 6일 반나절 만에 에리카 대륙에 도착할 수 있다면 무서울 것도 없을 텐데."

"쾌속정 자체는 여러 척이 있지만, 드레이크 제독의 선박

마나 운용 방식이 적용된 건 몇 척 없습니다. 크라벤 왕국에서도 100% 무사 반납 조건으로 〈신성 연합〉에 대여한 거니까…… 이 배가 파손되기라도 하면 에즈웬 교국에서도 곤란해질 거예요."

기존 신대륙 원정 항행 총 소요 기간은 40일가량이었다.

이 배의 성능을 모두가 체감하고 있었지만 가장 크게 와 닿고 있던 유저는 역시나 루비니였다.

"이동 경로에서 전투가 이루어지지 않을 거라는 게 다행이군요. 지금껏 거대 곰치를 비롯해서, 수중 목도리 도마뱀 등등이 전부 나왔었지만…… 단 한 마리도 이 배의 속도를 쫓지 못했어요."

홀로그램 지도에 온 신경을 쏟지 않아도 되는 여정이 도대체 얼마 만일까.

매 전투가 진행될 때는 물론, 해당 전투가 발발하기 직전까지도 계속해서 고생했던 입장에서는 이번 여정만큼 마음 편한 일이 없었다.

"흥, 어차피 나와도 상관없다. 안대녀, 네가 당하는 일은 없을 테니까."

루거의 말에 루비니는 답하지 못하고 고개만 숙였다.

페르낭은 두 사람을 번갈아 보며 잠시 놀란 눈을 했으나, 곧 희미한 미소를 머금었다.

"자, 앞으로 5일입니다. 화끈하게 가 보죠."

미들 어스 시간으로 5일. 현실 시간으로 약 24시간.
그것은 결코 긴 시간이 아니다.

미들 어스의 시간으로 하루 반나절이 더 지났을 무렵, 페르낭이 물었다.
"루거 씨?"
"뭐냐, 인간 나침반."
"별명이 매번 참신하게 바뀌는 건 신기하네……."
페르낭이 한숨을 푹 내쉬며 물었다.
"그건 그렇고, 기브리드 죽인 것 있잖아요?"
루거는 특유의 후각으로 페르낭이 원하는 것을 알아차렸다.
"물어보지 마. 알려 줄 생각 없으니까."
"크흠, 누가 뭐 공짜로 알려 달라나? 제가 설마 물어보기만 하겠어요? 제 별칭 아시죠?"
개척왕 페르낭.
루거는 피식 웃음이 새어 나왔다. 지금에 와선 별로 궁금한 것도 없는 루거다.
"어쩌라는 거지? 마왕과 몬스터들이 득시글거리는 땅의 지도 좀 밝힌 것으로 생색을 내나?"
에리카 대륙에 대한 지도 정보는 그 누구보다 많이 갖고 있겠지만, 현실적으로 쓸모가 없어지지 않았나.

날카로운 루거의 말에 루비니가 잠시 당황했다.

하나 페르낭은 여전히 자신만만한 표정이었다.

"저는 최근에 에리카 대륙에 있어 본 적도 없는데요?"

"뭐?"

"에리카 대륙은 매우 넓죠. 그러나 이미 '동쪽 끝' 사우어 랜드가 나온 이상, 남과 북으로 더 넓게 퍼져 있는 형태라는 것도 충분히 추측 가능한 일이니까요. 그런 거야 나중에 얼마든지 밝혀도 됩니다."

페르낭은 루거의 날카로운 반응에 조금도 응하지 않았다.

로페 대륙이 좌우로 길고 위아래로 짧은 형태라면, 에리카 대륙은 그 반대, 좌우 폭이 좁고 위아래의 길이가 긴 형태의 대륙이라는 추론은 이미 페르낭의 머릿속에서 정리가 끝난 상태였다.

즉, 그저 '밟아 보기만 하면 되는' 땅 따위에 대한 관심은 이미 사라진 지 오래라는 의미다.

"그럼?"

루거는 고개를 갸웃거렸다.

페르낭은 웃었다. 그가 기브리드를 죽인 루거의 기술에 대해 알기 위해 들고 온 정보는 다른 것이었다.

"로페 대륙의 동쪽에 에리카 대륙이 있죠. 서쪽으로는 아직 미개척지가 많습니다. 현재의 왕국들이 모여 있는 로페 대륙의 동부 외에도, 서부 너머에 어떤 문명이 있을지는 아직 모르죠. 미들 어스가 업데이트된다면 그쪽의 지형도 분명히 도움이 될 테니까요."

"훼, 나도 알아. 분명 지도라면 네 녀석이 더 자세하게 갖고 있겠지만, 그 정도 지도를 만드는 일은 안대녀와 함께한다면 금방이지."

"저, 저요?"

옆에서 귀를 기울이던 루비니는 자신을 지칭하는 단어에 화들짝 놀랐다.

루거는 그녀를 슬쩍 본 후, 헛기침을 했다.

분명 루비니의 〈에어리어 매핑〉 스킬은 엄청난 정밀도를 지니고 있다.

직접 발로 뛰며 각종 정보를 수집하는 것에 비하면 부족하겠지만, 이동을 위해서는 아무런 문제도 없는 것이다.

그리고 이 모든 일은 당연히 페르낭도 알고 있는 사실이었다.

"흐흐, 그렇겠죠. 아직 로페 대륙 서부는 업데이트도 안 됐으니까. 하지만…… 남쪽으로는 어떨까요?"

그가 처음부터 말하고자 하는 바는 이쪽이었으니까.

"남쪽? 크라벤 왕국이 해안선에 맞닿아 있는 걸 모르진 않겠지?"

로페 대륙 동부에 있는 4개국 중 가장 남단에 있는 게 크라벤 왕국이다.

여명의 바다로 향하는 바다와, 로페 대륙 남부로 뻗어 나가는 바다 모두와 접한 그곳에서 '개척왕'이 무엇을 할 수 있을까.

"여러분들이 신대륙에서 마왕군과 싸우고 계실 때에도 저는 그 크라벤 왕국에 있었거든요."

페르낭은 싱글벙글 웃고 있었다. 루거와 루비니의 표정이 동시에 변했다.

"……설마—."

페르낭은 그저 웃고만 있을 뿐 아무런 대답도 하지 않았다.

그는 루거의 뒤에 살짝 가려진 루비니를 흘끗 바라보며 말했다.

"루비니 님도 알고 계시죠?"

"그, 그거야…… 저 또한 페르낭 님보다 부족한 사람이지만, '앞을 보는 일'에 대해 관심이 많으니까요. 크라벤 왕국의 남단이 어떤 형태인지는 대략……."

"부족? 실시간 정보로 볼 수 있는 안대녀, 네가 훨씬 훌륭하다."

겸손하게 말하는 루비니를 루거는 곧장 추켜세웠다.

페르낭은 흐뭇한 미소를 지었다. 루거만으로도 이미 '미끼'를 물었는데, 루거와 루비니의 관계를 생각해 보자면…….

'루비니 님까지 끌어들이면 100% 넘어올 수밖에 없지.'

개척왕이라는 별칭은 괜히 붙은 게 아니다.

아직 인류와 접촉하지 않은 동물이나 특수 종족과 '가장 먼저' 마주치는 유저로서, 그는 이미 사람을 다루는 데 충분한 스킬을 보유하고 있는 셈이다.

그 증거는 루거의 반응으로 즉각 나타났다.

"크흠, 그래서. 뭐가 궁금하지? 일단 네놈의 질문을 들어보고 판단하겠다."

"저는……."

페르낭이 입을 열자 선두에서 마나를 운용하던 람화정도 슬금슬금 그들에게로 접근했다.

기브리드를 일격에 없앤 스킬은 미들 어스의 유저라면 호기심을 갖는 게 당연한 일이니까.

좁은 쾌속정에서 네 사람이 갑판 근처로 모두 모였을 때, 페르낭이 물었다.

"삼총사에 대해 궁금합니다."

"삼총사?"

루거는 페르낭의 질문에 오히려 당황했다.

기브리드를 죽인 스킬의 설명과 효과 그리고 지속 시간이나 쿨타임 등에 대해 물어볼 것이라 생각했건만, 이제 와서 삼총사에 관한 이야기를 꺼내다니?

그러나 페르낭은 이미 끝난 스킬에 관심을 가진 게 아니었다.

그의 머릿속에서 어떤 가설이 세워진 상태이기 때문이기도 했다.

"루거 씨는 기브리드를 죽였죠. 제가 그 자리에 없어서 직접 듣지는 못했습니다만, 삼총사 여러분이 대화하는 걸 들은 분이 알려 줬어요. 루거 씨의 키워드는―."

"[관통]."

"아뇨, 람화정 씨. 관통이 아닙니다. 제가 말하는 키워드는 '공통 키워드'에요. 루거 씨와 '기브리드'의 공통 키워드."

페르낭의 눈이 날카로워졌다. 눈치 빠른 루비니도 무언가를 알았다는 표정을 지었다.

그리고 루거는 사나운 미소를 지었다.

"인간 나침반 주제에, 제법 눈썰미가 좋군."

그것은 페르낭에 대한 인정이나 마찬가지였다.

이하나 키드와 달리 루거는 기브리드의 퀘스트를 보자마자 알아차렸다.

다만 그것을 사용할 기회와 상황이 적절치 않아 늦추고 늦췄을 뿐.

"굳이 '머스킷티어'의 삼총사가 아니더라도 분명 마왕의 조각과 '공통 키워드'를 갖는 직업은 많을 겁니다. 하지만…… 현 시점에서 마왕의 조각을 상대할 수 있는, 그런 힘을 지닌 유저 그룹 중 '공통 키워드'를 모두 발견했고 또 해당 키워드를 실현할 수 있는 힘을 지닌 건 역시 삼총사, 여러분들뿐이죠."

페르낭은 단순히 삼총사에 그치지 않고 여러 가능성을 탐구했다.

직업 특성상 대규모 전투에서 활약할 수 없는 그가 할 수 있는 일이라면, 최대한 많은 정보를 돌아다니며 수집하는 것.

그것도 직접 발로 뛰며 정보를 얻는 '발품 팔이'의 역할이었다.

"그래서, 결국 하고 싶은 말이 뭐냐."

그런 그가 만들어 낸 가설이자 루거에게 묻고자 하는 내용.

"이미 루거 씨는 끝났으니, 키드 씨와 하이하 씨에게도 분명 마왕의 조각들과 대치되는 무언가가 있을 겁니다. 그 '공통 키워드'와 조건에 대해서 알려 주세요."

"페, 페르낭 님, 그 말씀은…… 키드 님과 하이하 씨가—."

"네. 루거 씨가 한 것처럼, 두 사람이 각각 마왕의 조각들을 '최종 사살'할 수 있는 열쇠가 될 겁니다."

그것은 마왕의 조각을 죽일 수 있는 가장 확실한 카드에 대한 것이었다.

루거는 비릿한 미소로 페르낭에게 답했다.

"그걸 네놈이 알아서 뭘 하려고 그러지? 어차피 네가 써먹을 수는 없을 텐데."

"그렇겠죠. 하지만 저는 모험가 직업군, 개척왕이라 불리는 사람입니다. 〈신성 연합〉과 〈마왕군〉의 '스토리'가 길어질수록…… 활약할 공간이 없다는 뜻이기도 하거든요."

페르낭은 아무렇지도 않게 말했으나, 루거는 그의 의도를 삽시간에 눈치챘다.

그것은 람화정도 마찬가지였다.

"마왕. 죽음. 다음. 업데이트."

"크크크…… 아주 웃기는 놈이었군."

페르낭은 이번 마왕과 관련된 모든 시나리오 라인을 최대한 빨리 클리어해 버린 후, 그다음 일어날 변화를 앞당기려 하는 것이다.

"이 정도면 사리사욕은 아니잖아요? 키드 씨와 하이하 씨가 키워드를 찾았는지도 아직 모르고, 설령 키워드가 있다 해도 어떻게 사용하는지 모른다면―제가 나서서 찾는 게 빠를 수도 있으니까요."

페르낭은 푸근한 미소로 말했다.

루거는 그 미소를 보며 '삼총사의 텔레포트' 창을 열었다.

페르낭보다 먼저 그 생각을 했던 루거가, 이런 사람을 기다리지 않았을 리 없기 때문이다.

"하이하 놈은 어디 있는지 뜨지도 않아. 하지만……."

로페 대륙으로 복귀하자마자 자취를 감추고 여전히 연락이 되지 않는 [속사].

"키드 씨한테는 제가 도움이 된다는 의미인가요?"

"흥, 네깟 놈이 도움이 될―크흠, 뭐, 키드 자식이야 워낙 모자란 놈이니 네 도움이 필요할지도 모르지."

루거는 황급히 말을 바꿨다.

키드가 과제를 해결할 거라는 건 믿어 의심치 않는 루거다. 그러나 문제는 시간이었다.

'마왕 놈이 언제 올지 모르는 와중에 키드가 시간을 못 맞춘다면—.'

그것은 위험하다.

분명 키드만이 해결할 수 있는 무언가가 있을 것이다. 그것을 빠른 시일 내에 획득하게끔 해야 한다.

그러나 페르낭이 도움이 될까?

루거는 잠시 고민했다.

"……인간 나침반."

"네?"

"돌아가거든 키드 놈의 위치를 알려 주마."

"크으, 역시! 그렇게 나오셔야—."

"단, 내 얘기는 하지 마. 내가 알려 줬다고 키드에게 조금이라도 티를 내거나 걸리면…… 네 머리부터 박살 낼 테니까."

그것은 [라이벌]에 대한 예의가 아니다.

페르낭은 의외라는 표정을 짓고 있었다. 람화정조차도 잠깐 고개를 돌려 루거의 얼굴을 살필 정도였다.

그 와중에도 별다른 변화가 없는 건 루비니였다.

거의 12시간 이상 목숨을 걸고 함께했던 루거가 어떤 생각을 기반으로 행동하는지, 그녀도 알고 있었기 때문이다.

'삼총사에 대한 거라면 정말 솔직한 것 같아. 음?'

포근한 미소로 루거를 바라보던 루비니의 눈에, 지도의 일부분이 들어왔다.

캄캄한 밤이었기에 그녀의 지도에 또렷하게 찍힌 '하얀 점'들이 더욱 눈에 들어왔다.

"앞에…… 뭔가가 있습니다."

"네? 앞에요?"

"로폐 대륙을 출발한 지 약 이틀 반나절, 40분 안에 부표에 도달하는데—이건……."

루비니의 지도 끝에 있는 것은 부표였다.

그 부표를 중심으로 무수히 찍혀 있는 새하얀 점들.

"부표에 뭔가가 있군."

루거가 말했다.

람화정은 잠시 뒤를 돌아 유저들과 눈을 마주치며 말했다.

"속도."

어떻게 할 것인가. 강행 돌파와 완행 수색 중 하나를 택해야만 한다.

그것을 결정하는 것은 루거다.

루거는 람화정의 곁에 섰다.

분명 수상한 점은 있지만 여기가 어디인가. 목표인 에리카 대륙까지의 절반밖에 안 되는 위치다.

"올려."

속도를 늦출 순 없었다.

루거가 포신을 들어 올릴 무렵, 페르낭의 손에서 무언가가 빛났다. 그의 손가락에 끼어져 있는 무수한 반지 중 하나가 주기적으로 점멸하는 중이었다.

"확실히…… 빨리 가는 게 좋을 것 같네요."

"아는 게 있나."

"네. 이건 '언데드'에 반응하는 반지거든요."

루비니는 잠시 당황했다.

"하지만 언데드라면…… 이런 색깔이 아닌데요?"

마왕군이라면 이미 정해진 색이 있다. 일반 몬스터도 아니다.

오랜 시간 동안 '레이더'를 읽어 왔던 그녀만이 내비칠 수 있는 자신감.

페르낭은 그럼에도 고개를 저었다.

"아뇨. 언데드입니다. 언데드인 건 확실—."

"옵니다! 아니, 오는 게 아니라—."

"뭐, 뭡니까, 이거!?"

그것은 루비니의 곁에 있던 페르낭도 질겁할 정도의 변화였다.

"왜! 무슨 일이냐, 안대녀!"

"하얀 점이 갑자기 여기저기에—어떻게? 저희 배 반경으로 하얀 점들이 생기기 시작했어요!"

"주변으로?"

루거는 물론 람화정도 주변을 노려보았으나 바다 위에는 아무런 생명체도 없었다.

"아."

"언데드, 바다."

그 순간, 람화정과 루거는 동시에 깨달았다.

〈마왕군〉이라는 개념은 결국 생명체다. 그러나 하이하가 말하지 않았던가.

언데드이면서, 생명체가 아닌 무언가도 있을 수 있다.

"아래! 바다 아래에서부터 온다!"

푸화아아아─────────ㄱ!

분수처럼 바닷물이 솟구치며, 새하얀 뼈들이 모습을 드러내었다.

연보랏빛이 번쩍했을 때, 새하얀 뼈 위에 올라탄 것은 검푸른 반점이 새로이 생긴 리자디아였다.

"〈신성 연합〉 놈들인가!"

피로트-코크리에게 '조립식 언데드'의 개념을 전수받은, 파우스트가 그곳에 있었다.

부표에 있던 유저들은 보았으나 다른 유저들은 그저 이야기로만 들었을 뿐이다.

언데드의 '뼈'만을 활용하여 자유자재로 모습을 만드는 피로트-코크리에 대한 능력과, 본 자이언트라 불렸던 거대 이족 보행 언데드에 대한 것은 이미 이들도 알고 있는 일이었다.

파우스트는 그것에 만족하지 않았다.

〈조립식 언데드〉만을 따로 떼어 물속으로 이동하게 만든 후, 그것을 지지대 삼아 텔레포트 할 공간을 만들어 낸다면?!

"안대녀! 피로트-코크리는—."

"없습니다! 파우스트뿐이에요, 부표에 있던 하나의 점이 파우스트였다면 거기 있는 건 전부……."

"파우스트가 만들었겠군요."

그 잠깐의 소란에서 페르낭에게 이름을 불린 루거는 곧장 냉정을 되찾았다.

"주변을 잘 보세요, 루거 씨!"

주변에 보이는 것은 확실히 거대 이족 보행 뼈다귀들이다. 그러나 그 사이사이로 보이는 것들은?

"……배? 선박인가!"

뼈 하나하나를 '부품' 삼아 조립할 수 있다면 굳이 물 위를 걷는 거대한 이족 보행 언데드만 만들 필요가 없다는 의미다.

"잘됐군, 네 녀석들에게 운용 테스트를 해 볼 수 있겠어. 가라!"

파우스트는 자신만의 상상력으로 다양한 기체를 만들어 낸 상태였다.

그중에서도 눈에 띄는 건 쾌속정으로 빠르게 다가오는 거대 원뿔이었다.

"속도. 올릴게."

"물에서 쓰는 충차 같은—."

"네 녀석들이 배를 통해 올 거라는 건 너무나 뻔한 일이니까! 하하핫!"

파우스트의 목소리가 쩌렁쩌렁하게 울렸다.

그러나 거대 원뿔이 날을 세우며 다가온다 한들 람화정이 직접 조종하는 쾌속정보다 빠를 순 없었다.

포위된 것처럼 다가오던 뼈의 원뿔들은 어느새 배의 뒤꽁무니만을 쫓게 되었다. 그리고 선미에는 루거가 자리 잡고 있었다.

"처웃는 건 이르지, 도마뱀 새끼."

〈아흐트-아흐트〉를 끝낸 채로, 그는 방아쇠를 당겼다.

——————————……!!!!

파우스트와의 거리는 고작 몇백 m밖에 되지 않았으나, 루거가 보게 된 것은 거대한 포말이었다.

"네 녀석의 공격에 맞을 것 같은가, 루거!"

"……호버 보드도 아니고 어떻게 저딴 짓거리를—."

거대한 원반에 가까운 뼈 위에 오른 파우스트는 자유자재로 허공을 누비고 있었다.

〈플라이〉나 〈레비테이션〉 스킬을 사용한 것보다 훨씬 빠른 공중 움직임에, 루거는 쉬이 포구를 겨눌 수 없었다.

"막내! 운전 좀 살살해라! 못 맞히겠잖아!"

"죽고 싶으면. 한 번 더 말해."

람화정이 더욱 강력하게 반발했다.

뼈로 만들어진 호버 보드는 물론, 파우스트의 주변에 있는 모든 뼈 기체들은 쾌속정을 쫓는 중이었다.

그러나 대부분이 속도가 느렸고, 그중 가장 빠른 거대 원뿔조차도 쾌속정에게서 점점 뒤떨어지고 있었으므로 유저들은 큰 위협처럼 느끼지 않았다.

"15분 안에 떼어 낼 수 있을 겁니다. 파우스트가 이 모든 바다의 좌표를 지정해서 텔레포트할 수 없다면요."

"휴우, 그래도 방심하긴 이르죠. 아까 저것들이 바다 속에서 먼저 튀어나왔고 파우스트가 텔레포트한 걸 생각한다면—저런 것들이 이 바다 여기저기에 가라앉아 있을 수도 있으니까요. 게다가 루비니 씨의 지도에도 즉시 걸리지 않았으니—."

"아니."

"네?"

"놈은 포기한 게 아니야."

그 와중에도 파우스트를 똑바로 바라보고 있던 건 루거였다.

리자디아의 얼굴은 웃고 있었다.

제법 떨어진 거리와, 바람을 가르는 소리 사이로도 파우스트의 자신감에 찬 목소리는 그에게 들려왔다.

"부표에 갔을 때! 아주 재미있는 걸 봤거든! 마공학자, 그 개자식이 할 수 있다면 내가 못 할 이유도 없지!"

파우스트는 뼈로 된 지팡이를 휘둘렀다.

루거의 표정이 어두워졌다.

그가 타고 있던 거대 원반의 곁으로 뼈의 기둥 두 개가 솟아났기 때문이다.

그것이 무엇인지 알아내는 건 어렵지 않았다.

"빌어먹을, 포인가? 놈도 원거리 공격 수단을 만들어 냈어!"

파우스트는 부표에서 알바의 '터렛 시스템'을 보았다.

물론 기술력의 부족으로 그것을 100% 따라할 수는 없었지만 뼈를 '부품' 삼고, 마나를 '에너지' 삼을 수 있는 [조립식 언데드]의 기술을 얻은 순간, 적어도 네크로맨서 직업군을 초월하는 공격 수단은 만들어 낼 수 있는 것이다.

루거는 파우스트의 호버 보드 위에서 모여드는 빛의 알갱이들을 보며 외쳤다.

"안대녀! 지도 끄고 운전대 잡아! 그리고 나침반 네놈이 루트를 설정하고 람—."

"〈아이스 월〉."

콰쟈쟈쟈쟈쟉—!

루거가 굳이 말하지 않아도 람화정은 자신이 할 일을 알고 있었다.

바닷물에서 갑작스레 하늘을 향해 튀어 오르는 거대한 빙

벽은 놀라울 정도였으나, 쾌속정이 그것에서 얼마 떨어지지도 않았을 때 모조리 부서지는 건 더욱 놀라운 장면이었다.

"〈거스트〉."

람화정은 흩날리는 얼음 조각들을 선미의 방향으로 더욱 강하게 날렸다.

뼈로 된 개체들이야 데미지를 입지 않는다 해도 파우스트는 유저다. 하다못해 시야의 방해라도 할 수 있다.

그리고 그 생각은 제대로 먹혔다.

"크으! 람화정, 저 망할—재, 〈재조립: 방패 3번〉!"

콰아아아앙————————.

잠시라도 이쪽을 바라볼 수 없다면, 루거의 포를 피하기도 어렵다는 의미였으니까.

루거와 람화정은 똑똑히 보았다.

파우스트의 곁에서 달려오던 거대 뼈 로봇이 순식간에 해체되고, 파우스트의 앞을 가로막는 거대한 방패가 되는 모습을.

"흐음, 저런 시스템이라……. 이미 '저장'해 놓은 형태로 곧장 바꿀 수 있는 건가 본데. 매크로 같은 건가."

"강도는. 약해."

피로트-코크리처럼 능수능란한 운영은 분명 대단했으나 뼈의 강도는 달랐다.

루거의 공격 한 방에 뼈 방패는 완전히 으스러져 그 자취를 감춘 상태였다.

이쯤 되니 당황스러운 건 오히려 파우스트였다.

"그냥 보낼 순 없다! 〈재조립: 본 서펜트〉!"

다시 한 번 휘두른 뼈 지팡이에, 그의 곁에서 달리던 이족보행 뼈들이 모조리 분해, 재조립되기 시작했다.

그것이 거대한 서펜트의 형태를 갖추자마자 수면 위를 빠르게 미끄러지는 모습을 보며 루거와 람화정은 감탄했다.

"기능도 일부 카피되는 건가? 아니면 저러한 기능을 삽입해서 설정할 수 있는 건가? 뭐가 됐든 진짜 서펜트보다 강할 것 같진 않은데."

"상상력. 구려."

서펜트의 이동은 거대 원뿔 이상으로 빨라 거의 쾌속정에 육박했으나 이미 벌어진 거리를 좁힐 정도는 아니었다.

루거는 잠시 생각하다 루비니에게 물었다.

"부표까지는 얼마나 걸리지!?"

"이제 다 왔어요. 곧 좌측으로 보일 겁니다!"

루거는 고개를 돌렸다.

〈마나 중계탑〉도 없고, 어두운 밤이었으나 루거의 눈에는 부표를 포함하여, 그 곁에 희끗하게 보이는 게 있었다.

"크크크…… 그렇군. 파우스트 놈, 여기서 장난감이나 만들고 있었다니."

"안 돼! 이 빌어먹을 자식들—."

루거가 포구의 방향을 돌리자마자 파우스트가 소리쳤다.

잠시 후, 람화정은 연보랏빛이 번쩍이는 것을 보았다.

파우스트는 텔레포트를 사용하여 곧장 부표로 돌아갔다.

그가 부표에서 만든 게 얼마나 중요하게 취급되는지 알 수 있는 부분이었다. 그럴 수밖에 없었다.

"나도. 쏠래."

파우스트는 부표에 홀로 남아 주변에 있는 모든 바다 생명체를 죽이는 중이었다.

그들에게서 '뼈'를 긁어모아 〈재조립〉의 스킬 숙련도 증가를 꾀하는 것도 있었지만, 마왕군 전체의 중요한 임무를 맡고 있었기 때문이다.

"그래, 기왕이면 날려 놔야 속이 시원하겠지. 저런 기분 나쁜 〈유령선〉은 말이야."

에리카 대륙의 마왕군 세력을 로페 대륙으로 어떻게 옮길 것인가.

뼈로 이루어진 온갖 종류, 온갖 형태의 선박이 부표에 정박해 있었다.

몇몇 배가 해체되며 방패 모습으로 변하는 것을 보았으나 루거는 여전히 웃고 있었다.

"네놈이 막을 수 있는지 궁금하기도 하군. 〈마법의 양탄자〉."

탈칵, 그는 가볍게 방아쇠를 당겼다.

움직이지도 못하는 뼈의 선박? 그것은 루거의 광역 스킬에 '밥' 같은 것이다.

람화정도 루거의 곁에서 부표를 향해 손을 뻗었다.

"크크, 그러고 보니 잠에서 덜 깬 마왕과 부딪친 적이 있었다지?"

루거는 흥미로운 표정으로 람화정을 바라보았다.

잠에서 깬 직후의 약화된 마왕의 공격인데다 실제로 100% 상쇄된 게 아니라 그저 상호 충돌로 인한 반발력을 가늠했을 뿐이지만, 적어도 현시점에서 미들 어스를 통틀어 '유일하게' 에얼퀴니히를 상대로 공격 스킬을 사용한 게 바로 람화정이다.

"네 녀석이 무슨 스킬을 쓰는지—."

그는 람화정에게 묻다 말고 말을 멈춰야만 했다.

"〈천사 강림〉."

듣도 보도 못한 스킬명에, 듣도 보도 못한 스킬 이펙트가 람화정에게서 뿜어져 나갔으니까.

람화정의 작은 손끝에 모이는 것은 푸른 알갱이와 붉은 알갱이였다.

서로 상이한 두 가지 속성의 마나를 다루는 스킬임을 알았을 때, 루거가 받는 충격은 이루 말할 수 없는 것이었다.

"어떻게—불꽃술사의 스킬을 네가—."

"불꽃. 아냐. 이건. 천사."

람화정은 잠시 루거를 바라보았다.

그녀의 한쪽 입꼬리가 아주 미세하게 움직이는 순간, 그녀는 말했다.

"〈천사 강림: 우리엘〉."

아흘로의 힘을 받은 12대천사 중 하나이자 죄악을 처단하는 불의 힘.

"과연…… 〈천국으로 가는 계단〉 이후 나왔던 보상 중 하나가 이런 형태로 적용되는군요. 얼음이 불탄다는 개념을 어떻게 받아들여야 할지 모르겠지만."

스킬을 본 페르낭이 허탈한 목소리로 말했다.

그는 언젠가 이하에게 보상으로 선택할 수 있는 칭호 또는 업적과 그에 따른 옵션 스킬에 대해 들은 적이 있었기에 알 수 있었다.

부표의 파우스트에게로 날아가는 것은 새빨간 화염으로 뒤덮인 거대한 얼음 칼이었다.

람화정은 굳이 말하지 않았으나 루거는 알 수 있었다.

'이게…… 마왕의 공격과 맞부딪쳤다던 그것—아니, 아니다.'

〈천사 강림〉도 중요하지만, 그보다 중요한 게 무엇인지 루거는 금세 눈치챘다.

'천사의 종류는 여럿이다. 뒤에 붙은 이름에 따라 효과가 다르게 나타난다는 건가. 설마 열두 개의 변주가 가능하단 말이야?'

에즈웬의 대천사가 열둘이라는 건 이미 퍼진 정보다.

만약 람화정이 그러한 스킬을 활용할 수 있는 것이라면?

루거의 눈이 빛났다. 이 스킬은 과연 얼마만큼의 파괴력을 지닐까.

불타는 얼음 칼이 부표에 도착하기 직전, 부표의 상공이 갈라지며 돌돌 말린 카페트들이 떨어지기 시작했다.

"1:1로 테스트해 볼 수 없어서 아쉽군."

"바이바이. 파우스트."

람화정과 루거는 동시에 뒤를 돌았다.

그들의 등 뒤에서 길고 날카로운 비명이 오랫동안 퍼져 나갔다.

설령 파우스트가 살아남는다 할지라도, 지금까지 부표에서 만들어 모아 두었던 뼈들은 상당량 잿더미가 되어 버릴 것이다.

"파우스트의 생사는 관계없어요. 분명히 마왕군 측에 연락을 했을 겁니다."

"……피로트-코크리나 할 수 있는 건 줄 알았는데 파우스트가—."

"특별한 것도 아니죠. 우리도 과거 NPC들의 스킬 이상의 공격력을 지닌 유저들이 있으니까요."

〈신성 연합〉의 유저들은 에즈웬의 회의실에 모여 머리를 맞대고 있었다.

부표 인근에서 있었던 일은 이미 귓속말을 통해 보고가 들어온 상태였으므로, 그들은 수색 강행 여부를 결정해야 했기 때문이다.

"에리카 대륙까지는 못 갈 거예요. 괜히 네 사람이 죽기라도 한다면—그래서 피로트-코크리의 언데드로 다시 태어나기라도 한다면, 그거야말로 크나큰 손실입니다."

신나라는 강경하게 말했다.

실제로 그녀의 논리는 타당했다.

기브리드와 함께 언데드화시켰던 과거의 삼총사가 아니더라도, 피로트-코크리는 이미 이지원을 언데드로 만든 적이 있다.

파우스트 하나를 죽이고, 루거와 람화정, 루비니, 페르낭의 언데드 병력을 저쪽 손에 쥐어 줄 수는 없는 일이다.

"그렇습니다. 데임 신의 말처럼…… 적어도 녀석들이 많은 수의 선박을 준비하고 있고, 그 선박으로 말미암아 로페 대륙으로 침공한다는 사실까지도 알았으니—이제는 쾌속정의 뱃머리를 돌려야 합니다."

"저도 그렇게 생각합니다."

〈신성 연합〉의 참모 NPC들이 신나라의 말에 동조했다.

에원과 그랜빌이 '후계자 양성'을 위해 보낸 장교들이 합리적인 선택을 하는 건 당연한 일이었다.

그러나 신나라의 제안에 동의하는 것은 고작 둘뿐이었다.
"……라르크 씨? 람화연 씨? 그리고…… 여러분?"
유저들은 모두 입을 다물고 있었다.

"여차하면 죽는 기물이 될지도 몰라요…… 분명히 뼈아픈 일이긴 합니다."
"기물요?"
"아차차, 실수. 기물이 아니라―그러니까……."
라르크는 턱을 긁으며 잠시 단어를 생각했다.
라르크와 비슷한 생각을 하고 있던 것은 람화연이었으므로 그의 말은 금방 이어질 수 있었다.
"아니, 죽지 않아요. 파우스트를 죽이고 또는 그가 만들어 낸 선박을 부수고 네 사람을 잃는다고 생각하면 안 됩니다. 네 명의 수색대는…… 계속 가야 해요. 에리카 대륙까지."
그들은 끝까지 임무를 완수해 내야만 한다.
이미 모든 계산을 끝냈다는 람화연의 눈빛을 마주하며, 신나라의 표정이 조금 일그러졌다.
"가장 합리적인 선택을 하는 자가 람화연 씨라고 생각했는데요."
"그러니까 말했잖아요. 우리가 얻는 건 파우스트의 죽음이

나 선박 파괴 따위가 아니라고."

"그럼—."

"루거와 루비니, 페르낭 그리고 화정이가 가져올…… 로 데이터Raw data. 그게 필요해요."

가공되지 않은 정보Raw data.

오직 현장에서만 느낄 수 있는 것들. 람화연이 얻고자 하는 건 바로 그것이었다.

각기 다른 분야에서 최고 수준의 실력을 자랑하는 유저들은 현재의 에리카 대륙을 보고 듣고 느끼며 어떤 정보를 취해 올 수 있을까.

"그렇다고 네 사람이 죽기라도 한다면!"

"저도, 람화연 씨나 라르크 씨의 말에는 일부 찬성입니다. 미들 어스는 귓속말이 가능하다는 장점이 있으니까요. 네 분의 수색대가 얻어 오는 정보를 통해 우리는……. 그곳에서 무엇이 얼마나 준비되었고, 앞으로 무엇까지 만들어질 수 있는지. 얼마나 강한 것들이 올 것인지 데이터를 분석해 낼 수 있겠죠."

혜인은 간단하게 의견을 보탠 후, 회의실 테이블에 펼쳐진 로페 대륙 전도를 가리켰다.

수색대 유저들에게 연락을 받기 전까지 아무런 표기도 되어 있지 않은 지도였으나, 지금은 혜인에 의해 곳곳에 표시가 된 상태였다.

"〈대량 수송이 가능한 선박이 있다〉는 정보 하나만으로도 우리는 마왕군의 정박 지점이 어디일지 대략적으로 예측해 냈잖아요?"

거대한 선박이 접안하는 일은 쉬운 게 아니다.

그 장소를 예측할 수 있다면 방어할 위치를 찾는 것도 용이해진다

"주요 간부급이야 텔레포트를 쓰겠지만, 적어도 적의 대다수 병력들은 그곳에서 막을 수 있죠."

중저레벨의 유저들이 상대조차 할 수 없는 몬스터들이 로페 대륙 곳곳을 할퀴고 다닌다면?

설령 마왕을 처치한다 해도, 로페 대륙은 재건 불가능한 폐허가 될 가능성이 있다.

"흐흐, 나라 씨, 이건 상대방이 어떻게 두었는지 보지 못하는 체스나 마찬가지 아닙니까. 가운데 드리워진 장막을 살짝만 거둬 그 내부를 볼 수 있다면…… 절대적으로 유리해지는 거죠. 놈들이 캐슬링을 했는지, 뭘 할 것인지, 초반 7수만 봐도 다 알 수 있거든요."

"그러기 위해 네 사람의 희생을—."

"희생이 아녜요. 화정이는 물론, 그 사람들이 죽지 않을 거라 믿고 있기 때문에 보내는 겁니다."

람화연은 신나라를 노려보았다.

신나라는 그제야 이해할 수 있었다. 사실 그 누구보다 뱃머

리를 돌리고 싶은 사람은 람화연일 것이다.

 단순한 게임 이상의 사업으로 접근한 람화연에게 있어, 람화정의 레벨이나 스탯이 저하될 만한 요소는 피하고 싶을 테니까.

 그런 그녀가 강행을 요구한다.

 실제로 수색대 유저들에게서 돌아가겠다는 연락도 오지 않았다.

 펜싱을 했던 그녀이기에 알 수 있다. 머리가 잠깐 머뭇거리면 손이 움직이지 않는다.

 손이 벌써 뻗어 나갔을 때는 그대로 두는 게 맞다.

 "알겠습니다. 저도 더 이상 반대하지 않을게요. 앞으로 3일 후, 그들이 에리카 대륙에 무사 도착하여 정보를 얻어오길 기다리죠."

 신나라의 빠른 수긍 이후 람화연은 곧장 주제를 돌렸다.

 "적의 예상 상륙 지점을 알았으니 그다음으로 할 건 방어 체계의 구축이군요. 기브리드의 방파제 이상의 방어력을 발휘하기 위해 모셔 온 손님이 있어요."

 라르크와 신나라는 고개를 갸웃거렸다.

 람화연은 잠시 어딘가로 귓속말을 보냈다. 에즈웬 교황청의 회의실로 곧 도착한 사람은 체구가 작달막한 소년이었다.

 "만들고 싶은 거 다 만들어도 되는 거죠? 피로트-코크리의 〈조립식 언데드〉를 보고 나서 저도 생각난 것들이 많거든요.

아! 우선 이 스크롤부터 하나씩 보세요. 개략적인 디자인이랑 예상 스펙은 전부 적혀 있습니다. 생각보다 돈이 많이 들 것 같은 데다, 저 이외의 기능공들이 많이 필요하겠지만—아니, 우선! 우선 하나씩 보시죠!"

얼마 전 부표의 전투에서 파우스트만 배운 게 아니다.

파우스트와 피로트-코크.리도 분명 자신들의 '수'를 노출했다.

미들 어스에서 이름을 날리는 유저 정도가 된다면, 그런 기회를 결코 놓치지 않았다.

앞으로 자신이 할 수 있는 일은 어디까지 발전할 수 있을까.

호기심에 가득 찬 눈빛으로 횡설수설 말하는 마공학자, 알바가 미소 지었다.

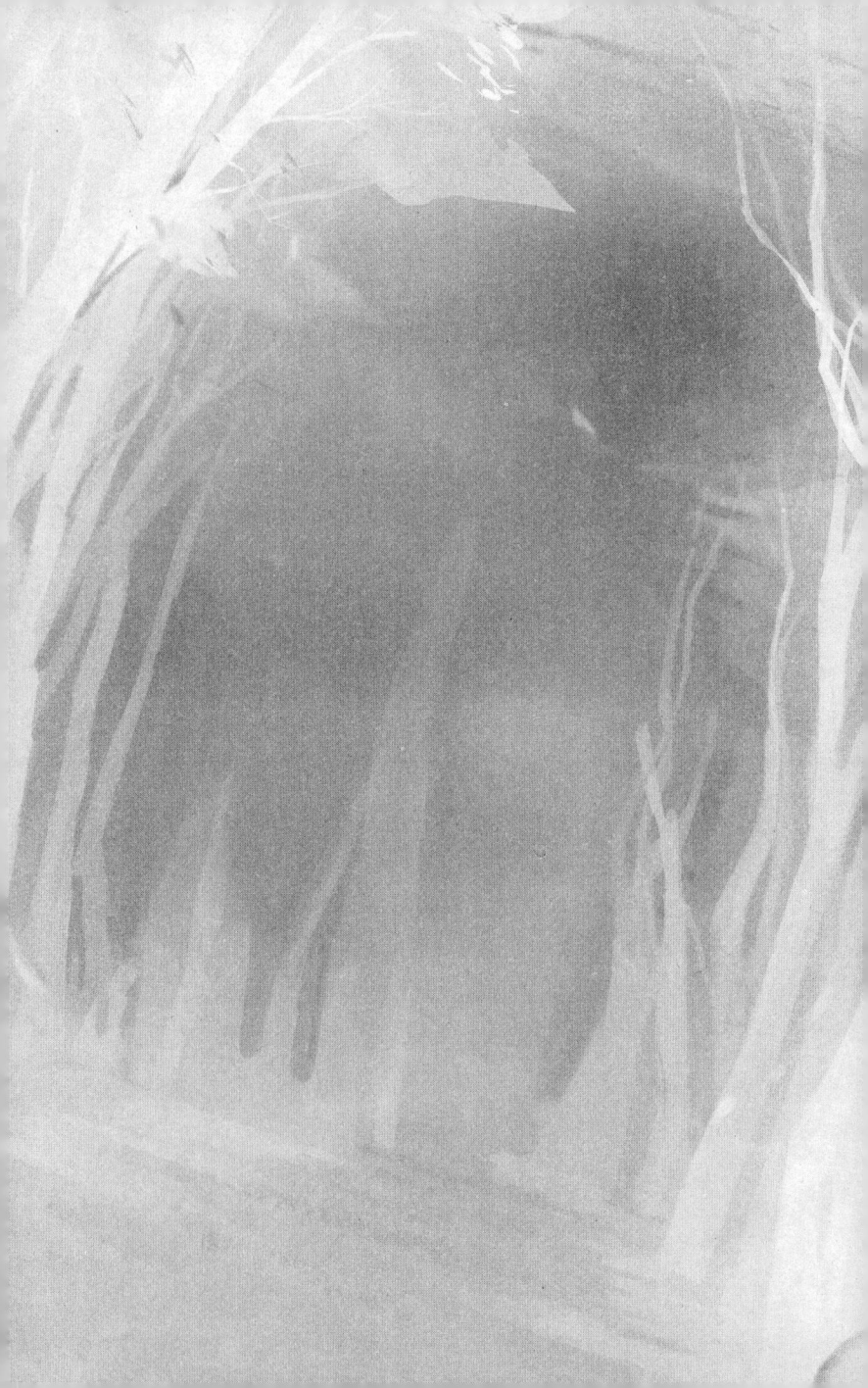

이하는 조용히 블랙 베스를 들어 올렸다. 그 모습을 블랙 베스가 바라보는 중이었다.
"큭큭, 유치해서 못 봐 주겠군."
"쉿. 집중 좀 하자."
정령왕—정령여왕들은 각자의 정령계로 돌아간 상태였고 이곳엔 이하와 알렌 스르나만이 남아 프레아를 기다리고 있었다.
그러나 이하는 이 시간을 낭비라고 생각하지 않았다.
"꺄르르륵, 얼른! 얼른!"
"지금."
투콰아아아————……!
호쾌한 총성이 무지개의 정령계에 울렸다. 음향은 전혀 반사되지 않고 그대로 옅어지며 사라졌다.

그리고 이하는 입술을 조금 깨물었다.

"틀렸어, 틀렸어."

"우리 왕께서 힘을 주었는데도 전~혀 사용하지 못하는구나~?"

이하의 양쪽 귀 옆에서, 어느덧 나타난 무지개의 정령들이 재잘거리고 있었기 때문이다.

"으이익! 다시! 다시 자리 잡아 봐요!"

이하는 파리를 내쫓듯 손을 저었다.

무지개의 정령들이 웃는 소리가 거슬리게 들린 것도 벌써 몇 시간이 넘었다.

"각인자여, 이 힘도 제대로 다루지 못한다면 너에게 가능성은 없다."

"그래서 익숙해지려고 이러고 있는 거잖아. 힘들긴 힘드네."

이하는 주저앉았다.

물론 이곳에 바닥은 없으니 앉는다는 말은 조금 다르겠으나, 이제는 정령계에도 어느 정도 적응했으므로 '앉았다는 느낌'은 받을 수 있었다.

'이 정도론 안 돼. 그나마 스킬다운 스킬은 무지개 쪽에서만 받았는데. 제기랄.'

이하가 이곳에서 시간 가는 줄 모르고 있을 수 있었던 것은 '흥정'의 결과물을 받았기 때문이다.

[감정] 계통 중 사랑, 용기, 희망, 믿음, 기쁨은 제각기 체력 증가, 근력 증가, 지능 증가, 민첩 증가, 정신력 증가의 조건부 버프를 걸어 주었다.

'조건은 이번 퀘스트가 클리어되기 전까지.'

즉, 이하가 자미엘을 처리하는 데에 그들도 힘을 보탠다는 의미나 마찬가지였다.

그 효과는 무려 각 해당 스탯 포인트의 1% 추가!

'고작 1%라고 할지 모르겠지만……'

획득한 업적이 많고 레벨이 높아 이미 각 스탯이 높은 유저에게 적용된다면?

'말도 안 되는 수치지.'

현재 받은 버프의 효과는 자미엘을 죽이고 퀘스트를 클리어하는 순간 사라질 것이다.

이하는 그 생각을 하며 웃고 있었다.

'이게 가능하다는 건, 퀘스트 보상으로 더 뜯어 낼 수도 있다는 거잖아?'

당연히 그렇게 둘 리는 없었.

[감정] 계통 정령왕 중 공포의 정령왕에게만 스탯 버프를 받지 못했는데, 그것은 이하가 이미 공포의 정령과 계약을 맺은 상태였기 때문이다.

[네 녀석이 계약을 맺은 언캐니의 공포를, 너에게 직접 둘러 주마. 너에게서 풍기는 모든 죽음과 공포에 대한 기운은 날

뛰는 야수조차 잠잠하게 만들 것이다.]

'적대적인 친밀도를 지닌 NPC에게 적용이라······.'

유저에게는 적용되지 않는 '효과형 버프' 형식의 설명과 효과는 다소 모호한 면이 있었다.

현재로써 이하가 기대할 만한 건 샤즈라시안의 경비원들이 이하를 보고도 모른 척하거나 도망갈 것이다, 라고 생각하는 정도였다.

'그리고 나머지 정령왕들은 해당 속성에 대한 저항력과 친밀도.'

불, 땅, 바람, 빛, 어둠, 전기, 눈과 얼음은 속성 버프였다.

해당 속성에 대한 저항력을 15% 증가시키고 해당 정령에 대한 친밀도를 10% 증가시키는 수준의 버프로, 이하에게 아주 크게 와닿을 정도의 것은 아니었다.

이 모든 것들 또한 조건부 버프였다.

자미엘이 사라지는 순간, 모든 버프는 소멸한다.

미들 어스는 사기급의 버프를 영구 지속적으로 적용되게끔 놔두지 않는다.

그러나 단 하나, 무지개의 정령은 달랐다.

'프레아처럼 신대륙 동부로 마구잡이 텔레포트를 할 수 있다거나 하면 좋았겠지만—.'

[프레아와 같은 능력을 줄 수는 없어요. 그러나····· 생명체가 아닌 것이라면, 당신에게도 나의 힘을 사용할 능력을 드리

죠. 제한된 거리 안에서, 당신은 나의 힘을 사용할 수 있을 거예요.]

무지개의 정령왕은 처음부터 선을 그으며 말했다. 그때를 떠올리면서도 이하의 표정은 전혀 흐트러지지 않았다.

오히려 웃음이 날 정도였다.

'유일하게 받은 액티브 스킬. 능력도 엄청 제한된 상태로 줬지만…….'

그것은 사용하기 나름이다.

〈무지개 다리〉

설명: 생명체는 건널 수 없는 무지개 다리 너머로, 물체를 보낼 수 있다.

효과: 500m 내 대상 물체의 위치 변경

마나: 3,000

지속 시간: 즉시

쿨타임: 2분

"으흐흐…… 흐흐흐흐……."

이 스킬만 제대로 사용할 수 있게 된다면 무서울 게 없다.

"꺄르르륵, 웃는 모습 봐!"

"역시 마魔 속성과 친해서 그런지, 웃는 모습도 영락없는 악마야!"

웃고 있던 이하의 귀에 무지개의 정령들의 목소리가 들려왔다.

블랙 베스가 이하의 곁에 서서 무지개의 정령들을 노려보았다. 재잘대던 무지개의 정령들의 모습이 삽시간에 사라졌다.

"어서 나의 이빨을 놈들에게 꽂아 넣어라, 각인자여."

"나도 그러고 싶어. 연습 상대까지 친절하게 해 주겠다고 할 때부터 알아봤어야 했는데."

이하가 몸을 일으켰다.

그가 이곳에서 연습하던 것은 무지개의 정령왕이 부여한 스킬을 사용해, 무지개의 정령을 저격하는 것이다.

'근데 맞지를 않는단 말이지.'

무지개의 정령들은 이곳에서 죽지 않는다.

그래서 이하 또한 진심을 다해 사격하고 있었으나 그들을 맞추는 것은 보통 어려운 일이 아니었다.

'아예 턱도 없이 빗나가니.'

당연히 그냥 쏘면 맞출 수 있다.

그들은 이하의 연습 상대가 되어 준다는 이유로, 격발 직전까지는 움직이지 않고 있었으므로 너무나 쉬운 타깃이나 마찬가지다.

"그냥 꽂아 넣어라. 집어삼키는 것은 나의 일이다."

"으으! 그럼 지는 것 같잖아! 기왕이면 스킬을 써서 맞춰야지! 그냥 맞추는 건 아무 소용도 없다고!"

무지개의 정령들이 까불거리는 건 이하로서도 참기 힘든 일이었지만 블랙 베스에게는 더욱 힘든 일이었다.

 람화연의 얼굴을 하고 엘리자베스의 헤어스타일을 한 블랙 베스가 투덜거렸다.

 "알렌 스르나 님!"

 [어, 아아! 프레아가 깨어나려면 앞으로—그러니까, 3시간?]

 "휘유…… 알겠습니다."

 2분 쿨타임의 스킬을 90번 연습할 수 있다는 뜻.

 프레아가 깨어나기 전까지 이하는 어떻게든 스킬 사용에 숙달되겠다고 다짐했다.

 쩌적—쩌저저적…….

 거대한 알에서 금이 가는 소리가 들려왔다. 알렌 스르나는 화색 가득한 얼굴로 알을 바라보고 있었다.

 [깨어나는구나, 드디어! 나도 이랬으려나?]

 흥분을 감추지 못하는 생명의 정령왕을 보며 이하는 잠시 당황했다.

 "나도 이랬다? 어—지금까지의 대화로 보아 알렌 스르나 님도 이런 일을 겪으셨다는 건 충분히 알 수 있었지만…… 설마 지금 프레아 씨가 알렌 스르나 님과 같은 상태가 되는 건가요?"

[하핫, 당연하지! 모든 정령과 계약을 맺은 자만이 그다음 단계로 나아갈 수 있으니까!]

"세상에! 프레아 씨가 정령이 되는 거라고요? 어라? 아니, 그건 아무래도 이상한데—."

유저가 정령이 된다?

NPC와 밀접한 관계가 되는 상황은 얼마든지 발생할 수 있지만 유저 그 자체가 NPC화되어 버리는 경우가 있었던가?

이하는 아찔한 느낌을 받으며 여러 가지 경우를 생각해 보았으나, 정작 말을 꺼낸 알렌 스르나는 '무슨 소리를 하냐'는 얼굴이었다.

[정령이 되는 건 아니야.]

"네? 알렌 스르나 님과 같은 상태가 된다고—."

[그 자신이 정령이 되기 위해선 모든 정령왕의 동의가 있어야 해. 즉, 모든 속성 정령의 정령왕과 계약을 할 정도가 되어야 한다는 거지.]

"아……."

프레아는 19가지 속성에 더해, 스무 번째의 알렌 스르나와 계약하며 '모든 속성'과 연을 맺었다.

그러나 속성의 수가 충족되었을 뿐, 아직 질적 수준까지는 도달하지 못했다는 의미다.

'설령 프레아 씨가 정령이 된다 하더라도 그건 꽤 먼 후의

이야기가 되려나?'

적어도 4개 속성의 정령왕과 계약한 것은 추측할 수 있다.

거기에 더해, [현상]이라 할 수 있는 빛 또는 전기까지도 정령왕급과 계약을 했을 가능성이 있다.

즉, 미들 어스에서 가장 뛰어난 정령사가 현시점에서 고작 6개라는 의미다.

'[감정]에 속하는—밝은 감정에 속하는 다섯 가지는 불과 얼마 전에 알게 되었다고 했으니까⋯⋯.'

기껏해야 중급 또는 상급일 것이다.

그것만 해도 일반 정령사는 따라올 수조차 없는 능력을 발휘하겠지만, 정령사를 뛰어넘어 정령이 되어 버린 알렌 스르나처럼 되기 위해선 제법 긴 시간이 필요하다는 결론이 나온다.

이하는 어렴풋한 미래를 그려 볼 수 있었다.

지금 프레아는 2차 전직을 끝마쳤을 것이다. 그리고 알렌 스르나 정도의 조건을 전부 갖추게 된다면, 그때 이루어질 일은⋯⋯.

'3차 전직? 어쨌든 이 변화는 단순 2차 전직 수준이 아니라, 미들 어스 초유의 [종족 변경]이라는 옵션이 붙은 희귀한 2차 전직용 직업이라는 건 분명하군.'

같은 2차 전직이라도 분명 희귀도나 달성 난이도에 따른 직업적 차이가 있을 것이다.

그런 관점에서 볼 때, 현재의 프레아가 얻게 될 2차 전직 직업이야말로 미들 어스 전체를 통틀어 가장 3차 전직 또는 그 이상의 변화에 가깝다는 게 이하의 예상이었다.

쩌저적—쩌저저적—!

"드디어—."

[깨어나라, 프레아.]

외부에서의 힘은 필요치 않았다.

마침내 프레아는 스스로의 힘으로 알을 깨 냈다.

알 속에서 새어 나오는 빛 때문에 프레아의 모습은 실루엣으로만 보였다.

"후우……. 미안해요. 너무 오래 기다리게 했네요."

그러나 빛이 사라지기 시작했을 때에도, 프레아의 모습은 실루엣으로만 보였다.

마침내 모든 빛이 사라지고 평소와 다름없는 무지개의 정령계가 되었음에도, 이하는 프레아의 모습을 제대로 인지하기 어려웠다.

"……프레아 씨?"

그녀는 이하의 앞으로 걸어왔다. 그제야 이하는 프레아의 모습을 볼 수 있었다.

눈을 끔뻑이는 이하를 보며 알렌 스르나가 웃었다.

[과연. 그런 건가.]

"뭐, 뭐가 어떻게 된 거죠?"

[프레아의 '속성'이 방향을 잡기 시작했다는 거지. 본격적으

로 꽃이 피기 시작했을 때는 또 다르겠지만…… 굉장히 흥미로워.]

알렌 스르나의 이야기를 듣자마자 이하는 프레아를 보았다.

어떤 속성이 발달된 거냐, 새롭게 생긴 스킬이 있느냐, 2차 전직의 직업 명칭은 무엇이냐.

이하는 질문하지 않았다.

질문하기 전에, 이미 프레아가 말을 꺼내기 시작했으니까.

"[속삭이는 그림자]……. 흐으응, 제가 그동안 남의 이야기를 듣고 다니는 걸 즐겨서 그런 걸까요? 헤헷, 어쩐지 낯부끄러운 이름이긴 하지만 즐겁네요. 새롭게 생긴 힘 또한―."

프레아는 한 손을 펼쳐 보였다.

그 순간 이하와 블랙 베스의 등 뒤에서 무언가 검은 것이 그녀의 손으로 빨려 들어갔다.

"어, 어어!?"

"―이런 거예요. 대상의 그림자를 흡수하여 활용할 수 있는 것. 그 반대의 경우도 가능하고 말이죠."

"말하자면―."

"아마도 그림자의 정령이 되려나아~?"

프레아는 부끄러워하면서도 진심으로 행복한 목소리였다.

이하는 스스럼없이 모든 것을 밝히는 그녀가 오히려 이상하게 느껴질 정도였다.

"하이하 씨."

"네, 네. 프레아 씨."

"제가 열심히 도울게요."

"응? 갑자기요?"

갑작스럽게 진지한 이야기에 이하는 어리둥절했다. 프레아는 고개만 끄덕였을 뿐 더 이상 아무런 말도 하지 않았다.

그러나 눈빛만으로 전해지는 감정이 있었으니, 그것은 압도적인 감사였다.

모든 것을 믿어 주고 이곳까지 따라와 준 유저에 대한 고마움.

자신의 행적과 행태 때문에 모두가 의심할 때에도 유일하게 믿어 주었던 것은 이하였고 프레아는 그 믿음에 대해 보답하겠다는 의미로 말을 한 것이다.

'……나도 받은 게 많은데. 비록 실패하긴 했지만—.'

이하는 어쩐지 민망해 머리를 긁적거렸다.

감동과 무안함과 진지함의 사이에서 먼저 입을 연 것은 이하나 프레아가 아니었다.

"큭큭, 각인자 또한 이곳에서 많은 걸 얻었으니 그런 말을 할 필요는 없다, 정령사여."

여성으로 변한 블랙 베스가 앞으로 나서며 프레아에게 말했다.

"브, 블랙! 네가 그렇게 말하면 안 되지! 그 말은 해도 내가 해야 하는 거 아냐?"

"괜한 말로 각인자의 날카로움을 무디게 만들어지는 걸 참을 수 없을 뿐이다."

"무슨—내가 그럴 사람도 아니지만—…… 어쨌든 블랙의 말이 맞긴 맞아요. 프레아 씨가 일방적으로 감사하실 필요는 없습니다. 저 또한 얻은 게 많으니까요."

이하는 프레아에게 악수를 청했다.

프레아도 웃으며 이하의 손을 맞잡았다. 알렌 스르나는 그저 흐뭇한 얼굴로 두 사람을 바라보고 있을 뿐이었다.

잠시 후, 그들은 블라우그룬의 레어에 나타나 있었다.

"하, 하이하 님! 드디어 오신 겁니까! 정령계는 어땠—거기, 정령사! 너의 기운이 많이 바뀌었음을 나는 알 수 있다. 어떻게 된 거지? 알렌 스르나를 만난 건가?"

이하와 프레아가 사라졌던 미들 어스의 그날부터 줄곧 레어를 떠나지 않았던 블라우그룬이 황급히 이것저것을 캐물어 왔다.

그러나 몰려오는 피로까지 전부 다 막을 수 있는 건 아니었다.

이하는 블라우그룬을 잠시 진정시킨 후, 우선 로그아웃부터 준비했다.

"하나도 빼먹지 않고 다 말해 줄 테니까 조금만 기다려요. 아! 프레아 씨는 이제 어떻게 하실 거죠?"

프레아는 이하와 블라우그룬이 티격태격하는 것을 바라보며 웃고 있었다.

여전히 그의 눈동자는 새하얀 흰자위만이 있었다.

그러나 가끔 이하가 고개를 돌렸을 때, 그녀의 눈동자를 포함하여 모든 신체가 새카맣게 변했다는 느낌을 받기도 했다.

물론 프레아에게 집중했을 무렵엔 평소와 다름이 없어, 조금쯤 기묘하다는 생각이 들 뿐이었다.

"저는 글쎄요, 별로 피곤하지가 않아서. 우리가 정령계에 있었던 사이 얼마나 재미있는 일들이 많이 벌어졌는지 좀 알아봐야겠어요."

"그래요, 그럼. 다음에…… 아니, 조만간. 다시 만나죠."

에얼쾨니히가 이 땅에 다가올 때쯤 프레아의 힘은 분명히 도움이 될 것이다.

프레아는 고개를 끄덕이며 블라우그룬의 레어에서 빠져나갔다.

무지개의 정령의 힘을 사용한 그녀의 텔레포트를 보며 블라우그룬은 다시 한 번 감탄했다.

"일부러 들어왔을 때보다 공간 결계를 강하게 쳐 놨는데 저리 쉽게……."

일반 어덜트 드래곤보다 훨씬 섬세한 마나 운용을 할 수 있는 블라우그룬이 막을 수 없는 공간 이동.

이하는 그런 프레아가 절대적으로 자신을 믿어 준다는 점에서 큰 힘을 얻었다.

"그럼 나중에 봐요, 블라우그룬 씨. 다시 돌아왔을 때, 정령계의 이야기뿐만 아니라 재미있는 것도 보여 줄게요."

"예, 하이하 님. 기다리고 있겠습니다."

이하는 블라우그룬과 헤어졌다.

미들 어스 접속기에서 빠져나오자마자 이하가 향한 곳은 침대였다.

녹초가 된 몸을 이불 속에 파묻으면서도 히죽히죽 웃음이 날 수밖에 없었다.

"휴우…… 나도 일단 1단계는 통과한 건가."

블랙 베스가 말한 대로, 이하 또한 정령계에서 시간만 죽인 건 아니었으니까.

'조금 더 정밀하게. 다듬기만 하면 가능할 거야. 바로 그 다듬는다는 작업이 지루하고 힘든 게 되겠지만…….'

한 번의 성공으로 들떠선 안 된다.

그것을 밥 먹듯이 해치우기 위해서 필요한 일이 무엇인가. 이하는 알고 있었다. 이미 숱하게 해 온 일이기 때문이었다.

'요행 따위는 바라지 않아. 숙달을 위해서 필요한 건 오직 반복뿐이다.'

지루하기 때문에 모두가 기피하는 기초의 반복.

그러나 뚜렷한 목적이 있는 이하에게는 그저 재미있는 일일 따름이었다.

"다 죽었어…… 이제—나도……."
이하는 잠들기 직전까지도 미소 진 표정, 그대로였다.

"흐아아암……."
이하는 입이 찢어져라 하품하며 컴퓨터부터 켰다. 피곤함은 여전히 남아 있었으나 도저히 더 잠을 이룰 수 없었다.
'해야 할 일이 산더미인데 자고 있을 수는 없지.'
자미엘을 죽여야 한다.
물론 그러기 위해선 카일을 찾아야 한다.
카일은 치요와 함께 있다.
치요는 마왕군에게서 벗어났다.
그럼 현재, 그녀는 어디에 있는가?
불리해진 정황을 그녀가 모를 리 없고, 미들 어스 내부의 힘만으로 해결이 불가능해졌다면 반드시 외부의 인력 수혈을 통해 그 일을 해결하려 할 것이다.
'그것의 가장 좋은 방법은 역시 커뮤니티 활용이지.'
언젠가 뱀파이어 유저들을 늘리기 위해 활용했던 것처럼 또 어떤 방법을 쓰지 않았을까.
다른 모두가 떠나도 '시노비구미'와 사스케만큼은 치요를 떠나지 않을 것이란 걸 이하도 알고 있었으므로, 접선책은 분명 그들이 될 것이다.

'사스케는 속여 넘기기 어렵지만 다른 시노비구미 유저들의 뒤를 밟을 수 있다면 치요도…… 음?'

그들을 쫓기 위한 방안을 떠올리던 이하의 눈에 무언가가 들어왔다.

〈제목: 이걸 어떻게 잡냐. 크기가 가늠도 안 대는디 ㅋㅋ;;〉
〈제목: ㄴre: 그래서 못 잡고 째는 중인 듯〉
〈제목: ㄴre: ㄴre: 이 스샷은 거의 영화 수준 아니냐ㅋㅋ〉
〈제목: [그동안 미들 어스를 이용해 주셔서 감사합니다.]〉
〈제목: 아 ㅎㅎ;; 나랑 마왕군 ㄱ할 사람?〉
〈제목: ㄴre: 이미 늦었음. 안 받아 줄걸〉
〈제목: ㄴre: ㄴre: 치요 쪽에 붙어도 어케 안 댈라나?〉
〈제목: ㄴre: ㄴre: ㄴre: 거긴 이미 망했지 ㅋㅋ〉

커뮤니티의 최신 게시글들은 공통된 화제를 거론하고 있었다.

커다란 이벤트 수준이 아니고서야 이 정도로 모든 유저의 이목을 집중시키는 일은 없다.

'설마…….'

이하는 황급히 가장 위의 게시글을 클릭했다. 올라온 것은 약 2시간 전.

"뭐야—미친!"

보자마자 욕지거리부터 나오는 게시글의 내용은 몇 장의 스크린 샷이었다.

조그마한 보트에는 네 명의 유저가 쫓기는 얼굴을 하고 있었다.

보트의 선미船尾로 추정되는 곳 너머에서, '거대 곰치' 이상의 크기를 지닌 해양 괴수들이 그것을 따라오고 있었다.

다만 그 수와 종류는 이하가 알고 있는 정보와 꽤나 다르다는 게 특별한 점이었다.

그 외의 스크린 샷에서도 흉포한 몬스터들은 눈에 띄었다.

하늘에서부터 그 크기를 가늠할 수 없는 수십 종류의 맹금류는 또 어떠한가.

단순히 '큰 새'가 아니라, 누가 봐도 '몬스터'라는 걸 알 수 있을 정도로 외형까지 변해 버린 그것들은 작은 보트를 낚아챌 것만 같았다.

이하는 마른침을 삼키며 자신도 모르게 보트 위의 네 사람의 이름을 읊조렸다.

"루거…… 페르낭 씨, 루비니 씨 그리고—람화정 씨."

몇몇 스크린 샷에서는 해안선이 보였다.

여기가 에리카 대륙 인근의 해안이라는 건 충분히 유추할 수 있는 사실이었다.

'갔구나. 내가 정령계에 있는 사이에 벌써—.'

그들은 에리카 대륙에 도착했다. 이하는 섬뜩한 기분이 들었다.

텔레포트도 불가능한 그곳에, 배를 타고 간 그들이 이렇게 쫓기고 있다면?

이하는 당장 그들의 생존 여부에 관한 글부터 검색했다.

〈제목: 랭커들도 불쌍하긴 하네 ㅋㅋ 사지로 내몰리는 거 보니까〉

〈제목: ㄴre: 텔레포트 하면 되자늠〉

〈제목: ㄴre: ㄴre: 저기 텔포 안 댐. 스샷 봐도 도망치는 건 불가능이고〉

〈제목: ㄴre: ㄴre: ㄴre: 노블레스 오블리주 쩌네ㅌㅋㅋ 묵념〉

랭커 또는 랭커급 유저들이 언제나 이벤트를 '독식'한다고 생각한 유저들도 많았으나, 이번 스크린 샷의 공개로 그러한 여론은 상당히 줄어든 상태였다.

단순히 이익만 얻는 게 아니라, 이익을 얻기까지의 고생과 책임 또한 그들이 지고 있다는 걸 알았기 때문이다.

'하지만 그 책임이 죽음이라면 너무 뼈아프다. 다른 유저들도 마찬가지지만 루거는 특히—.'

죽었을 때 어떤 페널티가 있는지 알 수 없다.

〈코발트블루 파이톤〉뿐만 아니라 [관통]으로서, '공간'에 관한 과제를 클리어한 그가 사망한다면, 혹여 다른 페널티가 있는 것은 아닐까.

〈제목: 에즈웬에 멀쩡히 돌아왔다는 말은 뭐임?〉
〈제목: ㄴre: 떠나기 전에 봤다는 말 아닌가?〉
〈제목: ㄴre: ㄴre: ㄹㅇ 저걸 어케 사냐고 아 ㅋㅋ;;〉
〈제목: ㄴre: ㄴre: ㄴre: 노노. 이제 80일 후에 온다는 말까지 했음〉

"음?"

그러던 이하의 눈에 다른 글이 보였다. 이하는 당장 그것을 클릭했다.

〈제목: ㄴre: ㄴre: ㄴre: 노노. 이제 80일 후에 온다는 말까지 했음〉
내 친구가 교황청 근위 팔라딘 소속이라 들었다고 함 ㅋㅋ
마왕군 로페 침공 앞으로 80일 전후? 어쩌고라고 했음.
가기 전이었으면 알 수가 없지 이런 건 ㅋㅋ ㅇㅈ?

"80일!?"

해당 답변에도 무수히 많은 댓글이 달려 있었다.

교황청 근위 팔라딘 인증 샷을 올리라는 것부터, 글의 진위를 의심하는 온갖 말이 붙어 있었지만 이하는 알 수 있었다.

'그동안 마왕군의 행태를 보자면……'

향후 80일 전후의 기간.

패턴 자체는 유사하다고 볼 수 있지 않은가.

에리카 대륙에서 총퇴각한 이후, 이하 자신이 정령계에서 소비한 시간과 취침 등으로 날린 시간 등을 다 더하면 최초의 침략 카운트다운은 대략 100일 전후로 시작되었을 것이다.

"후우…… 일단 이 정도 정보를 들고 온 거면 죽지 않은 게 맞긴 맞나 본데. 남은 건 확실한 일자를 확인하는 것뿐이겠군."

마왕군의 로페 침공에 대한 정보는 어떻게 캐냈을까.

마왕군 유저를 납치해서 알아낸 걸까? 아니면 마왕의 조각을 구슬려서?

이미 〈신성 연합〉의 참모진이 어느 정도 분석을 마쳤겠으나 이하는 제 귀로도 직접 듣고 싶었다.

'무엇보다…… 이 정도 정보를 얻고 무사히 돌아왔다는 게 대단해.'

죽기 직전 귓속말을 통해 전하는 것으로도 충분한 성과라고 인정할 만 한데, 네 명이 모두 죽지 않고 돌아올 수 있었던 방법은 무엇일까.

하물며 페르낭이나 루비니가 직접 전투 요원이 아니라는

걸 생각하면 루거와 람화정 두 사람이 이 모든 걸 해냈다는 의미이지 않은가.

"들어가면 루거 놈, 또 시끌벅적하겠군."

불만스럽게 말했으나 이하의 입가엔 미소가 걸려 있었다.

이제 남은 건 마왕군에 관한 소식에 대해 더 자세히 들어 보는 것뿐이다.

'그러면 우선—.'

이하는 컴퓨터를 끄고 미들 어스 접속기로 향했다.

인터넷 커뮤니티에서 얻는 것보다 미들 어스 내에서 얻는 정보의 수준이 훨씬 높으므로 빠르게 접속하는 게 당연한 일이었다.

그러나 불현듯 느껴지는 위화감이 있었다.

미들 어스 접속기에 누운 이하의 머릿속에 떠오른 것은 최초로 보았던 스크린 샷이었다.

네 명의 유저가 작은 배를 타고 온갖 거대 몬스터들을 회피하며 도망가는 모습.

루거와 루비니, 페르낭 그리고…….

'얼라리?'

람화정?

그 순간, 이하에게 의문이 들었다.

'어떻게 네 사람이 한 컷에 들어와 있지? 하물며 람화정은—.'

스크린 샷 방지 스크롤을 끊이지 않고 사용하는 유저가 아닌가.

 자신이 노출되는 걸 극도로 혐오하는 람화정의 모습이 보였다고?

 '게다가 스크린 샷이라면 어쨌든 해당 모습을 담는 유저의 시점이다. 네 사람이 한 컷에 들어온다는 게 말이 안 되는데.'

 위이이잉―.

 미들 어스 접속기가 구동되기 시작했다.

 이하가 생각할 수 있는 것은 하나뿐이었다.

 배에는 네 사람이 있다. 그들은 분명 놀란 얼굴이었고, 당황한 표정이었다.

 그것이 단지 몬스터에만 의한 게 아니었다면?

 '스크린 샷을 찍은…… 다섯 번째 사람―.'

 슉.

 이하는 미들 어스에 접속했다.

 이하는 웅웅거리는 머리를 부여잡고 곧장 에즈웬 교국으로 향했다.

 교황청 입구의 경비병들이 이하를 향해 경례를 하는 와중에도, 이하는 그들의 목소리를 알아듣기 힘들었다.

―다, 다 왔어! 이제 다 왔다고! 다들 그만!

도대체 몇 사람이 귓속말을 하는 것인가.

신대륙으로 떠났던 네 사람은 물론, 람화연에 라르크, 신나라, 블라우그룬까지도 모두 이하에게 귓속말을 하는 통에 도저히 주변의 소리에 집중할 수가 없었던 것이다.

이하는 귓속말로 안내받은 교황청 내부의 〈신성 연합〉 회의실로 곧장 향했다.

로페 대륙으로 이동한 이후부터 줄곧 〈신성 연합〉의 작전 수립 등이 이루어지고 있는, 사실상의 본부나 마찬가지인 공간이있다.

"망할 자식이, 어디에서 뭘 했기에 이제 기어들어 오는 거지?"

"으으, 봐주라, 좀. 비슷한 설명만 열두 번도 더 한 것 같은데―."

"어지러운 건 알겠지만, 중요한 순간에 하이하 씨가 자리를 비운 거니까 감당해야 할 일이라 생각하시고! 얼른 브리핑 자료부터 보시죠."

라르크는 루거와 이하가 투덕거릴 틈도 주지 않았다. 그는 곧장 정리된 서류를 이하에게 건네주었다.

몇 장의 서류에 빼곡하게 분석되어 있는 자료들을 보며 이하는 감탄했다.

"이건……."

"신대륙 수색 팀이 마주쳤던 몬스터들의 특징과 공격 패턴 그리고 추정 레벨에 관한 자료들이야. 유사한 느낌의 로페 대륙 몬스터들이 무엇이 있는지, 그 비교 대상 군도 적어 놓은 거고."

람화연은 다소 사무적으로 말했다.

이하의 옆자리도 아니고 저 멀리 떨어진 의자에 앉은 그녀는 이하를 흘끗 바라본 후 곧장 시선을 회피했다.

'내가 뭘 잘못했나……?'

차가운 그녀의 태도에 이하는 곰곰이 생각을 해 봤으나 당장 생각나는 건 없었다.

무엇보다 지금은 그런 게 아니라 서류부터 살펴봐야만 했다.

분량은 몇 페이지 되지 않았으나, 안에 정리된 내용은 상당했다.

람화연은 실제로 그들이 가져온 로 데이터Raw data를 입수하기 무섭게, 그것에 대한 분류/정리를 시작했고, 단순히 길드 화홍의 실력뿐만 아니라 사용할 수 있는 모든 인원들을 동원하여 지금 막 작업을 끝냈던 것이다.

"후우…… 하핫, 데이터의 양도 양이지만 48시간 안에 이렇게 빨리 정리한다는 게, 쉬운 일은 아니었죠. 비교 대상 몬스터들까지 찾아내기 위해 정말 온 대륙을 텔레포트하며 돌아다녔으니까요."

그중 한 사람은 물론 혜인이었다.

빠른 정리를 위해 그의 두뇌와 공간 이동 능력은 필수였으므로 당연한 일이었다.

이하는 새삼 〈신성 연합〉의 능력에 감탄하며 서류를 살폈다.

가장 먼저 눈에 들어온 것은 로페 대륙과 에리카 대륙 간 이동에 관한 부분이었다.

'크라벤의 쾌속정으로 꼬박 6일, 파우스트가 만드는 언데드 선박은 본 쾌속정보다 속도가 느렸으나 7일 이내에 에리카 대륙에서 로페 대륙 해안선까지 도착하기에는 무리가 없다……'

파우스트의 언데드 선박이라는 표현에는 굳이 다른 설명이 필요치 않았다.

이미 이하도 그와 유사한 것을 본 적이 있었으니까.

"피로트-코크리, 그거지? 조립식 어쩌고 하던거?"

"맞아. 루거 씨와 화정이가 엄청난 숫자를 날렸다곤 하지만—에리카 대륙에서 피로트-코크리가 만들고 있는 것도 있었어. 파우스트가 만든 건 단순히 연습용…… 아니, 연습을 겸한—."

"뼈. 수집."

람화정이 간단히 거들었다.

조립식 언데드를 더욱 다양하게 활용하기 위해선, 근본적인 물질이 필요하다.

스킬을 사용해 덜컥 생산해 낼 수 없는 것, 뼈.

파우스트는 부표 인근의 몬스터를 비롯하여 온갖 해양 생명체를 죽여 그곳에서 뼈를 구해 내고 있었으리라.

"그래서—어라? 잠깐. 6일? 크라벤 쾌속정으로 6일? 근데 어떻게—."

이하는 다시 한 번 서류를 살폈다.

서류 속에는 페르낭이 여정의 상세 기록을 남겨 놓은 게 정리된 부분도 있었다. 출발 일자와 부표를 지날 때의 날짜 그리고 에리카 대륙에 도착했을 때의 날짜까지.

그게 미들 어스 시간으로 고작 '이틀' 전이지 않은가.

"로페 대륙으로 돌아온 건……."

가는 데 6일이 걸렸다면 오는 데도 6일이 걸려야 한다. 거기에, 지금 이 서류가 만들어지기까지 48시간이 걸렸다.

14일이 걸려야 할 일에 8일이 소요되었다?

"텔레포트?"

그것을 가능케 만들 수 있는 유일한 방법은 텔레포트밖에 없다.

그러나 〈마나 중계탑〉이 없는 지금, 에리카 대륙에서 로페 대륙까지 순간 이동을 할 수는 없다.

"쳇."

루거는 자신이 말하지 않겠다는 듯 고개를 돌렸다.

자존심 강한 전투 요원들의 태도로 말미암아 이하는 대략적으로 상황을 그려 볼 수 있었다.

"누군가가 있었군. 아마도…… 커뮤니티에 그 스크린 샷을 올린 사람, 아니, 그 스크린 샷을 '찍은' 사람."

"죽일. 거야."

이미 그 사실을 전해들은 람화정의 눈이 매섭게 빛났다.

곁에 있던 람화연이 어깨를 으쓱이며 이하에게 말했다.

"뭐, 하이하 당신이 '자리를 비우는 사이'였기 때문에 이번 작전에 참가시키지 못했지만—한편으로는 다행이었지."

람화연은 이하가 어디서 무얼 했는지 이미 다 알고 있었다.

이하가 길게 설명치 않아도 블라우그룬에게 이야기를 전해 들은 데다, '또 다른 입'이 이하의 현황을 전해 주었기 때문이다.

이하의 눈이 휘둥그레지기 시작했다.

람화연의 말, 람화정의 반응, 무엇보다 〈텔레포트가 불가능한 지역〉으로 텔레포트했던 경력.

이 모든 것을 종합한다면…….

"설마!?"

"흥, 날 찾아와서 물었어."

"으, 응? 화연이 너한테? 뭐라고?"

신대륙 수색 팀 유저들을 바라보던 이하에게, 람화연이 툭 던지듯 말했다.

이하는 조심스럽게 물었다.

샐쭉한 표정을 짓고 있는 람화연은 이하를 흘겨보았다. 줄

곧 차가웠던 태도가 무엇인지, 마침내 이하는 알 수 있었다.

"하이하를 돕고 싶다고. 어떻게 하는 게 가장 좋은 방법이겠냐고. 프레아의 그런 얼굴은 처음 봤어."

이하와 함께 정령계에서 돌아온 정령사.

2차 전직을 마친 프레아가 람화연이 긴장(?)할 만한 말을 했기 때문이다. 이하는 뜨억 한 반응이었다.

'저, 정령계에서 어쨌든―알 속에 갇혀 있었으니 덜 피곤하다는 말은 했지만―.'

로그아웃도 안 하고, 그대로 교황청으로 달려와 람화연에게 그런 말을 했단 말인가!?

게다가 단순히 말로만 한 게 아니다!

프레아는 2차 전직을 마치며 분명히 수준이 올랐을 것이고, 바로 그 높아진 수준을 완벽하게 활용해 결과를 만들어 낸 게 아닌가!

"그때, 프레아 님이 나타나지 않으셨다면 저희는 모두 죽었겠지요."

"그래도 배를 건질 수 없던 건 아쉬웠지만 말이죠. 하핫, 이거야, 원. 에즈웬의 사자로 크라벤에 가서 또 사정사정할 일이 생겼습니다. 하긴, 죽는 것보다 훨씬 낫지만요."

루비니와 페르낭이 말했다.

그제야 입을 다물고 있던 루거도 천천히 몸을 돌려 이하 쪽을 바라보았다.

"그럼에도 우리는 한 방 먹이지 못했어."
"응? 무슨 말이야?"
"네놈, 밖에서 우리 소식을 얼추 듣고 온 게 아니었나?"
"그렇긴 한데―뭘 한 방 먹이지―…… 아!?"

루거가 아쉬움과 분노를 동시에 내비치고 있는 이유가 무엇인가. 그들이 마왕군의 로페 대륙 침공 소식을 어떻게 들었던 것인가.

람화정이 그의 말을 이었다.

"마왕. 나왔어. 몬스터. 강해졌어."

그들은 에리카 대륙의 해안가에서 그를 만났다.

"빌어먹을, 또 온다! 막내! 자리 교체!"

루거는 곧장 람화정을 불렀다.

"그렇게. 부르지. 마."

사색이 된 루비니는 황급히 람화정의 자리로 이동해 운전대를 잡았다.

람화정은 익숙하다는 듯 루비니에게 마나 주입 수정구의 자리를 넘기곤 곧장 루거의 곁에 섰다.

"시끄럽다, 젠장! 안대녀의 지도에도 제대로 걸리지 않는 몬스터라니!"

루거는 〈코발트블루 파이톤〉의 포구를 하늘로 향했다.

벌써 캐스팅을 시작한 람화정의 손끝은 선미의 바다로 향한 상태였다.

푸솨아아아악—!

바다 속에서 거대한 무언가가 튀어나왔다는 것을 인지했을 때, 쾌속정 전부를 가릴 정도의 그림자가 하늘에서도 다가오는 중이었다.

"끼예에에에에에에……!"

"양쪽으로 지랄이야!"

투콰아아아————……!

"〈아이스 에이지〉."

머리가 둘 달린 괴조의 한쪽 목이 뜯겨 나갔음에도 그것은 비행을 멈추지 않았다.

다시 상공으로 날아오르는 몬스터를 보며 루거는 이를 악물었다.

'가슴팍을 노린 거였는데, 그 와중에도 비행 기동을 한 건가? 저 덩치에…….'

머리가 두 개 달린 몬스터는 하나의 머리를 파괴한다 하여 죽지 않는다.

이미 투 헤드 오우거 등을 통하여 겪어 봤기에 루거 또한 처음부터 다른 약점인 심장을 노린 것이었건만.

크기답지 않은 민첩함을 지닌 비행형 몬스터는 루거에게도 상대하기 까다로운 존재였다.

하물며 바다는 어떠한가.

"3, 2, 1."

람화정은 숫자를 세었다. 그 순간, 쾌속정의 뒤로 새하얗게 얼어 있던 바다 표면이 깨졌다.

"무오오오오오……!"

"추정 레벨. 305."

"……네 스킬을 몇 초 만에 깨는지를 따져 가며 몬스터의 레벨을 추측하는 거냐."

루거의 말에 람화정은 고개를 끄덕였다.

레벨 305에 달하는 몬스터라면 로페 대륙은 물론 에리카 대륙의 필드 보스급이라고 봐도 좋을 정도다.

'그런 게 몇십 마리나……. 이 정도 수준의 쾌속정이 아니라면 바다를 통한 접근은 불가능할 거다.'

이름도 알 수 없는 몬스터는 바다 곳곳에서 대가리를 들이밀며 튀어나왔다.

루비니 곁에서 뒤를 살피던 페르낭은 고개를 끄덕이며 말했다.

"바다에서 튀어나오지만 포유류에 가까워요. 아까 그건 고래였고, 이번에는 바다코끼리가 베이스인가? 호흡을 하기 위해 나오고 있어요. 물속에서의 직접적인 공격보다는, 해수면으로 올라올 때의 충격파가 가장 위협적인 공격 패턴일 겁니다."

 람화정은 몬스터의 레벨대를 추측하고, 페르낭은 몬스터의 종류에 대해 추측한다.

 각자의 장기를 살린 분석은 분명 〈신성 연합〉의 데이터 수집에 큰 도움이 되겠지만 당장의 루거에게는 그런 것보다 '한 번의 공격'이 더 중요하게 느껴졌다.

 '바다코끼리인지, 나발인지 얼핏 보인 것만 7마리다. 바닷속에도 그와 유사한 숫자가 뒤를 따르고 있다고 생각하는 게 좋을 거야. 아니, 만약 이 바다 전체에 깔려 있다고 한다면 그 수는 백 단위, 천 단위를 넘을지도 모른다.'

 딱 한 방만 스쳐도 쾌속정을 산산조각 낼 수 있는 몬스터가 약 15마리. 거기에 하늘에도 있다.

 거뭇거뭇한 점처럼 보이는 그림자는 이미 12개로 늘어났다.

 괴조 또한 기다란 꼬리와 몸통의 형태가 다를 뿐, 날개 길이와 단순 크기로만 따지자면 드래곤급이므로 양 발톱을 사용해 쾌속정을 통째로 붙잡을 수도 있다.

 즉, 당장 직면한 서른 개 가까운 위협에서 단 한 번의 견제만 실패해도 쾌속정은 사용 불능이 된다.

 "안대녀!"

 "죄, 죄송해요. 지금의 저는 몬스터의 개체 수까지 파악하기가—."

 "그건 됐어! 에리카 대륙의 해안선을 빨리 찾아내는 게 중요하니까! 어차피 몬스터 따위는 내 눈으로 확인하면 된다. 괜한 걱정 말고 일에 집중해!"

"알겠어요. 우리가 '녀석들'을 피해 움직이고 있다지만, 앞으로 24시간 안에는 반드시 도착할 거예요."

"으음."

루거는 고개를 끄덕이며 곧장 포탄을 토해 냈다.

포탄을 가볍게 피하는 괴조들의 사이에서, 새빨간 폭염이 타올랐다.

"끼예에에에에에엑—!"

루거는 괴조의 비명을 들으며 만족스럽게 웃었다.

부표를 지나자마자 바다와 상공에서 등장하는 온갖 종류의 몬스터들을 마주쳐 왔다.

전투로 뚫고 나오기에는 몬스터의 수가 너무나 많았기에, 그들은 어쩔 수 없이 몬스터들을 최대한 피하는 방향으로 항행을 해 올 수밖에 없었다.

그럼에도 당초의 도착 예정 일자와 거의 변함이 없다는 것은?

"역시 안대녀의 실력은 보통이 아니야."

"저, 저는 아무것도……. 몬스터들이 지도에 포착되지 않고 있으니, 한 일도 없는 걸요."

"지금 칭찬은 저를 지칭한 거라 생각하겠습니다! '길잡이'는 저니까요!"

"아니. 인간 나침반, 네놈은 아니다. 안대녀 덕분인 거지."

실제로 페르낭의 수준급 능력이 아니었다면 불가능했겠으나 루거는 그에 대해서는 한마디도 하지 않았다.

루비니는 괜스레 민망하여 조종에 집중했다.

람화정은 어른(?)들이 유치하게 굴건 말건, 그 와중에도 람화연에게 계속해서 연락을 하는 중이었다.

부표를 지나며 에리카 대륙으로 근접할수록 몬스터들의 등장 빈도가 높아졌다는 점.

에리카 대륙으로 가까이 다가갈수록 몬스터들이 강해졌다는 점.

람화정이 몬스터들의 추정 레벨을 높게 부르고 루거 자신이 직접 몬스터들의 패턴과 강력함을 체험하고 있으므로 더욱 자세히 알 수 있다.

오히려 그렇기 때문에 람화정을 제외한 다른 유저들은 썰렁한 농담이나 잡담을 나누기도 하는 셈이었다.

약 21시간가량을 그들은 더 나아갔다.

그리고 22시간가량 항행한 시점에서 그들은 에리카 대륙을 시야 끄트머리에서 발견했다.

"거기서부터였다."

"뭐가?"

"쾌속정의 속도를 따라잡기 시작한 놈들이 나왔어."

루거의 말에 루비니가 움찔거렸다.

에즈웬 교국의 회의실에 있으면서도, 아직도 그 바다에 남아 있었던 공포의 경험이 그녀를 움츠러들게 만들고 있었다.

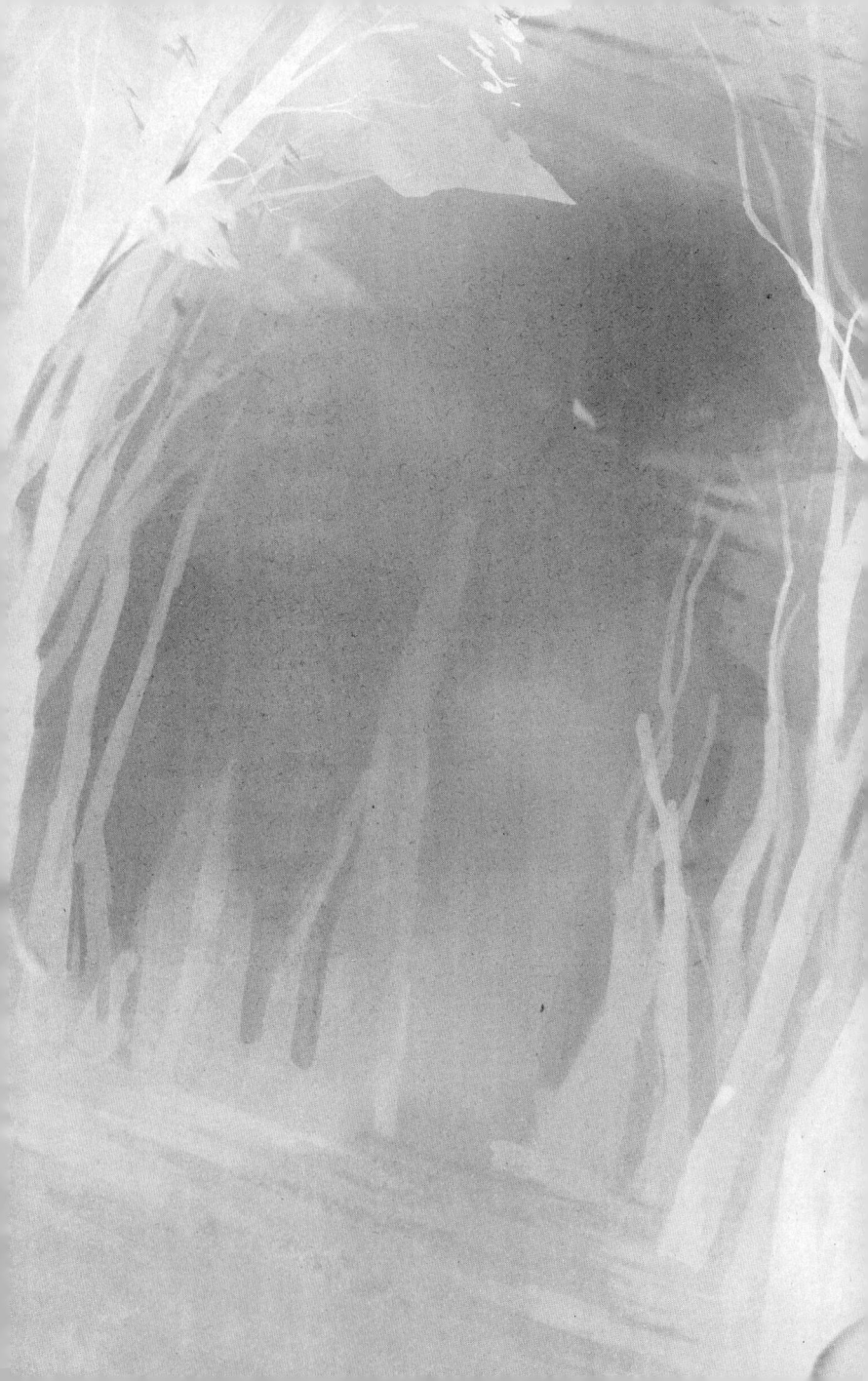

"하이하, 네 녀석이라도 일격에 죽이기는 힘들 정도의 수준이었다."

"즉사 포인트로도? 치명타는?"

"즉사 포인트? 네놈이 즉사 포인트를 발견하는 스킬을 보유하고 있다는 건 알아. 하지만—그걸 '계속해서' 쓸 수 있나? 당장 눈앞에 보이는 몬스터만 몇 백 마리라면? 심지어 그 몇 백 마리 모두 전신을 볼 수 없을 정도라면?"

루거는 간단하게 말했다. 이하는 입술을 깨물었다.

〈의지의 탄환〉은 관찰과 관계없이 즉사 포인트를 가격하는 스킬이다. 그러나 오직 한 발밖에 사용할 수 없다.

몬스터의 전신을 볼 수 없다면, 어디가 약점으로 추정되는지 분석조차 할 수 없지 않은가.

바닷속에 그 몸체를 상당 부분 숨기고 있는 해상 몬스터들은 물론, 하늘을 새까맣게 덮고 내려온다던 비행 몬스터들도 결코 만만하진 않을 것이다.

'모든 몬스터에게 〈커브 샷〉을 사용한다면야 가능하겠지. 하지만 MP가 턱없이 부족할 거야.'

〈다탄두탄〉의 압도적인 데미지로 누르는 것도 한두 번의 일이다.

하물며 비행 몬스터가 루거의 포탄을 피해 낼 정도로 빠르게 반응한다면, 〈다탄두탄〉의 화망 안에 몬스터들을 위치하게 만드는 작업도 꽤나 난이도가 높을 것이다.

"그것들은 제 홀로그램 지도에도 표시되지 않았어요. 표시된 건…… 다른 거였죠."

"다른 거라뇨?"

"휘유우, 바다랑 하늘만이 아니었습니다. 저도 보고도 믿겨지지가 않았지만—루비니 씨의 지도, 에리카 대륙의 해안선에는……."

페르낭이 몸을 부르르 떨며 말을 이었다.

이하는 뒤이어 들린 그들의 말을 들으며, 자신도 모르게 턱이 벌어지고야 말았다.

"수를 셀 수조차 없는 몬스터들이 있더군요. 몬스터들의 대략적인 수준을 '색깔'로 가늠해서 볼 수 있는 스킬이 있습니다만, 놈들 하나하나가 전부 로페 대륙의 필드 보스급이라고 봐도 좋을 정도였습니다."

"이곳으로 돌아와 제 스킬을 다시 복기해 보았을 때, 대략적으로 추정되는 수는 약 10만이었습니다. 지금쯤 더 불어났을 가능성도 있고요."

"아참, 저희 위치에서 직접 보이진 않았지만 지도상으로는 '새하얀 점'도 확인했습니다. 당연히 피로트-코크리가 직접 만든 '조립식 언데드', 아마도 선박이겠죠."

에리카 대륙보다는 전체적으로 약하지만, 로페 대륙의 필드 보스도 만만치 않게 강하다.

그런 수준이 10만 기에, 계속해서 증가한다면?

"그, 그런……."

"어차피 중요한 건 그런 찌끄러기가 아니다. 해안선에서 모자를 흔들며 웃고 있던 레도 아니지."

루거는 그때의 상황을 다시금 말해 주었다.

해안선에서 반갑게 웃고 있는 레는 유저들을 보며 어딘가를 가리켰었다.

바다의 몬스터도, 하늘의 몬스터도 그들을 더 이상 쫓지 않는다고 느꼈을 때, 그들은 자연스레 레가 가리킨 방향으로 시선을 향하게 되었다.

"마왕."

그곳엔 에얼쾨니히가 있었다.

"저희 모두 하이하 씨와 고대의 미들 어스 인던을 클리어했으므로, 다행히 상태 이상은 걸리지 않았습니다만—."

"공격은…… 루거 씨와 람화정 씨도 공격을 하진 못했어요. 아마도, 그의 반격 한 방에 우린 모두 죽었을 테니……."

페르낭과 루비니가 말했다.

루거는 이하와 마주치던 눈을 땅으로 떨구었다. 람화정도 시선을 회피하긴 마찬가지였다.

그들의 행동이 무엇을 뜻하는가.

반격을 걱정해서? 쾌속정이 파괴될까 봐?

'아니다. 루거의 이 행동…….'

미들 어스 최고의 '싸움닭'이라 해도 좋을 루거가, 에얼쾨니히의 앞에서는 투기를 드러낼 수 없었다는 의미다.

[여전히 호기심 많은 족속들이로군. 목숨을 내걸고서라도 알고자 하는가.]

공중에 떠 있는 절대자, 에얼쾨니히의 기에 짓눌렸으니까.

에얼쾨니히는 그들을 향해 손을 뻗은 상태였다.

그 끝에 모여드는 짙은 보라색의 기운이 그저 불길하게만 보이고 있었다.

그제야 루거와 람화정은 준비했다.

어차피 대화로 상대방을 알아 가는 타입이 아닌 두 사람인 데다, 선제공격은 못했지만 적이 자신을 죽이도록 내버려 두는 성격은 절대로 아니다.

"그렇다!"

"음? 나침반?"

만약 쾌속정에 루비니와 페르낭이 없었다면, 이들은 그대로 죽었을 것이다.

"우, 우리는―네 녀석들이 어떻게 이렇게 빠르게 병력을 만들어 냈는지…… 또 노리는 게 무엇인지 알아내기 위해 왔다!"

페르낭이 도박처럼 지른 악다구니에 에얼쾨니히의 앞에 모이던 보라색의 기운은 옅어지기 시작했다.

[그것을 알아내 무엇을 할 수 있지. 아흘로가 없는 이상 너희는 아무것도 할 수 없다.]

"처, 천만에요! 우리는 당신을 막을 수 있습니다. 그러기 위해, 이곳까지 온 거니까요!"

루비니도 소리쳤다.

에얼쾨니히는 잠시 아무런 말도 하지 않았다.

루거는 언제든 에얼쾨니히를 쏴 버리겠다는 마음으로 그를 겨누고 있었다.

그러나 에얼쾨니히를 향해 있는 포구와 다르게, 루거의 눈은 해안선을 훑었다.

그곳에는 루거를 보며 고개를 가로젓는 레가 있었다.

공격에 아무런 의미도 없을 것이며, 설령 공격한다면 네 녀석들을 지금 당장 찢어 버리겠다는 흉포한 미소가 푸른 수염의 아래에 걸렸다.

람화정, 루비니, 페르낭은 에얼쾨니히의 동태를 살폈다.

공중에 뜬 채 아무런 말도 하지 않던 마왕이 다시금 입을 연 것은 그때였다.

[나를 막는다……. 레?]

"예, 에얼쾨니히 님."

[준비는.]

그는 간단하게 말했다.

루거는 줄곧 푸른 수염 쪽을 살피고 있었으므로 알 수 있었다.

에얼쾨니히의 말을 들으면서도 푸른 수염은 인상 한 번 찌푸리지 않았다.

"에얼쾨니히 님께서 함께하심에, 당장이라도 부족함은 없습니다만……. 저 하찮은 아홀로 놈의 흔적을 모조리 지우기 위해서는 80일가량 더 군단을 모으는 편이 나을 것입니다."

자신들의 계획을 모조리 알려 주라는 지시를 듣고도 불쾌

해하지 않는다.

레의 안에 에얼쾨니히를 향한 절대적인 믿음이 있으니까 가능한 일이다.

"80일?!"

"80일 후면—피로트-코크리와 파우스트가 만든 언데드 선박을 타고, 로페 대륙으로 온다는 말인가?"

레는 에얼쾨니히를 흘끗 바라본 후 페르낭에게 답했다.

"그렇다. 네놈들이 이곳으로 오며 보았던 [모든 것]들이…… 아흘로가 이 땅에 뿌려 두고 간 찌꺼기를 치우기 위해 갈 것이다."

로페 대륙에 존재하는 모든 아인종 생명체의 멸절.

로페 대륙에 이루어 졌던 모든 문명의 파괴.

단순히 〈신성 연합〉을 패퇴시키는 게 아니라, 아흘로의 흔적을 지운다는 측면에서 레는 에얼쾨니히가 만족할 수 있도록 병력을 만들고 있다는 의미였다.

[준비해 보거라, 미천한 족속들이여. 영원히 이 땅으로 내려올 수 없는 아흘로의 이름을 부르짖으며, 그것을 원망하며 죽도록 만들어 주겠다.]

에얼쾨니히는 말했다.

루비니는 은근슬쩍 뱃머리를 돌리려 했다. 그러나 푸른 수염이 그것을 두고 볼 리는 없었다.

"메신저를 통해 이미 다 전달했을 테고……. 우리 군단을 모두 공개했는데, 너희 넷을 그냥 보내기에는 조금 아깝다는 생각이 드는군."

"……해보겠다는 건가, 레. 나는 기브리드를 죽인 사람이다."

루거는 레를 향해 으르렁거렸다.

에얼쾨니히를 향했던 포구는 이미 푸른 수염 쪽을 향한 상태였다.

에얼쾨니히가 이곳에서 전투에 참전하지 않을 것이라는 '냄새'는 벌써 맡았다.

로페 대륙에서 절망과 함께 파괴를 선사하려는 마왕은, 이곳에서 날뛰지 않을 것이다.

"그래서 더 그런 생각이 드는 거야. 뭐, 나야 쓸모없겠지만—코크리 녀석이 네놈을 즐겁게 가지고 놀 수 있지 않을까 싶은데. 그리고 기브리드, 그 친구를 없앨 때 사용한 걸 나한테는 못 쓸 거 아닌가. 끌끌."

레는 말을 마치고 에얼쾨니히를 바라보았다.

마왕은 아무런 움직임도 내비치지 않았으나 푸른 수염은 침묵을 승낙으로 여기며 유저들을 향해 다가오기 시작했다.

아직 해안선까지는 제법 거리가 있다. '확성 스크롤'을 사용한 유저들과, 쩌렁쩌렁 울리는 레와 에얼쾨니히의 목소리였기에 소통이 가능했을 뿐이다.

즉, 도망갈 시간은 있다고 생각했다.

'한 발 쏘는 순간, 그대로 뱃머리를 돌려라. 막내는 바다의 몬스터들을 견제하고, 그대로 배를 몰아—.'

"갈 수 있을 거라고 생각하는가!"

푸른 수염이 수면을 밟으며 달려오기 전까지.

물보라를 만들며 달리는 레를 보며 루거는 황급히 방아쇠를 당겼다.

"빌어먹을! 돌려! 돌려!"

투콰아아————……!

"견제. 〈프로즌 서피스〉."

루비니가 뱃머리를 돌리고, 람화정은 얇은 살얼음을 너른 표면에 걸쳐 발생하게끔 만들었다.

어차피 물을 밟고 달려온다면 차라리 마찰력을 없애는 것으로 견제할 수 있지 않을까.

그러나 포탄은 푸른 수염을 한참 지나 해안선에 도열한 몬스터 몇몇을 없앴을 뿐이며, 푸른 수염은 해수면의 견제를 비웃는 듯 공중으로 크게 도약했다.

"삐이이이이익—!"

비행 몬스터 중 하나가 레를 태웠다.

"모, 몬스터를 타고!? 옵니다!"

"속도는 올리고 있지만—이대로는 붙잡힐 거예요!"

정신없이 공중을 수놓던 괴조들은 완전히 통제되고 있

었다.

전투기처럼 편대를 갖춰 공습하는 그것들을 보며 페르낭과 루비니가 소리쳤다.

루거도, 람화정도 또렷한 수를 낼 게 없다고 여긴 순간.

"그럼 이제 돌아가는 건가요?"

그들의 뒤에서 프레아의 목소리가 들려왔다.

"워어어어!?"

"뭐, 뭐예요? 어떻게 프레아 님이—."

페르낭과 루비니는 놀랄 수밖에 없었다.

심지어 람화정마저도 토끼 눈을 뜨며 놀랄 정도로 프레아의 깜짝 등장은 의외의 요소였다.

"스킬. 이펙트. 없었어."

천하의 람화정이라도 마나의 흐름이나 스킬의 이펙트가 없다면 알 수 없다. 그녀는 미들 어스의 천재지만 마법사 직업군의 '유저'일 뿐이니까.

프레아의 등장으로 쾌속정에서 소란이 난 와중에도 루거의 눈은 오직 푸른 수염에게만 집중되어 있었다.

비행 몬스터 위에 있는 푸른 수염의 얼굴은 조금 전보다 일그러진 상태였다.

그도 예상치 못한 일이라는 뜻. 루거는 곧장 외쳤다.

"정령사! 짐짝만 되려고 온 건 아니지?!"

"물론이죠. 여러분들과 함께—."

"다시 갈 수도 있나?"

루거는 크게 물었다. 프레아는 무슨 말을 하려다 말고 우선 루거의 질문에 답변부터 했다.

"네."

너무나 가벼운 답변에 유저들은 의심이 들었으나, 프레아의 말은 사실이었다.

오는 데에도 큰 무리를 하지 않았던 그녀다.

무엇보다 이미 람화연에게 들러, 이들을 무사히 구해 오는 게 이하를 돕는 일이라는 이야기를 들은 이상, 되돌아갈 방법이 없었다면 오지도 않았으리라.

"그럼 빨리! 당장! 어디든지!"

"가게 둘 것 같은가!"

"둬야지! 이거나 처먹고 말이야! 〈콜로스Koloss 쿠글Kugel〉!"

푸른 수염은 원거리 공격에 대한 근본적인 내성이 있다.

가볍게 몸을 돌리는 것만으로 직선적인 원거리 공격은 회피하고, 속도 또한 남다른 그를 시한신관 등을 활용하여 폭발에 휘말리게 만드는 것도 어렵다.

그러나 그 움직임을 강제한다면?

이하는 '히트 박스' 보정이 적용되어, 실질적으로 사용하는 탄환보다 큰 효과를 내었다.

루거도 본능적으로 푸른 수염의 상대 방법을 알고 있었다.

"크다……?"

언젠가 신대륙 원정 항행 당시, 세뇌되었던 서펜트들을 상대했던 바로 그 스킬.

포탄 자체의 크기와 질량을 키운 두 발의 거대 포환에 푸른 수염은 잠시라도 당황할 수밖에 없었다.

"이까짓 눈 장난으로—."

푸른 수염은 막대한 운동 에너지를 지닌 포환 하나를 피해 내고, 다른 하나는 베어 버렸다.

루거가 원한 게 딱 그 정도 반응이었다.

"정령사, 아직 멀었나!?"

"갈게요오~."

프레아가 스킬을 사용할 시간을 버는 일.

루거는 새카만 무언가가 자신을 집어삼킨다는 느낌을 받았다.

자신이 눈을 깜빡인 것인지, 세상이 잠깐 암전된 것인지 구분하기도 힘들 정도로 '찰나의 시간'이 지났을 때.

"어, 람화정 님이다!"

"루거 님도 있어! 우와아아, 뭐지? 오늘 뭐 하나?!"

그들은 자신들을 둘러싼 유저들을 볼 수 있었다.

유저들과의 거리가 너무나 가까워 자칫 '끼임 현상'이 발생하진 않을까 걱정이 될 정도였다.

에즈웬 교황청에서 갑작스레 벌어진 소란이었다.

이하는 고개를 갸웃거렸다.

"그게 뭐야? 텔레포트?"

"아니."

루거에게 질문한 것이었으나 대답은 람화정이 했다.

"퉤, 그년은 어차피 네놈 뒤꽁무니를 쫓아다니려 온 건데, 네가 물어보면 간이고 쓸개고 전부 빼내며 알려 주겠지."

"그, 그런 거 아니라니까! 물론—내가 좀 도와주긴 했지만—."

루거에게 말을 하고 있었으나 람화연을 향한 필사의 변명(?) 도중, 이하는 무언가가 떠올랐다.

'나타날 때는 갑자기 등 뒤에서…… 그리고 돌아올 때에도 검은 무언가가 집어삼키는가 싶더니, 유저들의 바로 근처에서 나타났다면—.'

한 가지 떠오르는 것이 있었다.

2차 전직을 마친 프레아의 직업 명칭이 무엇인가.

'〈속삭이는 그림자〉. 그림자와 관련된 스킬이구나?'

설마 각 유저의 그림자 속을 드나들 수도 있다는 것일까?

너무나 프레아다운 스킬이라는 생각에 이하는 헛웃음이 날 정도였다.

"프레아 생각하니까 웃음이 나?"

"아니! 아니야, 화연아. 그래서 그런 게 아니라—."

"됐어. 중요한 건 그게 아니니까."

람화연은 노골적으로 토라진 척을 했다. 그러나 이하는 람화연의 눈빛을 어느 정도 읽을 수 있었다.

그녀는 이하나 프레아에게 화를 내고 있는 게 아니다.

오히려 질투심에 가까운, 애정 어린 '삐짐' 상태라는 걸 이하는 알 수 있었다.

'진짜 화났을 때라면 애초에 말도 안 하니까…… 그게 더 무섭지.'

람화연은 이하가 무슨 생각을 하고 있는지 읽어 보겠다는 듯, 그를 잠깐 훑어보고는 곧장 분위기를 환기시켰다.

"레의 공식 입장으로 80일. 그게 이틀 전이었으니까 이제는 78일이야. 미들 어스 시간으로 78일이면 녀석들이 움직이기 시작할 거야. 피로트-코크리의 언데드들은 물론, 푸른 수염의 야수화 몬스터들까지. 야수 몬스터들이 이 짧은 기간간 10만가량 생성되었다면, D-day에는 그보다 훨씬 많이 늘어나 있을 거야."

"이번 수색대원들이 겨뤄 보진 못했지만—또한 피로트-코크리가 있다는 게 어떤 의미인지 잘 기억해야 할 겁니다. 우리는 불과 얼마 전까지 에리카 대륙에서 기브리드를 죽이기 위해 많은 희생을 치렀으니까요."

〈신성 연합〉 소속으로 죽은 유저들의 사체는 피로트-코크리의 힘으로 언데드가 되었을 가능성이 높다.

라르크는 람화연이 놓칠 수도 있는 부분을 매섭게 짚어 냈다. 람화연도 라르크의 말에 고개를 끄덕였다.

"거기에 대형 몬스터들……. 〈칼라미티 레기온〉을 떠올리며 하이하 당신이 그것들을 아군으로 만들 수 있을까 싶어 고민을 해 봤는데—."

"어! 그러네! 고래니, 바다코끼리니, 드래곤 크기의 괴조니…… 나한테 '거대 괴수에 대한 지배력'이 있으니까 그걸로—."

"아니. 말은 끝까지 들어. 그때와는 상황이 달라."

"뭐? 아!"

이하가 칼라미티 레기온을 흡수할 수 있었던 것은 당시 그들의 '주인'이 메데인과 칼리였기 때문이다.

그러나 지금은?

'푸른 수염…… 귀족鬼族들의 귀족장인가.'

푸른 수염을 상대로 지배력 싸움을 할 수 있을까?

〈카리스마〉 스탯이 생겼고 그 수치 또한 많이 높아졌다지만 푸른 수염을 상대로 거대 괴수를 빼낼 수 있을까?

'푸른 수염이 없는 곳에서라면 어떻게 비벼 볼 수 있을지 몰라도—.'

푸른 수염과 마주한 상태라면 거대 괴수들을 복종시킬 수는 없을 것이다.

이하의 표정이 굳었다.

람화연은 그런 이하를 잠시 안타깝게 바라보았다. 잠시 무거워진 분위기 속에서 루거가 일어섰다.

그는 이하를 흘끗 본 후, 곧장 회의실 문을 향해 걸어갔다.

"그러니 네놈도 얼른 '성공'해라. 빌어먹을, 나는 잠시 쉬어야겠어."

수색대원들은 람화연의 데이터 분석을 보조하느라 로그아웃하지 못했었다. 그러나 루거나 람화정의 경우는 데이터 분석에 크게 도움이 되지 않는다.

이미 그들이 수집한 데이터상 수치가 있으므로, 굳이 당사자들이 없어도 되었기 때문이다.

그럼에도 그들이 이 자리에 있는 이유가 무엇인가.

루거와 람화정 그리고 루비니와 페르낭 모두 이 모든 사실을 생생히 전하기 위해 기다리고 있었던 것이다.

'나를…….'

뒷모습만 봐도 몸이 무거워 보이는 루거의 노력과 그의 충고를 이하는 곧장 이해했다.

그의 부담을 조금이라도 덜어 주고 싶다는 마음에, '성공의 실마리'를 잡았음을 이야기하고 싶어 했다.

"저도—같이 가요, 루거 님."

"……그러지. 가자, 안대녀."

그러나 벌떡 일어난 루비니가 루거의 뒤를 쫓는 통에, 차마 그런 이야기는 꺼낼 수 없었다.

은근슬쩍 붙어서 회의실을 나가는 두 사람을 보며, 이하는 루거가 안쓰럽다던가 하는 생각이 모조리 날아갔다.

그저 휘둥그런 눈으로 두 사람과 주변의 유저들을 번갈아 볼 뿐.

"얼레? 뭐야? 뭐지? 왜 저 두 사람이……?"

어리둥절한 이하를 보며 페르낭이 낄낄거렸다.

"하여튼 하이하 씨 눈치 느린 건 알아 줘야 해요. 자~ 그럼 저도 우선 나가 보겠습니다. 혜인 님, 추후에 체크 포인트 지정하러 같이 다니시죠. 접속해서 귓말 드릴게요."

"페르낭 님께서 함께해 주신다면 더할 나위 없을 겁니다."

그가 나간 후 곧 혜인도 자리를 떴다.

라르크는 씨익 웃으며 말했다.

"78일입니다. 오늘부로 교황 성하의 공식적인 발표와 함께 대대적인 준비에 들어갈 거예요. 몬스터들의 정보에 관한 것부터, 현재 마왕군의 동태까지."

"저쪽에서 '힘 싸움'을 꺼낸 이상, 허튼 수작을 부리진 않겠죠. 이제—남은 건 상호 전력을 다한 충돌뿐이에요."

신나라가 라르크의 말을 이어받았다. 이하도 충분히 이해할 수 있는 말이었다.

에얼쾨니히까지 깨어난 이상, 푸른 수염이나 피로트-코크리는 모략을 사용하려 하지 않을 것이다.

'병력을 모으고, 마기를 충분히 흡수해 마왕의 조각, 자신들의 힘을 회복하거나 강하게 만들기 위해 준비하겠지.'

어설픈 계략보다 자신들의 힘을 기르는 것을 중시할 테니까.

시한폭탄이 터지기까지, 신관을 잘라 내고 폭탄을 처리할 방법을 생각해야 한다.

"그래서 말인데, 하이하."

"응?"

"시티 가즈아에 보틀넥이라고 있지? 드워프 대장장이."

"어? 아아. 있지, 있지."

콰아아아앙—!

이하가 대답하기 무섭게 닫혀 있던 회의실 문이 열렸다.

갑작스런 소란에 이하는 잠시 당황했으나, 다른 유저들은 신경도 쓰지 않고 있었다.

"소개 좀 시켜 주세요! 헬앤빌의 대장장이들과 접촉해 봤는데, 무기나 방어구를 섬세하게 만들 정도의 크래프팅용 손재주가 있지만, 그것을 활용할 '두뇌 특성'의 발달이 잘 안 돼서—일단 그 드워프를 섭외하고 헬앤빌의 다른 드워프들을 지휘하게 만드는 게 가장 좋을 것 같거든요."

"……알바 씨?"

람화연이 〈신성 연합〉의 방어 체계 구축 책임자로 섭외한 마공학자가 눈을 빛내며 이하를 바라보고 있었다.

그에게서 잠시 이야기를 들으며 대강의 사정을 알게 된 이하는 곧장 에즈웬을 떠나기로 마음먹었다.

"내 스스로의 노력도 노력이지만, 나도 여기저기 접촉 좀 해 볼게."

"하이하 당신이? 아직 숨겨 놓은 세력이라도 있는 거야?"

고개를 갸웃거리는 람화연을 보며 이하는 미소 지었다.

"뭐, 만나 봐야 알겠지. 알바 씨, 시티 가즈아에서 만나요."

"넵! 바로 가겠습니다!"

아직은 어떻게 될지 모른다.

그러나 교황이 모든 일을 공표하여 그들도 현재 미들 어스의 상황을 파악한다면.

'거기에 그 스킬이 내게 있는 이상……'

그들은 반드시 넘어와 주리라.

시티 가즈아에 도착한 후, 이하는 보틀넥에게 알바에 대한 협조를 부탁했다.

드워프 대장장이는 '자신을 물건 취급 하느냐'며 길길이 날뛰었으나, 곧 알바가 꺼낸 설계도를 보며 진지한 표정을 짓기 시작했다.

'시티 가즈아의 공병단장'이라는 직위에 어울리는 그의 호기심을 보며 이하는 헛웃음을 터뜨린 후에야, 마침내 그들에게 접촉할 수 있었다.

―귓속말이 차단되어 있는지, 아닌지 모르겠는데. 아! 아! 들리십니까?

―……하이하.

―우히히히힛! 하이하? 무슨 일이지?

분위기가 완전히 상반된 두 개의 목소리가 두개골에서 울려 퍼졌다.

교황에 의해 〈마왕 에얼쾨니히의 로페 대륙 침공〉에 관한 사실이 공표되었다.

미들 어스 내의 유저는 물론이다.

미들 어스 관련 커뮤니티가 폭발한 것도 당연하다.

그리고 그것보다 더 큰 점은, 외부에서의 분석이었다.

실제로 미들 어스를 플레이하지 않는 측에서도 이번 이벤트 겸 페이즈가 얼마나 중요한 이슈인지를 다룰 수밖에 없었다.

[핫 투표: 에얼쾨니히 승리 예측, 75.3%로 우세]

[모든 것을 유저의 손에 맡기는 게임, 마침내 파멸의 길로?]

[분석 ―마왕이 지배하게 된 이후의 플레이 스타일 예측.]

[〈미들 어스 1〉의 서비스 종료 및 〈미들 어스 2〉를 향한 복선인가?]

그것은 하나의 축제나 마찬가지였다.
　현재 구플의 매출 비율에 가장 큰 기여를 하고 있는 미들 어스의 존망存亡을 건 역대 최대의 이벤트가 조만간 치러진다는 의미이지 않은가.
　[구플의 이사회는 미들 어스에 대한 인위적인 개입 안건을 부결시켰다.]
　[구플 CEO, 우리는 미들 어스를 사랑하고 즐기는 플레이어들의 힘을 믿는다.]
　하물며 미들 어스의 개발진에서 공식적인 개입을 하지 않겠다고 선언하자 더욱 더 사람들의 눈길이 모아지기 시작했다.
　구플의 주가는 매일매일 요동쳤다.
　분석 기사 하나에 주가가 오르고, 분석 기사 하나에 주가가 떨어지는 기현상은 일반적인 기업체가 겪을 만한 파동 범위를 훨씬 벗어나 있었다.
　[구플 일반 주주, 마침내 임원진 성토!]
　[이것은 경영이 아니라 방만이고 방치다!]
　[미들 어스에 위기가 왔다는 식으로 높아진 주가를 떨어뜨린 후, 일반 주주들의 주식을 편취하려는 편법, 불법 행위가 아닌가!]
　[내부자 정보에 의한 거래 조사가 반드시 필요!]
　[구플의 개미, 긴급 임시 주주총회 개회를 강력하게 건의!]
　개인 주주들에게서 압도적인 불만이 터져 나오는 것도 당연했다.

 테마주도 아니고 시가총액 1위에 달하는 기업이 이벤트 하나에 사운을 맡기는 것은 상식과 크게 동떨어져 있으니, 온갖 종류의 추측과 루머가 퍼지기 좋은 환경이었다.

 이러한 난리 통이 벌어진 것은 미들 어스 내에서 교황이 사실을 공표한 후, 미들 어스 시간으로 약 25일가량이 지난 시점이었다.

 기다면 긴 시간이지만, 현실의 시간 기준으로 고작 5일 남짓이 지났을 뿐이라는 점.

 그것이 앞으로 미들 어스를 둘러싼 각종 논란이 많아질 것을 예고하고 있었다.

"후우우우……."

키드는 나뭇등걸에 주저앉았다.

모자를 벗어 옆에 놓은 후, 그는 간식을 꺼내어 한 입 베어 물었다.

오도독, 소리가 자연 속에서 우렁차게 울렸다.

"이런 맛에 이 정도 음식 버프라니…… 성스러운 그릴이 있는 도시의 유동 인구가 늘어나는 이유를 알겠습니다."

 얼마 전 시티 가즈아에 몰래 들러 사온 음식 아이템 중 하나였다.

보틀넥 대장간에서 탄환을 보충할 겸, 조금이라도 도움이 될 만한 것을 구하던 키드의 눈에 들어온 게 바로 음식을 활용한 버프 효과였다.

"후우, 근방에는 레이드 뛸 만한 몬스—."

―――, ―――, ―――!

말이 미처 끝나기도 전, 이미 〈크림슨 게코즈〉의 탄환 세 발이 쏘아져 나갔다.

모자에 한 발, 신발 앞코보다 1cm 앞에 한 발, 옆구리를 스쳐 나가며 한 발. 키드의 뒤에서 접근하던 유저는 황급히 두 팔을 높이 치켜들었다.

"—아아아악!? 키, 키드 씨! 접니다! 저!"

"……기척도 없이 뒤로 접근할 정도의 실력자가 이런 곳에 있을 거라 생각 못 했습니다. 미안합니다."

키드는 그렇게 말하곤 다시 나뭇등걸에 걸터앉았다.

페르낭은 마른침을 삼켰다.

지금 자신이 제대로 보았나 의심이 들 정도의 일이었으니까.

'하나도—하나도 못 봤어.'

자신은 키드의 등 뒤에서부터 접근하고 있지 않았던가.

심지어 키드는 앉은 채로 간식을 먹고 있었다.

그런 그가 '일어서서', '뒤를 돌고', '총을 쏘는' 모습을 모두 보지 못했다고?

페르낭 자신이 인지했을 때는 이미 탄환 세 발이 자신의 옷가지를 스쳐지나간 다음이었다.

"말씀을, 크흠, 못 드린 건 저도 잘못했지만—그렇게 바로 발포하시다가 혹시 사고라도 난다면—누군가 맞기라도 하면 큰일일 텐데요. 키드 씨의 공격력이면 사고도 대형사고—."

"다 보고 쏜 거니 괜찮습니다. 절대 맞지 않습니다."

"……네? 이걸—맞히려고 쏘신 게 아니었다고요?"

"위협사격도 없이 곧장 실 사격을 하는 바보는 아닙니다. 물론 얼마 전까지 루거와 함께 있었으니…… 그런 생각을 하는 것도 이해는 갑니다."

키드는 아무것도 아니라는 듯 말했으나 페르낭은 더욱 놀라웠다.

자신이 모습을 보지 못했을 정도로 빠르게 행동하는 와중에, 이 모든 사격이 그저 위협용일 뿐이었다고?

페르낭의 입가에 희미한 미소가 걸렸다.

그가 지금 이 자리까지 온 이유가 무엇이었나.

"걱정할 필요는 없겠군요."

"걱정? 당신이 무슨 걱정을 할 일이 있습니까."

"저도 나름대로 미들 어스의 일원인 걸요. 지금 온 세계를 떠들썩하게 만드는 문제에…… 한 축의 열쇠가 될 분에 대해 걱정할 수밖에 없죠. 아, 그거 성스러운 그릴 과자입니까? 남으면 저도 하나만 좀……."

페르낭은 능청스럽게 키드의 곁에 앉았다.

가뜩이나 좁은 나뭇등걸에 두 장정이 걸터앉으니 매우 비좁은 형태가 되었으나, 키드는 잠깐 눈살만 찌푸렸을 뿐 페르낭에게 자신의 과자를 나누어 주었다.

"힌트는 찾았습니까?"

"……루거가 무슨 소리를 했는지 모르겠지만 필요 없습니다."

"네? 무슨 소리죠?"

"능청 떨 필요 없습니다."

키드는 코웃음을 치며 말했다. 페르낭은 뜨끔했으나 결코 티를 내지 않았다.

루거와 약속한 바가 있다. 반은 협박에 가까운 것이었으나, 키드에게 그 사실을 들킨다면 결코 이롭지는 않을 것이다.

"능청이 아닌데요. 저는 개척왕입니다. 기브리드를 죽일 때, 여러분들께서 나눴던 대화에 대한 소문도 이미 다 들었고요. 거기서부터 스스로 찾아봤던 겁니다."

"훗, 어찌 됐든 상관없습니다. 나는 내 힘으로 혼자서—."

"아, 글쎄요. 물론 키드 씨의 힘으로 하는 거지만…… '혼자서'는 안 될 것 같은데."

키드의 고개가 휙, 돌아갔다.

뭘 알고 있느냐는 듯 말하는 그의 매서운 눈초리를 보며 페르낭은 마른침을 삼켰다.

그러나 개척왕이 이런 곳에서 물러설 리는 없었다.

"키드 씨가 [속사]인 건 알겠지만 그 앞에 키워드가 있잖아요. '인간.' 인간을 앞서는 속사를 하셔야 하는데, 어떻게 혼자 할 수 있겠습니까. 안 그래요?"

"그래서? 당신이 날 도울 수 있다는 말입니까. 루거가 당신 보고 날 도우라고 말했다는 말입니까."

키드의 목소리는 다소 낮아져 있었다.

페르낭이 어째서 자신의 키워드를 다 알고 있는가.

페르낭과 최근 함께했던 자가 누구인지 알고 있었으므로, 키드 또한 충분히 추측할 수 있는 일이었다.

"루거 씨는 한마디도 안 했다니까 그러네. 아니, 막말로 삼총사 여러분들은 그런 관계가 아니잖아요? 제 스스로 찾아본 겁니다."

페르낭은 흔들리지 않았다.

곧은 눈으로 키드를 마주 보며 말하는 개척왕의 기세에, 키드는 더 이상 추궁할 수 없었다.

"제가 여러분들에게 예전부터 관심을 갖고 있었다는 건 알고 계시죠?"

삼총사와 오랜 시간 함께했으며, 삼총사라는 특수 관계에 대해, 어쩌면 삼총사보다도 더 많이 생각한 인물 중 하나라는 것을 알고 있었기 때문이었다.

말이 없어진 키드를 바라보며 페르낭은 안도의 한숨을 삼켰다.

'이것만큼은 진실이니까 뭐. 미들 어스의 시계추를 빠르게 움직이게 만든 사람이 포함된 집단…….'

그 당사자를 제외하고서라도, 이미 미들 어스에서 충분히 이름을 날리던 실력자들의 그룹.

랭커들의 활약도 중요하다.

미들 어스 유저 전반적인 이벤트의 참여와, 죽음을 각오한 정신 상태도 필요하다.

그러나 그 모든 것에 앞서, 삼총사의 '완전한 각성'이 반드시 필요하다는 걸 페르낭은 알고 있었다.

그래서 그는 루거와 함께 움직였고, 루거에게 힌트를 얻은 후, 키드를 찾기 위해 움직였던 것이다.

"그래서 뭘 어쩌자는 겁니까. 당신이 내 과제 해소를 도울 수 있다는 겁니까."

"으음, 제 힘으로 키드 씨를 도울 만한 일은 많지 않을 거예요. 조금 전 저에게 가한 위협사격에도 제대로 반응을 못 했으니…… 부끄럽네요."

"그럼 뭘 도울 수 있다는 말입니까."

"키드 씨를 도와줄 사람을 찾는 일이죠. 사실, 진작 오려 했는데…… 이거 때문에 이제야 온 겁니다."

루거에게 진작 이야기를 들었음에도 마왕 침공까지 약 50일가량이 남은 지금, 그가 키드에게 온 이유가 무엇인가.

페르낭은 어딘가로 귓속말을 보냈다.

잠시 후, 키드와 페르낭은 벌떡 일어나며 주변을 경계했다.

"어떻게 된 겁니까. 적을 불러낸 겁니까."

"아, 아뇨?! 그럴 리가요! 어디서 이런 마기가……."

키드보다 더욱 당황한 것은 페르낭이었다.

지금 여기가 어디인가?

로페 대륙의 서부, 이제 막 개척을 시작해 나가는 미개척지다.

근데 이런 곳에서 마기가 느껴질 수 있다고?

슈와아아아……!

키드와 페르낭은 공중에서 갑작스레 생성되는 검은 구슬을 보았다.

블랙홀처럼 주변의 공기를 빨아 먹던 검은 구슬은 점차 커지는 중이었다.

그게 충분히 커졌다고 생각했을 때, 그곳에서 누군가가 튀어나왔다.

"……."

유저는 키드와 페르낭을 보고도 아무런 말을 하지 않았다. 키드 또한 상황을 파악하지 못하여 입을 열지 못했다.

그 가운데에서, 유저를 부른 페르낭만이 어색한 목소리를 내 보았다.

"이지원 님, 지금—저기, 말씀을 안 하시고 계십니다."

"아. 아아. 지송. 깜빡했음."

시커먼 마기의 흐름은 이지원에게서 뿜어져 나오고 있었다.

"근데…… 어떻게 된 거죠?"

페르낭은 이지원을 찾느라 제법 긴 시간을 소요했다.

귓속말로는 도저히 대화가 통하지 않아 얼굴이라도 마주하고 만나려는 것이었고, 개척왕이자 길잡이답게 그는 이지원을 찾아 키드의 일을 돕자는 제안을 한 상태였다.

'비교적 흔쾌히 받아들였는데—그게 불과 이틀 전이었지. 근데 그때만 해도…….'

이러지 않았었는데?

이런 마기는 도대체 어떻게 된 것인가?

"다시 마에 물들지는 않으실 텐데요? 〈솔 블레이드〉의 해석 방법을 알게 된 당신이……."

"음? 아! 이건 걍 주작做作임."

"……주작이 무슨 의미입니까. 조작했다는 의미입니까."

이지원은 키드의 얼굴을 물끄러미 바라보다 검을 휘둘렀다.

솔 블레이드에 휘감겨 있던 새카만 마기와, 주변에 퍼져 있던 마기는 순식간에 사라졌다.

키드와 페르낭은 동시에 놀랐다.

"마기를—다루시는 거예요?"

"다루는 건 아니고 걍 주작임. 피로트-코크리한테서 '묻혀 온 게' 남아 있어서 쌉가능. 이런 것도."

이지원은 웃으며 검을 휘둘렀다.

그곳에서, 키드와 페르낭은 얼토당토않은 이지원의 모습을 볼 수 있었다.

"……이건 도대체—."

"지금에 와서는 저도 어떻게 해석해야 할지 모르지만—키드 씨의 '과제'에 도움이 될 거라고 말씀드렸죠?"

페르낭은 어색한 웃음으로 키드를 보았다.

키드도 황당한 얼굴로 페르낭을 마주 보고 있었다.

기브리드 제거 작전 당시, 부표로 〈마나 중계탑〉을 부수러 왔던 피로트-코크리에게 이지원의 공격은 적중했었다.

비록 피로트-코크리는 상처만 입고 살아 돌아갔으나, 그가 이하에게 말했던 것처럼 〈솔 블레이드〉에는 피로트-코크리의 잔해물이 '묻어 있었던 것'이다.

이지원은 이하에게 아무런 설명도 하지 못했다. 그때만 해도 설명을 할 수도 없었다.

이지원 자신도 어떻게 다뤄야 할지 몰랐기 때문이기도 하다.

그러나 그로부터 제법 시간이 많이 흐른 지금, 온갖 종류의 스킬 테스트를 끝낸 이지원은 새로운 형태로 그 힘을 다룰 수 있게 된 셈이었다.

키드는 이지원의 모습을 살피며 모자를 눌러썼다.

"페르낭 씨."

"네?"

"고맙습니다."

그러곤 페르낭을 향해 엄지를 치켜들었다.

페르낭은 삼켜 두었던 안도의 한숨을 그제야 내쉴 수 있었다.

키드가 자신의 호의를 순순히 받아들인 점과 함께, 루거에게 자신이 당할 일이 없어졌기 때문이다.

에얼쾨니히의 침공까지 미들 어스 시간으로 53일남짓 남은 시점이었다.

《마탄의 사수》 52권에 계속

토이카_ 죽지 않는 엑스트라

'믿고 보는 토이카'가 여는 새로운 모험의 세계
살아남고 싶은 엑스트라의 유쾌한 반란이 시작된다!

던전 도시를 다스리는 셰어든 후작의 둘째 아들, 에반 디 셰어든.
유복한 환경에서 넘치는 사랑을 받으며 자란 철부지 소년 에반은
어느날 자신의 전생이 지구인 여반민이었다는 사실을……
그리고 여반민의 29년 삶의 기억 속에는,
지금 그가 사는 세상과 똑 닮은 게임인
〈요마대전 3〉에서 허무하게 죽어 나갔던
'엑스트라 에반'도 포함되어 있었다!

"절대로 죽지 않을 테다. 절대로!"
에반은 과연 죽지 않는 엑스트라가 될 수 있을까

은 재미와 감동으로 엄선된 장르소설 전문 출판 브랜드입니다.